Marina Jenkner

Felines Fratze

Marina Jenkner

Felines Fratze

Roman

Impressum

Bibliografische Information der Deutschen Nationalbibliothek: Die Deutsche Nationalbibliothek verzeichnet diese Publikation in der Deutschen Nationalbibliografie; detaillierte bibliografische Daten sind im Internet über http://dnb.dnb.de abrufbar.

Erste Auflage September 2024
© **Marina Jenkner**
Covergestaltung: Vera Cort
Fotos für Covercollage: Jorm Sangsorn/ iStock.com
Buchsatz: Werbetext Wuppertal
Lektorat: Lucien Deprijck

Herausgeber: **ML Books**, Köln & Wuppertal

Verlag: BoD • Books on Demand GmbH,
In de Tarpen 42, 22848 Norderstedt
Druck: Libri Plureos GmbH,
Friedensallee 273, 22763 Hamburg
ISBN: 978-3-7597-1393-3

Für alle, die nicht perfekt sind.

1.
Zwischen Frucht-höhle, Youtube und Sofahölle

**»Das Leben besteht
in der Bewegung.«**
Aristoteles

4 Tage vorher

Am Rheinufer war es so früh am Morgen noch kühl, die Bewegung tat gut und hätte Feline geahnt, was ihr vier Tage später bevorstand, hätte sie diesen Augenblick wohl noch mehr genossen.

Die Promenade war menschenleer, in der Ferne sah sie die Rheinkniebrücke und den Fernsehturm. Ihre Rollen glitten über das Pflaster, der Wind strich ihr durch die kurzen Haare, ein bisschen war es wie Fliegen, als würden sie und Laura dem Landtag entgegenfliegen, dem Media-Hafen, den Gehry-Bauten, der ganzen Stadt flogen sie entgegen, Laura hielt den Selfiestick und Feline lächelte in die Kamera und genoss das Gefühl, Raum einzunehmen, sich die morgenjunge Metropole einzuverleiben, bevor die Hektik der Großstadt, die Maschinerie des Alltags dieses idyllische Bild zerfräßen.

Laura bremste, Feline tat es ihr nach, sie lehnten sich an eine Mauer und drehten sich so, dass hinter ihnen der Fernsehturm zu sehen war. Sie lächelten strahlend weiß in die Kamera, ihre Haare waren vom Wind zerzaust, aber das Fitness-Make-up saß perfekt.

»Hallo Ihr Lieben, hier sind wieder Laura und Line, schön, dass ihr eingeschaltet habt! Wenn euch das Video gefällt, gebt uns gerne einen Daumen nach oben und abonniert unseren Kanal, damit ihr kein Video mehr verpasst!«

Laura hatte ihre langen blond gefärbten Haare zu einem Zopf gebunden, schob sich nun direkt vor die Kamera und fragte: »Habt ihr das gesehen, worauf Line fährt? Guckt euch das an!« Sie trat zur Seite und senkte den Selfiestick etwas. »Leute, was Line da trägt, das sind keine Inlineskates, das sind Rollschuhe! Rollschuhe, das muss man sich mal reinziehen! So was hatten die Leute, bevor es Inlineskates gab ...«

Line lachte. »Sag mir, warum vier Rollen hintereinander und ein englischer Name cooler sein sollen als jeweils zwei Rollen nebeneinander.«

Laura verdrehte die Augen. »Sorry, aber das ist voll oldschool! Ich meine, wir sind hier in Düsseldorf, der Stadt für Mode und Lifestyle!«

Feline hielt ihren Fuß mit den Rollschuhen direkt in die Kamera. »Ihr Lieben, das ist nicht oldschool, das ist Vintage! Wenn ihr das auch findet, dann hinterlasst mir doch gerne einen Kommentar!«

Jetzt streckte Laura ihre Inlineskates in die Kamera. »Und ihr dürft natürlich auch gerne in die Kommis schreiben, wenn ihr die hier nicer findet!«

»Für uns geht es jetzt erst mal zum Frühstücken. Aber wir haben euch hier noch ein Video verlinkt, wo wir euch zeigen, wie wir unser leichtes Fitness-Make-up auflegen. Wir sagen Tschö – eure Laura und Line!«

Feline lächelte in die Kamera, bevor Laura das Video beendete. Sie war froh, dass sie endlich wieder fuhren und drehten. Letzte Woche war sie erkältet gewesen. Er hatte ihr gefehlt, der Fahrtwind, der die Gedanken klarer machte, und auch die sportliche Betätigung hatte sie vermisst. Bewegung war ein fester Bestandteil ihres Lebens und oft auch ihrer Videos – selbst wenn sie nicht befürchten musste, dass die abendlichen Spezialitäten, die sie Simon zuliebe aß, bei ihr ansetzten. Den Youtube-Kanal hatten sie ursprünglich aus Spaß gestartet und niemals damit gerechnet, dass er so erfolgreich werden würde. Inzwischen war es für beide ein Nebenjob und sie trafen sich mehrmals die Woche vor oder nach der Arbeit zum Dreh.

Als sie sich später in Lauras Wohnung umzogen und frühstückten, fragte Laura nach Simon. Feline winkte ab, sie wollte nicht über ihn sprechen.

Fruitsun war jetzt wichtiger, schließlich ging es um die neue Kampagne. Und so erneuerte sie eilig ihr Make-up und tuschte noch einmal ihre Wimpern über, die von Natur aus blond waren, weswegen sie nie ungeschminkt aus dem Haus ging. Anschließend verabschiedete sie sich von Laura und fuhr in die Agentur.

Äpfel, Orangen, Bananen und all die anderen Früchte an dem freundlichen Baum grinsten durch das abendleere Büro. Im Schein der Stehlampe wirkten sie beinahe gespenstisch. Dabei waren sie die Fruitsun-Früchte, standen für Power, Vitalität und Lebensfreude. Sie sollten Sommerlaune vermitteln, doch in dem kargen Licht wirkten sie eher wie Halloween-Kürbisse.

Feline saß an ihrem Schreibtisch und rollte ihre Schultern nach hinten. Sie fühlte sich verspannt. Statt sich eine Mittagspause zu gönnen, hatte sie Youtube-Kommentare beantwortet und ein neues Foto auf Instagram gepostet. Wenn andere von ihrer Nebentätigkeit als Influencerin erfuhren, wurde sie oft belächelt. Die meisten wussten nicht, wie viel Arbeit hinter dem ganzen Content steckte und dass sie oft jede freie Minute nutzte, um Kommentare der Follower zu lesen und darauf zu reagieren.

Nun hätte sie längst Feierabend machen können, aber sie zögerte die Heimfahrt hinaus – wie so oft in letzter Zeit.

Der aufblasbare Baum mit dem Lachgesicht stand ihr gegenüber. Felines Mundwinkel zogen sich ein kleines Stückchen in die Höhe, als ihr Blick darauf fiel. Er war ihr Entwurf gewesen. Als fantasievoller All-Frucht-Baum war er bei der Kundschaft gut angekommen und hatte Fruitsun zur Marke gemacht. Die bunten, gut gelaunten Früchte waren zu einem Synonym für schmackhafte Vitamine in komprimierter Form geworden – exotische Fruchtsäfte, süße Fruchtriegel, sportliche Fruchtmolkedrinks und eine Reihe anderer Lebensmittel aus dem Süßwaren- und Wellnessfoodsektor. Die Palette war groß und die Produkte füllten Fensterbänke und Schränke des Büros. So dienten sie als Inspirationsquelle und präsentierten dem Kunden bei seinen Besuchen die allgegenwärtige Beschäftigung mit seinem Produkt. An der Tür stand eine große, rote Kunststoff-Banane als Überbleibsel der Werbekampagne für den Kirsch-Banane-Schokoriegel Kibascho Fruitsun. Und die zwei Schreibtische im Büro beherbergten Fruchtfiguren und Fruitsun-Kaffeetassen.

Unter Kollegen wurde ihr Büro scherzhaft die Fruchthölle genannt. Feline arbeitete gerne in ihrer Fruchthöhle, wie sie ihren Platz in der Agentur lieber bezeichnete.

Sie hatte mit ihren sechsundzwanzig Jahren schon viel erreicht, hatte hier ihren Platz gefunden zwischen lachendem All-Frucht-Baum und frecher Kunststoff-Banane. Dazu die Videos mit Laura, das große Interesse der Follower – eigentlich hätte es ihr gutgehen können.

An diesem Abend jedoch hätte sie sich am liebsten in der Fruchthöhle verkrochen, hätte sich ein Schlaflager gerichtet zwischen all dem Obst, das ihr wunderbar vertraut war – das wäre so viel einfacher gewesen, als jeden Abend aufs Neue einem Simon zu begegnen, der mit dem Mann, in den sie sich vor fünf Jahren verliebt hatte, nur noch wenig zu tun hatte.

Im Hinblick auf die neue Kampagne für Fruitsun-Fruchtsäfte schob sie eine vage Idee in ihrem Kopf hin und her, irgendwas mit Hektik und Stillstand schwebte ihr vor – die Hektik des Alltags, dann plötzliche Ruhe und Stillstand durch Auftauchen des Produktes. Fruitsun als Entspannung im Alltag, als Ruhepol und Kraftspender. Doch Feline wollte nicht die üblichen Werbespots, in denen plötzlich die Bilder verlangsamt liefen oder zu Standbildern wurden, um der Marke ihren Auftritt zu erleichtern. Das war ihr zu abgegriffen. Etwas Innovatives musste es sein, etwas, das die Kunden aufrüttelte.

Sie überlegte, aber immer, wenn sie das Gefühl hatte, ihr Einfall würde sich konkretisieren, spukte Simon wieder in ihren Gedanken herum.

Feline ließ ihren Blick über die Büro-Früchte gleiten und stoppte an der Postkarte über Sandras Schreibtisch. Ihre Kollegin war momentan in Elternzeit, aber die Karte hatte sie hängen lassen.

»Ein Lächeln ist ein Geschenk, welches sich jeder leisten kann«, thronte gut sichtbar für jeden Hereinkommenden über ihrem Arbeitsplatz.

Sandra hatte den Spruch wegen der Launen des Agenturchefs ausgewählt, aber jetzt berührte er Feline auf seltsame Art, ließ sie an Simon denken, daran, wie wenig er in letzter Zeit lächelte, wie wenig sie zu Hause lächelte und dass ihre langen Arbeitstage nicht gerade zur Entspannung beitrugen. Sie nahm ihr Smartphone, kontrollierte ihr Make-up in der Kamera-App und verließ die Agentur.

Als sie die steilen Treppenstufen zu ihrer Altbauwohnung hinaufging, hatte sie wieder dieses seltsame Gefühl im Magen. Wie so oft in letzter Zeit. Feline wusste gar nicht, ob es wirklich im Magen saß. Es war etwas, das sich flau anfühlte und doch ein bisschen wie Wut. Manchmal hatte sie Angst, dass sie dieses Gefühl vielleicht nicht unter Kontrolle hätte und es plötzlich ausbrechen würde. Es gab nicht viele Dinge, die Feline nicht unter Kontrolle hatte. »Ein Lächeln ist ein Geschenk«, pochte es in ihrem Kopf, sie strich sich ihre kurzen, strohblonden Haare hinter die Ohren, zog ihre Bluse glatt und ihre Mundwinkel in die Höhe.

»Du kommst spät«, sagte Simon. Er saß auf dem Wohnzimmersofa, die Füße hochgelegt. Der Fernseher lief. Feline sah auf die Uhr. Es war halb zehn.

»Du weißt doch, Fruitsun ...«

Er verdrehte die Augen. »Ja, ich weiß: Fruitsun.«

Feline merkte, wie ihre Mundwinkel nach unten sackten. Simon sah sie ohnehin nicht. Er zappte. Sie ließ ihren Blick über das Sofa gleiten. Er hatte die Kissen wieder auf den Fußboden geworfen, um sich mehr Platz zu verschaffen. Sie hatte ihm schon hundertmal gesagt, dass Kissen auf dem Boden nichts zu suchen hatten. Er warf sie trotzdem immer wieder runter, anstatt sie ordentlich zur Seite zu legen. In Fünf-Sekunden-Intervallen wechselte Simon die Fernsehprogramme.

»Im Ofen steht noch etwas zu essen. Du kannst es dir warm machen.«

»Was gibt es denn?«

»Maultaschen mit Hecht und Lachs in Buttersoße.«

Feline zog die Augenbrauen hoch und ging in die Küche. Sie stellte den Ofen an und seufzte. Jeden Abend fand sie diese kompliziert zubereiteten kulinarischen Genüsse im Ofen. Das war ja an sich in Ordnung. Wenn es nicht jeweils das einzige Werk gewesen wäre, das Simon an dem Tag vollbracht hatte. Und mit ihrem Befinden des Essens, mit ihrem Urteil und mit ihrem Appetit sank oder stieg Simons Selbstwertgefühl. Feline hätte viel darum gegeben, einen Abend einfach mal Pommes rot-weiß und Currywurst von der Bude essen zu dürfen. Aber das kam für Simon gar nicht in Frage.

Sie holte das Essen aus dem Ofen, gab es auf ihren Teller und setzte sich an den Küchentisch unter das gerahmte Foto, das Feline in kurzem Kleid und mit direktem Blick in die Kamera auf der Rheinkniebrücke zeigte. Ihr Vater hatte es fotografiert.

»Und?« Simon stand plötzlich mit erwartungsvollem Blick im Türrahmen.

»Ja, ist super«, sagte sie und lächelte, obwohl sie noch keinen Bissen probiert hatte.

Simon setzte sich ihr gegenüber. Feline aß. Es schmeckte wirklich gut, aber meistens hatte sie um diese Uhrzeit gar nicht mehr so großen Hunger.

Simon sah zufrieden seiner Freundin beim Essen zu. Feline wusste, dass dies die schönsten Minuten seines Tages waren. Sie blickte auf seine strubbeligen Haare mit dem leichten Rotstich, seinen Drei-Tage-Bart, der wieder mal ein Sieben-oder-Acht-Tage-Bart war, seinen verwaschenen Pulli, den er schon die ganze Woche getragen hatte. Hätte sie nicht gewusst, dass Simon eigentlich ganz anders war, hätte sie sich selbst für verrückt erklärt, mit so einem Menschen zusammen zu sein.

Er nahm das Feuerzeug, das auf dem Tisch lag, in die Hand und wendete es hin und her.

»Der Freund von Ben, der Matthis, der kennt vielleicht jemanden, der jemanden kennt, der in einer Firma arbeitet, die einen Architekten suchen.«

Sie blickte auf. »Echt? Ist ja toll. Hast du schon die Kontaktdaten?«

»Nee, noch nicht, aber ich rufe morgen mal Matthis an.«

Feline merkte, wie aus ihrem angestrengten Essenslächeln ein echtes wurde. »Mach das auf jeden Fall. Vielleicht wird das ja was.«

Simon nickte. Er hielt das Feuerzeug mit Daumen und Zeigefinger und versuchte es wie ein Pendel hin- und herzuschwingen, doch sein Schwingen glich eher einem abgebremsten Hin- und Herwedeln.

Feline musste an ihre gemeinsame Zeit an der Uni denken, an die gemeinsamen Ideen und Ziele.

Es hatte ja auch alles gut ausgesehen nach dem Studium. Sie war durch viel Glück in der Agentur, in der sie schon während des Studiums gearbeitet hatte, als Junior-Art-Director ein- und bald aufgestiegen, dazu hatte sich das mit Youtube ergeben, während Simon in einem kleinen Architekturbüro untergekommen war. Es war genau das, was Simon sich gewünscht hatte: ein kleiner Betrieb, in dem Kreativität und Teamarbeit im Vordergrund standen.

Niemand hatte geahnt, dass der Inhaber des Architekturbüros hoch verschuldet war und schließlich Insolvenz anmelden musste. Das war vor einem halben Jahr gewesen.

Seitdem schien es Feline, als würden sie beide in unterschiedlichen Welten leben. Und sie hatte das Gefühl, dass sie sich den Zugang zu Simons Welt nur verschaffen konnte, indem sie seine kulinarischen Ergüsse annahm. Sie aß nur für ihn. Damit er ihr nicht entglitt in eine Welt, die ihr nicht mehr zugänglich war.

Sie hatte ihn ein paar Mal ermuntert, sich tagsüber neben der Jobsuche und dem Haushalt doch auch um seine Architektur zu kümmern. Zu entwerfen, Pläne zu zeichnen, Konstruktionen zu entwickeln

– das war doch schließlich sein Gebiet. Doch er weigerte sich. Feline versuchte, ihn zu motivieren, aber Simon erklärte ihr, dass er Projekte, die niemals gebaut und nicht einmal an einem Wettbewerb teilnehmen würden, für vollkommen sinnlos hielt. Daraufhin hatte sie ihm vorgeschlagen, einen Youtube-Kanal für Architekten zu gründen, doch das hatte er sofort abgelehnt: Er sei nicht Architekt geworden, um Videos zu machen.

»Noch den Rest Maultaschen?«

Simon riss Feline aus ihren Gedanken.

»Danke, ich schaffe wirklich nichts mehr.«

»Vielleicht kannst du es dir ja morgen mit in die Agentur nehmen. Für mittags.«

In seinen Augen lag ein Flehen, eine Erwartung, die das helle Grün seiner Iris trübte. Feline spürte etwas in ihrem Magen und nickte nur.

Später im Bett musste sie an ihre erste gemeinsame Studentenwohnung denken. An dieses kreative Schlachtfeld aus Architekturmodellen und Designentwürfen. Daran, wie sie damals ihr Chaos liebten, wie sie sich in ihrem Chaos liebten, zwischen Grundrissen und Werbeplakaten, zwischen dünnen Holzplatten und Fotopapier, zwischen Zeichenbrett und Farben. Sie beflügelten sich gegenseitig, in ihrer Kreativität, in ihren Entwürfen, in ihrer Liebe.

Wenn Feline an die Zeit zurückdachte, kamen ihr unendlich viele Farben in den Sinn.

Sie nahm die Farben ihrer Erinnerung, malte sich daraus Gedanken, und als sie Simon neben sich liegen sah, seine vertrauten Umrisse im Halbdunkel, konnte sie auf einmal nicht anders, als ihm eine Kussspur über sein Gesicht zu ziehen.

»Nicht jetzt«, grummelte Simon und drehte ihr den Rücken zu, »ich bin müde.«

Feline sank in ihre Kissen zurück und da war es wieder, dieses Flaue, nein, diesmal war es wohl wirklich so etwas wie Wut, das sich in ihrem Magen ausbreitete. Simon war müde!

Dabei hätte sie allen Grund gehabt müde zu sein, sie, die den ganzen Tag arbeitete, während er ...

Feline versuchte gleichmäßig zu atmen, um das Gefühl in ihrem Magen kleiner werden zu lassen. Sie kam sich vor wie in einem schlechten Film. Nur dass in Filmen grundsätzlich die Frau müde war. Wahrscheinlich war sie doch ein verkappter Mann, überlegte sie. Ihre Eltern hatten schließlich einen Felix erwartet, dann war sie gekommen und wurde auf den Namen Feline getauft.

Sie blickte zu Simon hinüber. Seine Bettdecke ging im Rhythmus seiner Atemzüge auf und nieder.

Idiot, dachte sie.

3 Tage vorher

»Morgenroutinen und Shopping haben wir schon so oft in unseren Videos, wir könnten mal wieder eine Challenge machen«, überlegte Laura, während sie in ihrem Cappuccino rührte.

Feline scrollte auf ihrem Smartphone durch die Kommentare unter dem letzten Video. »Hast du gesehen? Da fragt eine, ob wir Schwestern sind.«

Sie hatten sich in ihrem Lieblingscafé in der Altstadt zum Frühstück getroffen, wie sie es oft taten, bevor Feline in die Agentur fuhr und Laura ihre Boutique öffnete.

»Hast du eine Idee für eine Challenge?«

Feline musste plötzlich an die Karte von Sandra denken. »Im Büro haben wir eine Karte hängen mit dem Spruch: ›Ein Lächeln ist ein Geschenk, das sich jeder leisten kann.‹ Wie wäre es, wenn wir drei Tage lang jeden anlächeln und dann im Vlog erzählen, wie die Leute reagieren?«

Laura verdrehte die Augen. »Deine Challenge-Ideen sind immer so tiefgründig, aber lass uns das machen: ›Die ultimative Lächel-Challenge – so kriegst du jeden rum‹.«

»Das habe ich nicht gesagt.«

»Aber ich, du hast schließlich Simon. Den könntest du bei der Gelegenheit auch mal wieder anlächeln.«

Feline verschränkte die Arme vor der Brust.

»Lächeln, Süße! Du bist noch nicht im Challenge-Modus. Also, jeder drei Tage Material sammeln und am Wochenende Schnitt?«

Feline nickte. Ihr Smartphone klingelte, das Display leuchtete auf: ihre Mutter. »Hallo Mama, was gibt's?«

»Hast du gestern die Stellenanzeige für Technische Zeichner in der Zeitung gesehen? Vielleicht wäre das etwas für Simon.«

Feline unterdrückte einen genervten Seufzer. »Nein, habe ich nicht gesehen. Aber Simon ist Architekt und kein Technischer Zeichner.«

Wie immer ließ die Mutter sich nicht beirren. »Das wäre doch besser als gar nichts. So kann das schließlich nicht weitergehen. Das erinnert mich dermaßen an deinen Vater, der war auch immer so faul. Kind, ich mache mir Sorgen!«

»Simon ist nicht faul!« Felines Stimme hatte in der Lautstärke einen Sprung vollführt, völlig zu Recht, wie sie fand, obwohl sie sich gleichzeitig angesichts der letzten Wochen über sich selbst und ihre vehemente Verteidigung Simons wunderte. »Und Sorgen machen musst du dir auch nicht. Aber ich muss jetzt in die Agentur, sonst komme ich zu spät und verliere meinen Job und dann hättest du wirklich Grund, dir Sorgen zu machen.«

»Also Feline, mit so etwas scherzt man nicht!« Ihre Mutter besaß die Gabe, jedes einzelne Wort dermaßen vorwurfsvoll betonen zu können, dass Feline mehr als einen Satz davon kaum ertrug.

»Mama, ich muss jetzt wirklich los, es ist schon halb zehn.«

»Na ja, wenigstens eine, die fleißig ist. Gut, dass du nach mir kommst.«

Feline drückte das Gespräch weg.

»Du hast den Lächel-Modus vergessen ...«, flüsterte Laura und grinste. »Denk dran: Ein Lächeln ist das schönste Make-up, das eine Frau tragen kann.«

Feline zog die Augenbraue hoch. »Wo hast du das denn her?«

»Soll Marilyn Monroe gesagt haben.«

Kaum hatte Feline die Agentur betreten, begegnete ihr Hartbrich im Flur. Der Geschäftsführer trug einen seiner Maßanzüge in Graumelange, hatte seine gleichfarbigen Haare ordentlich nach hinten gestriegelt und sein Blick traf ihren durch seine schwarze Designerbrille.

»Ach, Frau Nebel?«

Feline blieb stehen. »Ja?«

»Ich hab gestern mit Fruitsun telefoniert. Schaffen Sie das Konzept bis heute Abend?«

Feline verbarg ihre Überraschung, dann spürte sie die Energie in sich, die am größten war, wenn sie selbst oder jemand anderes sie unter Druck setzte, und schenkte Hartbrich ein Lächeln. Schließlich war Challenge-Time.

»Klar, kein Problem. Bis heute Abend liegt das Konzept vor.«

Hartbrich bedankte sich mit einem freundlichen Gesicht, das gewöhnlich den Kunden vorenthalten blieb.

Geht doch, dachte sie und machte sich auf den Weg zu ihrer Fruchthöhle.

Tamara war schon da. Feline wusste nicht, warum immer ausgerechnet sie die Praktikanten aufs Auge gedrückt bekam.

Obwohl sie fast so alt war wie Feline, war dies Tamaras erstes Praktikum in einer Agentur. Sie war aufgeschlossen, hatte dunkle Locken und sympathische Grübchen, die sich beim Lachen in ihren vollen Wangen zeigten, aber es gab etwas, was Feline an Tamara störte: Sie bemühte sich wirklich, es nicht zu tun, doch sie konnte nicht anders – sie musste bei dem Namen ihrer Praktikantin immer an die Aldi-Marmelade aus ihrer Kindheit denken. »Tamara« war damals die Marmeladenmarke von Aldi gewesen und das bekam Feline nicht aus ihrem Kopf.

Während sie ihre Tasche abstellte, drehte sich Tamara auf ihrem Schreibtischstuhl hin und her. »Ich war gestern auf dem Nachhauseweg mit zwei anderen Praktikantinnen in der Straßenbahn. Die haben gesagt, dass du Influencerin bist. Und dann hab ich dich auf Youtube gefunden. Krass.«

Feline lächelte. »Das hat sich irgendwann so ergeben neben der Agentur. Laura und ich wollten das einfach mal ausprobieren. Und dann hat es den Leuten gefallen.«

»Aber wieso arbeitest du dann noch hier? Du könntest doch nur Influencerin sein.«

Feline schaltete ihren Mac an. Sie kannte diese Fragen.

»Ich mag meinen Job, dafür habe ich lange gearbeitet. Das mit Youtube hat sich so ergeben und macht uns einfach Spaß. Unsere Videos profitieren ja auch davon, dass ich Ahnung von Gestaltung habe und Laura von Mode. Und durch unsere Jobs sind wir nicht darauf angewiesen, auf unserem Kanal übermäßig viel Werbung zu schalten.«

Tamara nickte. »Da hätte ich auch Bock drauf, ein bisschen schminken, ein bisschen in die Kamera lächeln, ein bisschen Alltag in Düsseldorf zeigen – und dann ganz viele Klicks.«

Feline hatte keine Lust zu erklären, dass das alles immer geplant und Arbeit war. Stattdessen fragte sie Tamara, was sie denn beruflich vorhabe. Ob sie schon andere Praktika oder Auslandssemester gemacht habe und wie ihre Sprachkenntnisse seien.

Tamara zuckte mit den Schultern: »Auf jeden Fall müssen die Bezahlung und die Work-Live-Balance stimmen. Das hier ist mein erstes Praktikum und im Ausland war ich nur im Urlaub. Englisch kann ich eigentlich gar nicht, fand ich schon in der Schule doof, ist das denn für die Werbung wichtig? Aber da findet sich schon was, es werden ja überall Leute gesucht.«

Feline musterte Tamara, die völlig entspannt schien bezüglich ihrer beruflichen Zukunft. Fast bewunderte sie deren unerschütterliches Selbstvertrauen.

Hätte sie so etwas früher von sich gegeben ... ihre Mutter wäre ausgeflippt. Sie hatte stets Zielstrebigkeit von Feline gefordert und sie selbst vorgelebt.

Feline hatte viel Ehrgeiz entwickelt, war mit guten Noten durch die Schule gekommen, hatte kurz vor ihrem 18. Geburtstag ihr Abitur abgelegt und sofort einen Studienplatz erhalten. Während des Studiums hatte sie zwei Auslandssemester gemacht, als studentische Hilfskraft in der Agentur gearbeitet und trotzdem in etwas weniger als der Regelstudienzeit ihren Bachelor und Master gemacht.

Dass sie den Youtube-Kanal in ihrer Freizeit stemmte und weiter auch die Grafik-Designer-Karriere verfolgte, hatte nie zur Debatte gestanden.

Der Personalchef der Agentur beschwerte sich manchmal über die jungen Bewerber, die wenig mitbrachten, viel forderten und zu Überstunden nicht mehr bereit waren. Feline war das fremd, aber wahrscheinlich hatten nicht viele junge Leute so eine Mutter wie sie.

»Die Ablage habe ich schon gemacht«, sagte Tamara, »aber wohin das hier alles kommt, weiß ich nicht. Und die Infos über Corporate Design, die du mir gestern gegeben hast, konnte ich mir nicht kopieren – der Kopierer hat Papierstau.«

Feline blickte auf den Blätterstapel, den die Praktikantin ihr entgegenstreckte, seufzte innerlich, aber lächelte. Sie hatte an diesem Tag überhaupt keine Zeit für so etwas.

Deshalb drückte sie Tamara eine DVD mit den letzten Fruitsun-Werbespots und mit den Werbespots der Konkurrenz in die Hand und schickte sie damit in den Medienraum. Ein bisschen fühlte sie sich, wie eine Mutter, die ihr Kind vor dem Fernseher parkte, aber sie brauchte für die neue Fruitsun-Kampagne Ruhe.

Wenn Feline nachdachte, pflückte sie manchmal gedankenverloren winzige Krümel von ihrem Radiergummi. Auf ihrem Schreibtisch hatte sich schon ein kleiner Berg aus Radiergummikrümeln gebildet. Und je höher dieser Berg wurde, desto sicherer war sich Feline, dass ihre Hektik-und-Stillstand-Idee nicht gut war.

Sie hasste Stillstand.

Stillstand war eigentlich nicht die werbewirksame Ruhe, Entspannung und Erholung. Stillstand war Nichtvorwärtskommen, war Auf-der-Stelle-Treten, war Passivsein, Eingefrorensein. Sie mochte diese

Dinge nicht. Und auf einmal wusste sie auch, warum.

Der Stillstand erwartete sie jeden Abend in ihrer Wohnung. Höchstpersönlich saß er auf ihrem Sofa und sah fern.

Simon war der Stillstand!

Feline fragte sich, wieso ihr das nicht schon früher in den Sinn gekommen war. Warum sie ausgerechnet jetzt über einem Berg aus Radiergummikrümeln an Simon dachte.

Sie zerriss den Konzeptentwurf mit der Hektik-Stillstand-Idee und nahm ein neues Blatt, dessen weiße Unschuld sie vorwurfsvoll anstarrte.

Eine gestrichene Mittagspause, acht Becher Kaffee und unzählige Radiergummikrümel später stand Feline vor Hartbrichs Büro. Es war kurz vor zwanzig Uhr, als sie an seine Tür klopfte und ihm lächelnd ihr sechsseitiges Konzept sowie ein paar storyboardartige Skizzen überreichte.

Die Idee war plötzlich einfach da gewesen. Fruitsun baute seit Neuestem auf exotische Mischfruchtsäfte. Papaya-AloeVera, Ananas-Ingwer, Mango-Chili und Blutorange-Pfeffer. Feline hatte ihre alte Idee der vermenschlichten Früchte wieder aufgegriffen und für den Werbespot die Liebesgeschichte zwischen einer Mango und einer Chilischote entworfen, die gemeinsam am Fruchtsaftmeer unter dem Fruitsun-Baum saßen und sich am Ende aus Liebe ineinander ergossen. Während der Produkteinblendung wollte sie die ebenfalls verliebten anderen Früchte paarweise im Hintergrund zeigen. Ähnliches stellte sie sich auch für Plakate, Anzeigenwerbung und Social Media vor.

Die Idee war sehr gefühlsbetont, dessen war sich Feline bewusst, aber sie hielt es für angebracht, die Exotik der Produkte mit Erotik in Verbindung zu bringen, auch wenn sie sich nicht ganz sicher war, ob »Sex sells« auch für Früchte galt.

Hartbrich warf einen flüchtigen Blick über Felines Konzeptbeschreibung, sah sich die Skizzen etwas länger an, murmelte etwas Unverständliches und sagte ihr dann, dass sie am nächsten Morgen um neun in sein Büro kommen solle, bis dahin hätte er das durchgesehen.

Als Feline gegen 20.15 Uhr die Agentur verließ und über den Parkplatz zu ihrem Auto lief, erreichte sie eine Nachricht von Laura: »Hey Süße, ich bin mit meiner Lächel-Challenge absolut erfolgreich. Mehr wird nicht verraten.«

Kaum hatte Feline die Nachricht gelesen, rief Simon an. Wann sie denn komme, wollte er wissen.

»Ich sitze hier noch im Büro mit einem Stapel Arbeit. Ein bis zwei Stunden brauche ich bestimmt noch.« Feline war erschrocken über sich. Es war einfach so aus ihr herausgesprudelt. Ihr schien es, als hätte jemand anderes diese Worte gesprochen, als wäre sie es gar nicht selbst gewesen.

Simons Stimme klang enttäuscht. Feline spürte wieder dieses seltsame Gefühl in ihrem Magen. Sie werde sich beeilen und so schnell wie möglich zu ihm kommen, versprach sie und schloss die Tür ihres roten Mini Coopers auf.

Sie stieg ins Auto und war unentschlossen. Nach ihrer spontanen Arbeitslüge konnte sie noch nicht nach Hause und auf Lauras Lächel-Challenge-Flirtereien hatte sie nach dem anstrengenden Tag ebenso wenig Lust wie darauf, im Vlog von ihrem Lächeln gegenüber Hartbrich oder Tamara zu berichten. Plötzlich sah sie im Rückspiegel den roten Haarschopf ihrer Kollegin Beate, die für einen Hygieneartikel-Kunden zuständig war. Feline kannte sie schon, seit sie als studentische Hilfskraft in der Agentur begonnen hatte. Schnell stieg sie aus und rief hinter der Kollegin her.

Ob Beate Lust auf ein Bier habe, fragte sie. Beate überlegte kurz, willigte dann ein und stieg zu ihr ins Auto. Sie parkten in der Altstadt. Dort reihten sich die Kneipen aneinander, warben mit Schildern, Menükarten und Musik um die unentschlossen Flanierenden und mussten Feline und Beate doch schließlich an Felines Lieblingskneipe freigeben. Hier ergatterten die beiden Frauen noch zwei Plätze an einem rustikalen Holztisch und bestellten bei dem Kellner zwei Alt.

Beate war zurzeit in der Agentur ebenso eingespannt wie Feline und so ergab sich genügend Gesprächsstoff. Sie redeten über ihre Projekte, lästerten ein bisschen über Hartbrichs Art und Feline fragte Beate scherzhaft, ob sie nicht eine Praktikantin gebrauchen könnte. Leider hatte Beate schon zwei, aber Tamara war ja erst einmal mit den Werbespots beschäftigt und das beruhigte Feline.

Irgendwann kam eine junge Frau etwas verschämt an ihren Tisch. »Sorry, aber kann es sein, dass du

Line bist von ›Laura & Line?‹ Ich gucke euren Kanal regelmäßig, ihr macht nice Videos. Würdest du vielleicht ein Selfie mit mir machen?«

Feline lächelte. »Ja, die bin ich. Klar können wir ein Selfie machen.« Sie warf ihrer Kollegin einen verlegenen Blick zu, Beate grinste.

Die junge Frau stellte sich neben Feline und zückte ihr Smartphone. Sie lachten in die Selfie-Kamera, Feline mit ihren kurzen blonden Haaren und die junge Frau mit blondgefärbten Haaren und Pferdeschwanz. Fast sahen sie aus wie Laura und Line.

»Cool, danke!« Die junge Frau strahlte. »Dann nochmal sorry für die Störung und schönen Abend noch!«

»Dir auch«, sagte Feline und wandte sich wieder Beate zu.

Die flüsterte: »Nervt dich das nicht?«

Feline winkte ab. »Ach, das gehört dazu und ist ja auch nicht ständig so.«

»Da wir grad bei dem Thema sind ... ich habe auch mal in euren Youtube-Kanal reingeguckt.« Beate umfasste ihr Bierglas, bevor sie fortfuhr. »Ich will dir nicht zu nahe treten, aber eure Themen – Shopping, Schminken, Mode – sind ja manchmal schon etwas oberflächlich, oder?«

Feline lachte. »Klar sind sie das, aber das ist ja nicht schlimm. Ich sehe das so: Die Welt ist voll mit ernsten Themen – Kriege, Klimawandel, Krankheiten – und die Menschen wollen von diesen Themen auch mal entspannen. Das bieten wir ihnen. Es ist doch besser, wenn sie sich ein bisschen stylen und schminken und sich dadurch besser fühlen, als wenn sie Depressionen bekommen.«

Beate schüttelte grinsend den Kopf. »Du bist echt durch und durch eine Werbefrau.«

»Im Ernst: Besser die jungen Mädels gucken unseren Kanal, wo es um ein bisschen Mode und Lifestyle vor Düsseldorfer Kulisse geht, als irgendeinen Kanal, der sie in Diäten- oder Fitnesswahn treibt. Aber lass uns nicht nur über Arbeit reden, wie geht es dir denn sonst so?«

Beate druckste erst herum und rückte dann damit heraus, dass sie gerade dabei sei, sich von ihrem Mann zu trennen.

Feline hörte ihr zu, wollte ihr Mut machen, aber sie musste an die momentane Situation mit Simon denken, an ihre geschiedenen Eltern, an den Groll, der irgendwie immer hängen blieb.

Ihr war, als würde ihr momentan schlichtweg das Repertoire dazu fehlen, Beate aufzubauen. Feline merkte, wie Floskeln ihrem Mund entwichen, nur um irgendetwas zu sagen und ihre eigene Konzentration auf Beate zu lenken und nicht auf den belogenen Simon.

Gegen halb zehn brachte Feline Beate zurück zur Agentur. Sobald sie alleine im Auto saß, meldete sich ihr schlechtes Gewissen Simon gegenüber. Im Radio kam ein uraltes Lied, das sie kannte, weil ihr Vater früher gerne Bruce Springsteen gehört hatte: »Hungry Hearts«. Sie stellte lauter und als das Lied den Wagen ausfüllte, wusste sie plötzlich, was zu tun war.

Bei der nächsten Gelegenheit hielt sie rechts an, stieg aus, trat durch die Glastür in die Neonbeleuchtung und bestellte bei dem freundlichen Mann hinter der Theke eine doppelte Currywurst zum Mitnehmen.

Mit ihrer Beute fuhr Feline auf einen dunklen Parkplatz, befreite ihr Essen von dem rosafarbenen Packpapier und zog das weiße Trennpapier aus der Soße. Der Duft von Currywurst breitete sich im Wagen aus, sie sog ihn in sich, nahm dann die kleine Plastikgabel und stach sie vorsichtig in ein Wurststück. Aus der Pappschale dampfte es. Feline musste an Nebelmaschinen denken, die den Auftritt von Stars begleiteten, während sie das ketchuptriefende Etwas zu ihrem Mund führte. Mit den Zähnen zog sie das Stück Currywurst von der Gabel und ihre Zunge begann zu schmecken.

Sie war sich des großen Auftritts, den sie ihrer Currywurst bereitete, bewusst, aber als sich der Geschmack in ihrem Mund ausbreitete, die warme Wurst in ihrem Magen landete und das flaue Gefühl, das dort saß, verdrängte, fand sie, dass die Currywurst diesen Auftritt verdient hatte.

Sie genoss jeden Bissen und während sie später durch die abendlichen Straßen nach Hause fuhr, pfiff sie laut »Hungry Hearts« und fühlte sich gut.

Als Feline die Wohnungstür aufschloss, lief der Fernseher nicht. Im Wohnzimmer war es dunkel. Auch in der Küche schien kein Licht. Vielleicht war Simon schon ins Bett gegangen, dachte sie, ja sie hoffte es fast, dann würde sie das Essen im Ofen einfach wegwerfen und ihr Currywurstgeheimnis für sich behalten.

Vorsichtig schlich sie ins Schlafzimmer. Sie konnte nichts erkennen und knipste leise das Licht an. Das Bett war leer. Wo war Simon?

Die Inspektion des Badezimmers führte ebenfalls zu keinem Ergebnis, sodass nur noch ein Raum übrigblieb. Als sie ins Wohnzimmer trat, sah sie schon den schmalen Lichtstrahl unter der Tür zum Arbeitszimmer.

Feline atmete tief durch und überlegte. *»Simon, ich habe bereits gegessen. Ich hatte Lust auf Currywurst.«* Nein, das war keine gute Erklärung. *»Ich bin so gestresst, ich habe gar keinen Hunger, ich kann mir ja dein Essen morgen Mittag in der Agentur warm machen.«* Das war feige, fand sie. *»Simon, ich habe Currywurst gegessen. Das war mein Protest, das war wie ein Befreiungsschlag, wenn ich ehrlich bin, kotzen mich deine kulinarischen Köstlichkeiten an.«* Das war zu hart, das konnte sie nicht bringen.

»Hey, da bist du ja endlich. Was stehst du denn hier im Dunkeln?«

Feline erschrak. Simon stand in der Tür, knipste das Licht an und betrachtete amüsiert seine Freundin.

»Ich ... ach, ich weiß auch nicht. Ich habe mich gewundert, dass du nicht fernsiehst.«

Ein Funkeln lag in seinen grünen Augen. Jetzt sagt er es, jetzt sagt er gleich, dass noch Essen im Ofen steht, dachte sie.

»Komm mal mit, ich muss dir was zeigen.« Simon verschwand im Arbeitszimmer.

Feline folgte ihm vorsichtig. Hoffentlich hatte er kein Picknick zwischen Akten geplant. Sie war erleichtert, als nichts im Arbeitszimmer auf Essen hindeutete.

Simon drückte ihr Blätter in die Hand. »Hier, sieh mal, meine Bewerbung, vielleicht kannst du sie ja gleich mal korrekturlesen.«

Feline stutzte. »Hast du Matthis erreicht?«

»Ja, und er hat mir die Telefonnummer von dem Bekannten seines Freundes gegeben und dann hab ich mit dem gesprochen. Ein Architekturbüro in Ratingen. Die suchen dringend jemanden, weil ein Kollege krankheitsbedingt länger ausfällt, und wahrscheinlich kann ich mich Freitag schon vorstellen. Das erfahre ich morgen.«

»Aber ... aber das ist ja super.« Feline wusste gar nicht, was sie sagen sollte. Simon grinste sie an und Feline zog ihn an sich und drückte ihm einen Kuss auf den Mund.

»Ach, übrigens«, sagte Simon, »in der Küche da steht ...« Feline hielt die Luft an.

»Also, in der Küche steht heute nur Brot, wenn du Hunger hast. Ich hab es echt nicht geschafft, zu kochen. Ich war den ganzen Tag mit der Bewerbung beschäftigt.«

Sie atmete auf. »Aber das macht doch nichts. Kein Problem. Ich habe so spät sowieso keinen Hunger mehr.«

2 Tage vorher

Als Feline am nächsten Morgen zur verabredeten Zeit vor Hartbrichs Büro stand, war sie gut gelaunt. Schon morgens früh hatte sie im Südpark ein Video für die Lächel-Challenge gedreht und jetzt war sie trotz der wenigen Stunden Schlaf richtig wach. Und sie sah auch so aus, denn Schlafdefizite mit Make-up zu überdecken, beherrschten Laura und sie ziemlich gut. Hartbrich würde ihrem Entwurf zustimmen – da war sie zuversichtlich.

Sie klopfte leise, vernahm sein gemurmeltes »Herein« und betrat lächelnd das Büro. Hartbrich kam hinter seinem Glasschreibtisch hervor, begrüßte Feline und bot ihr einen Platz an dem kleinen Besprechungstisch an.

Obwohl sie nun schon lange in der Agentur arbeitete, konnte sie Hartbrich immer noch nicht richtig einschätzen. War sein Lächeln echt oder war es gestellt zum Zwecke seiner Wirksamkeit auf Kunden und Mitarbeiter? Vielleicht machte auch er gerade eine Lächel-Challenge? Er wirkte unnahbar und trotzdem lag in seiner Mimik und Gestik auch immer etwas Verbindliches.

Als er sich zu Feline an den Tisch setzte und die Beine übereinanderschlug, rutschte seine Anzughose hoch und gab den Blick auf seine Socken frei. Die eine war dunkelblau und die andere schwarz, stellte Feline fest und musste innerlich grinsen.

Hartbrich gefiel die Idee mit den liebenden Früchten, jedoch befürchtete er, dass der Spot nur Kinder anspräche, wenn man die Früchte sprechen ließe. Deshalb sollte sie den Dialog besser beiseitelassen und stattdessen noch mehr auf Gefühl setzen, meinte er. Er hatte noch ein paar Verbesserungsvorschläge, aber insgesamt war Feline zufrieden, dass ihm ihre Idee gefiel und er nur Kleinigkeiten geändert haben wollte.

»Frau Nebel, wie schnell schaffen Sie die Änderungen?«

Hartbrich klang nicht so, als läge diese Entscheidung bei ihr, deshalb stellte Feline die Gegenfrage.

»Wie schnell brauchen Sie die Entwürfe?«

»Morgen früh um elf Uhr kommen die Fruitsun-Leute. Bis dahin bräuchte ich sie.«

Feline atmete tief durch. Lächeln konnte sie nun nicht mehr. »Bis elf Uhr morgen? Präsentationsgeeignete Entwürfe?«

»Natürlich präsentationsgeeignet. Und das Konzept als Powerpoint-Präsentation dazu wäre nett. Sie schaffen das doch, oder?«

Muss ich wohl, dachte Feline und zu Hartbrich sagte sie: »Ja, kein Problem.«

Als Feline über den Flur Richtung Fruchthöhle lief, überlegte sie, wie Hartbrich sich das vorstellte. Seit Sandra in Elternzeit war, glaubte Hartbrich, sie könne Arbeit für zwei machen. Normalerweise teilten sich Sandra und Feline die Fruitsun-Aufgaben nach ihren Kompetenzbereichen Marketing und Kreation. Nun musste Feline das gesamte Marketing noch mit übernehmen. Hartbrich hatte es für unnötig befunden, für die kurze Dauer einen

Ersatz einzustellen. Er selbst musste ja auch nicht doppelt arbeiten. Es wurde Zeit, dass Sandra wiederkam.

Feline rollte ihre Schultern nach hinten und schüttelte ihre Arme aus. Schon beim Aufstehen hatte sie sich verspannt gefühlt, dabei war der Abend zuvor mit Simon seit langem mal wieder entspannt gewesen.

Sie betrat die Fruchthöhle und stutzte. Tamara saß schon kaugummikauend hinter dem zweiten Schreibtisch und schien sich zu langweilen. Feline ordnete ihre Sachen und Gedanken. Sie schickte eine Nachricht an Simon, dass es an diesem Abend sehr spät werden könnte und er nicht auf sie warten sollte. Sie tippte automatisch ein »Ich liebe dich« dahinter, löschte es dann wieder und machte daraus ein »Wünsche dir, dass Ratingen klappt«. Sich selbst wünschte sie es auch, aber das schrieb sie nicht.

Tamara blickte sie herausfordernd an. Lächeln, sagte sie sich innerlich, lächeln. Sie musste an ihre eigenen Praktika denken. Man hatte ihr eigentlich immer von Anfang an Verantwortung übertragen und ihr auch größere Aufgaben anvertraut. Lästige Praktikantenarbeiten waren eher die Ausnahme gewesen. Und wenn sie doch mal zwei Tage am Kopierer gestanden hatte, war das danach durch interessante Tätigkeiten ausgeglichen worden. Dabei war sie damals um einiges jünger gewesen als Tamara jetzt.

»Kennst du dich zufällig mit PowerPoint aus?«

Tamara nickte. »Ich habe einen PowerPoint-Kurs an der Uni gemacht.«

»Kannst du es richtig gut? Ich meine, würdest du dir zutrauen, eine Präsentation für Fruitsun zu machen?«

Tamaras Gesicht erhellte sich. »Ach, bestimmt. Das werde ich schon irgendwie hinkriegen.«

»Okay, dann bringe ich jetzt das Konzept in Endform und danach erkläre ich dir alles.«

Tamara war sichtlich erfreut. Feline hoffte nur, dass ihr das Vertrauen in die Praktikantin nicht noch mehr Arbeit einbringen würde.

Am Nachmittag hatte Feline schon einiges geschafft. Sie hatte Tamara das Konzept für die PowerPoint-Präsentation gegeben, das diese nun eifrig in den Computer eingab. Feline war ihr dankbar, dass sie die Arbeit schweigend erledigte, und sie sich so auf das Rohlayout konzentrieren konnte, das sie per Hand vorzeichnete und dann im Computer vollendete.

Die Verspannung in ihren Schultern war inzwischen zu einem stechenden Schmerz geworden, der sich den Hals hochzog bis hinter ihr rechtes Ohr. Sie hatte wohl mal wieder zu viel am Computer gesessen und zu wenig für ihren Rücken getan. Feline riss sich zusammen, versuchte, nicht an den Schmerz zu denken und konzentrierte sich auf ihre Früchte, die süße Mango und die scharfe Chilischote, die in trauter Zweisamkeit am Fruchtsaftmeer saßen und ihre Liebe lebten.

Um 19.30 Uhr fragte Tamara vorsichtig, ob es in Ordnung sei, wenn sie jetzt gehen würde, sie hätte eine Verabredung, könnte aber gerne am nächsten Morgen früher kommen, um weiter zu helfen. Feline ließ Tamara gehen und warf einen Blick über die PowerPoint-Präsentation. Ein paar Kleinigkeiten waren noch zu ändern, aber insgesamt hatte Tamara gute Vorarbeit geleistet.

Das Storyboard für den Werbespot sah inzwischen ganz akzeptabel aus, zumindest auf dem Bildschirm. An den Beispielplakaten und Anzeigen arbeitete Feline noch. Präsentationsfähig war bisher nichts davon, sie würde die Dinge zwar in die PowerPoint-Präsentation packen, aber Hartbrich hatte es auch immer gerne, wenn er dem Kunden schon Probedrucke in die Hand geben konnte. Es gab also weiterhin viel zu tun.

Die Schmerzen in ihrer Schulter hatten kaum nachgelassen, obwohl sich Feline zwischendurch von der Sekretärin eine Schmerztablette geholt hatte. Sie starrte auf den Bildschirm, spülte die Gedanken an ihre Schulter mit unzähligen Tassen Kaffee hinunter und das Einzige, was sie zwischendurch aufmunterte, war die Nachricht von Simon, dass er sich am nächsten Morgen tatsächlich in Ratingen vorstellen könne.

Es war Viertel vor eins, als Feline nach Hause kam. Simon schlief und sie versuchte, so leise wie möglich zu sein, um ihn nicht zu wecken. Schließlich sollte er für sein Vorstellungsgespräch ausgeschlafen sein.

Feline kroch zu ihm ins Bett, ja, sie kroch wirklich. Sie war hundemüde, aber, was noch schlimmer war, der Schmerz wollte einfach nicht nachlassen. Er zog von der Schulter bis hinter ihr Ohr und vom Ohr zurück bis in die Schulter. Er pochte, er schrie, er ließ sie sich im Bett hin und her wälzen und auch, wenn sie versuchte, ihre Gedanken auf andere Dinge zu lenken, so brannte er sich doch immer wieder in ihr Hirn und hämmerte sich dort fest, während sie neben sich Simons gleichmäßige Atemzüge vernahm.

Lange lag sie wach, wünschte sich den Morgen herbei und als sie endlich nach Stunden einschlief, träumte sie wirres Zeug von der Fruitsun-Präsentation.

Einen Tag vorher

Der Wecker meldete sich früh mit seinem nervenden Piepen. Feline blinzelte auf das Ziffernblatt. Fruitsun. Sie wollte schon um halb acht im Büro sein, um die restliche Arbeit für die Präsentation zu erledigen. Das Bett neben ihr war leer. Simon war schon auf, aus der Küche drang der Duft von Kaffee und aufgebackenen Brötchen.

Sie entsann sich der vergangenen Nacht. Einen Moment hoffte sie, alles nur geträumt zu haben, aber dann meldete sich ein schmerzendes Ziehen an ihrem Hals, sie stöhnte, und zwang sich aus dem Bett. Sie fühlte sich wie nach einer durchzechten Nacht, nur dass sich zu dem geräderten Gebaren ihres Körpers noch dieser stechende Schmerz hinzugesellte. Beim Zähneputzen stellte sie fest, dass sich ihre rechte Wange ein bisschen taub anfühlte, so als sei sie beim Zahnarzt gewesen. Einbildung oder Hypochondrie, versuchte sie sich zu beruhigen und lenkte ihre Gedanken auf Fruitsun. Sie verpasste ihrem blassen Gesicht ein perfektes Make-up, trug noch etwas mehr auf als sonst, denn sie hatte das Gefühl, nicht nur ein paar Hautunreinheiten, sondern auch alle Zweifel überdecken zu müssen. Schließlich zog sie ihren kurzen roten Rock und die gestreifte Bluse an.

Hartbrich pflegte stets zu sagen, dass sich die Kreativen bei Präsentationen farbbetont anziehen sollten, um dem Kunden sein Kreativen-Klischee zu bestätigen, während die Marketing-Leute mit bedeckten, seriösen Farben zeigen sollten, dass sie imstande seien, die chaotisch-flippigen Ideen der Kreativen in ein geordnetes und funktionierendes Marketingkonzept umzusetzen. Feline hielt nicht viel von solchen Kategorisierungen, richtete sich aber trotzdem meistens nach Hartbrichs Wünschen.

»Wie siehst du denn aus? Hast du die Nacht durchgemacht?«, fragte Simon, als sie in die Küche kam. Offensichtlich war ihr Make-up noch immer nicht dick genug.

»Ich hab schlecht geschlafen. Ich war total verspannt, das tat richtig weh.«

»Soll ich dich massieren?«, fragte Simon. Er war frisch rasiert, trug ein ordentliches Hemd und sah verdammt gut aus.

»Danke, aber ich muss gleich in die Agentur, vielleicht werde ich heute Abend darauf zurückkommen, wenn ich die Präsentation hinter mir habe.«

Feline nahm im Stehen einen Schluck Kaffee, schmierte sich eilig ein Brot, packte es in ihre Tasche und gab Simon einen Kuss auf den Mund.

»Ich drücke dir ganz doll die Daumen für dein Gespräch.«

»Danke«, antwortete er, »aber wenn das mit den Schmerzen schlimmer wird, geh mal besser zum Arzt, nicht, dass du dir irgendwas ausgerenkt hast.«

»Ach, ich merke kaum noch etwas von den Schmerzen«, log sie. »Ich gehe am Wochenende schwimmen, dann wird das besser.«

In der Agentur wartete so viel Arbeit, dass sie jede Minute nutzen musste, um rechtzeitig fertig zu werden, und sich untersagte, auch nur eine Sekunde an den Schmerz in ihrer Schulter geschweige denn an das taube Gefühl zu denken.

Tamara kam um acht und Feline war ihr sehr dankbar dafür. Gemeinsam stellten sie in zweieinhalb Stunden alle Unterlagen zusammen. Zwar machte Tamara nicht alles auf Anhieb richtig, aber mit ihrer Hilfe war Feline trotzdem schneller als alleine. Gegen halb elf konnte sie Hartbrich die gesamte Präsentation auf einem Stick und als Ausdruck in Ringbuchform zusammen mit Plakaten und Anzeigen in Originalgröße vorlegen. Tamara testete die Power-Point-Präsentation und Feline warf einen kritischen Blick auf das projizierte Bild an der Wand – Helligkeit, Schärfe und Größe des Bildes waren richtig eingestellt.

»Danke. Du hast mir echt geholfen.« Feline schenkte Tamara ein anerkennendes Lächeln und glaubte, in den Augen ihrer Praktikantin ein kleines, triumphierendes Funkeln zu sehen.

Zwei Stunden später begleitete Hartbrich die Fruitsun-Menschen zur Tür, während Feline sich in einen Stuhl fallen ließ und aufatmete. Fruitsun war mit der Kampagne einverstanden, ja, sie waren nicht nur zufrieden gewesen, sondern begeistert. Feline spürte, wie sich die Erleichterung in ihrem Körper ausbreitete und atmete tief durch. Das Taubheitsgefühl in den Wangen war verschwunden, nur den Schmerz in der Schulter merkte sie noch.

Hartbrich kam zurück in den Sitzungsraum und bedankte sich bei Feline für die gute Arbeit, indem er ihr die Hand reichte und anerkennend nickte. Dann druckste er kurz herum, bevor er ihr mitteilte, dass ihn die Fruitsunner draußen um die Vorverschiebung des Fertigstellungstermins um eine Woche gebeten hätten, und er natürlich zugesagt hätte.

»Das ist doch kein Problem für Sie?«

Feline schüttelte den Kopf. Erst einmal war nun Wochenende, da würde sie ausspannen und nächste Woche würde sie dann wohl wieder ein paar Abende in der Agentur verbringen müssen.

Als sie die Fruchthöhle betrat, blickte Tamara sie erwartungsvoll an. »Und?«

»Wir haben den Zuschlag. Aber nun geht die Arbeit weiter. Wir müssen einen Zeitplan machen und einen Termin mit der Produktionsfirma vereinbaren. Hilfst du mir?«

Tamara nickte.

Die Schmerzen zogen sich wie am Tag zuvor bis hinter ihr Ohr. Das Stechen und Pochen war nervenaufreibend, aber trotzdem arbeitete Feline bis neunzehn Uhr. Die Produktionszeit für den Spot war sehr knapp kalkuliert und nach Lächeln für die Lächel-Challenge war ihr sowieso nicht zumute.

Deshalb hatte sie noch einen To-do-Plan erstellt, damit sie am Montag direkt loslegen konnte. Wenngleich ihre Gedanken immer wieder zu dem Schmerz wanderten, so zwang sie sie doch zurück in die Agentur und zu ihren Aufgaben, so lange, bis der Plan fertig war.

Später im Auto schien es ihr fast, als hätten Schulter und Hals nur darauf gewartet, endlich aus der Agentur zu kommen, denn nun vereinnahmte sie das Stechen so sehr, dass sie an nichts anderes mehr denken konnte. Es war sowohl Stechen als auch Ziehen, es war Pochen und Hämmern mit einer zuvor nie erlebten Aufdringlichkeit – es war ein seltsamer Schmerz, den einzuordnen sie nicht imstande war.

Im Treppenhaus roch es nach Essen. Als sie die Wohnungstür aufschloss, wusste Feline, dass Simon gekocht hatte. Während sie ihre Jacke ablegte, kam er in den Flur.

»Wie war die Präsentation? Haben wir zwei Sachen zu feiern?«

Feline zog ihre Schuhe aus. »Wir haben den Auftrag. Aber sag du, wie war dein Gespräch?«

»Es war wirklich gut. Die Leute da scheinen echt nett zu sein. Ich erfahre nächste Woche, ob es klappt, doch ich habe so ein gutes Gefühl, ich dachte, ich koche uns etwas Nettes. Aber du klingst ja nicht sehr begeistert, dafür, dass ihr den Auftrag habt.«

Sie blickte zu Simon auf. Er trug noch sein schickes Hemd vom Morgen, auf dessen Knopfleiste ein kleiner Spritzer roter Soße verriet, dass er von der Rolle des Bewerbers wieder in seine tägliche Rolle des Koches geschlüpft war. Aber heute hatte der Koch seinen leeren Blick gegen ein aufgeregtes Blitzen in seinen Augen getauscht. Feline versuchte, sich für Simon zu freuen, aber der Schmerz schrie, zog ihren Hals hinauf und ließ für Positives keinen Platz.

»Es freut mich für dich, wirklich. Ich hab nur immer noch diesen Schmerz in der Schulter, der macht mich bekloppt.«

Simon sah sie besorgt an und führte sie dann in die Küche. Er hatte den Tisch nett gedeckt und ein Duft füllte den Raum, mit dem Feline sich gerne betäubt hätte, aber der Schmerz ließ sich nicht betäuben. Sie setzte sich. Simon holte eine Auflaufform aus dem Backofen, auf dem Tisch dampfte schon Reis. Er stellte eine Schüssel Salat dazu und setzte sich ebenfalls.

»Schweinemedaillons in Paprikasahne«, sagte er und gab erst ihr und dann sich selbst etwas auf den Teller.

Als sie aßen, war es anders als sonst.

Feline spürte, dass er gekocht hatte, weil das Gespräch gut gelaufen war und nicht, um überhaupt irgendetwas zustande zu bringen und sich über das Essen ihre Anerkennung zu holen.

Ihr schmeckte es auch, ja, das erste Mal seit Langem aß sie Simons Essen ohne diesen faden Beigeschmack, ohne das Gefühl, es essen zu müssen. Auf einmal bemerkte sie sogar, dass das flaue Gefühl in der Magengegend verschwunden war, dass sie Simon ansehen konnte, ohne dass dieses Gefühl zurückkehrte.

Es wäre perfekt gewesen, vollkommen und wunderschön, ein Hauch von früher, wenn nicht die Schmerzen in ihrer Schulter sie davon abgehalten hätten, sich wirklich mit ganzer Seele auf Simon, sein Essen und diesen Abend einzulassen.

Sie merkte, dass es keinen Sinn hatte, und deshalb erklärte sie gegen einundzwanzig Uhr, dass sie schlafen gehen würde. Simon nickte und fragte sie, ob er ihr noch etwas Gutes tun könne. Aber Feline wollte schlafen, einfach nur schlafen und die Schmerzen nicht mehr spüren.

Sie legte sich ins Bett, doch je ruhiger sie wurde, desto mehr breiteten sich die Schmerzen in ihr aus, ließen sie zu einem einzigen Schmerz werden und sie konnte an nichts anderes mehr denken, geschweige denn schlafen. Irgendwann rief sie nach Simon. Der fand im Bad ein Schmerzmittel, das er selbst einmal verschrieben bekommen hatte, und gab es ihr. Zuerst merkte Feline nichts, aber dann spürte sie, wie der Schmerz sich langsam aus ihrem Körper zog, wie er schwächer wurde, bis sie ihn schließlich nicht mehr spürte und der Schlaf sich ihrer annahm.

2.
Der Tag, an dem das Lächeln ging

**»Allein im Lächeln liegt
das beschlossen, was man die
Schönheit eines Gesichtes nennt.«**
Leo Tolstoi

Am nächsten Morgen war der Schmerz weg, er war über Nacht nicht zurückgekehrt und Feline atmete auf.

Das Bett neben ihr war leer. Simon war nun schon den zweiten Tag vor ihr aufgestanden – das hatte es seit Monaten nicht mehr gegeben. Sie war froh, dass er nicht abgerutscht war in diese Welt, die ihr nicht zugänglich schien. Er war auf dem besten Weg zurück in ihr gemeinsames Leben, wenn, ja wenn das mit dem neuen Job klappen würde.

Feline stand auf, sie fühlte sich etwas komisch, aber eigentlich war sie nur froh, dass diese schrecklichen Schmerzen weg waren. Auch ihre Schultern schienen nicht mehr ganz so verspannt zu sein.

Sie ging ins Badezimmer, warf den allmorgendlichen Blick in den Spiegel und erschrak.

Wie sah sie aus? Was war das? Sie war schief!

Ihre rechte Gesichtshälfte hing vollkommen schlaff herunter. Sie spürte zwar keine Schmerzen, aber nun fiel ihr auf, dass sie auch sonst nichts spürte, zumindest nicht auf der einen Seite ihres Gesichtes. Dort war alles taub. Sie sah fürchterlich aus: Ihre Augenbraue war über das rechte Auge gesackt, der rechte Mundwinkel hing herunter.

Sie sah aus, als würde sie eine asymmetrische Grimasse schneiden, aber sie schnitt keine Grimasse. Sie versuchte zu lächeln, auch wenn ihr danach gerade gar nicht zumute war, aber nur ihr linker Mundwinkel zog sich nach oben, der rechte blieb, wo er war, ja, er schien sich sogar noch weiter nach unten zu ziehen. Feline nahm ihre Zahnbürste, gab Zahnpasta darauf und begann ihre Zähne zu putzen.

46

Links schrubbte es sich ganz normal, aber auf der rechten Seite musste sie ihre Wange von den Zähnen wegschieben, um überhaupt Platz zum Putzen zu haben, dabei spürte sie nichts, und ihre Oberlippe hing wie ein schlaffer Schlauch um den Zahnbürstenhals. Ihr gelang es kaum, die Zahnpasta auszuspucken, Wasser und Schaum liefen aus ihrem Mundwinkel, sie bekleckerte ihr Nachthemd. Einmal hatte sie einen Film gesehen, in dem ein Mann plötzlich als Alien aufwachte, und so ähnlich fühlte sie sich jetzt.

Was war mit ihr geschehen?

Feline tastete ihr Gesicht ab. Sie schob ihre rechte Augenbraue nach oben, sodass sie auf der Stirn Falten bildete, aber als sie sie losließ, fiel die Augenbraue wie ein Sandsack wieder über das Auge.

Ein asymmetrisches Abbild ihrer selbst starrte sie an, als sei ihr Spiegel über Nacht zu einem Zerrspiegel geworden. Immer wieder wandte sie ihren Blick ab, wollte der reflektierenden Glasfläche eine neue Chance geben, sie richtig abzubilden, doch die zeigte unbeirrbar die schiefe Version des vertrauten Gesichtes.

Feline verharrte eine Weile vor dem Spiegel, starrte ungläubig hinein, unfähig sich abzuwenden und entsetzt über diese Fratze, die ihr entgegenblickte.

Dann lief sie aus dem Bad.

Simon war nicht da. Wahrscheinlich holte er Brötchen und Zeitung, vielleicht kaufte er auch gleich mit ein, jedenfalls war er nicht da und sie war alleine mit dieser Fratze, die ihr Gesicht war, und das machte ihr Angst.

Der Flur- und der Schlafzimmerspiegel zeigten ihr das gleiche Bild.

Das war nicht sie, Feline, das war ein schiefes Etwas, ein Fratzenmonster, eine Farce.

Sie versuchte, einen klaren Gedanken zu fassen. Alles war so taub, nichts bewegte sich, ihr Verstand sagte ihr, dass das eine Lähmung sein musste, aber eine Lähmung im Gesicht?

Wie in Trance nahm sie ihr Smartphone und suchte im Internet nach dem Begriff »Gesichtslähmung«.

Schon der erste Eintrag sagte Feline alles, was sie wissen wollte, und sie stellte eine Selbstdiagnose: Offensichtlich war ihr siebter Gehirnnerv entzündet, der siebte Gehirnnerv war normalerweise für die Gesichtsmuskulatur zuständig und hatte diese Funktion nun anscheinend auf der rechten Seite aufgegeben. Das Ganze nannte sich unter Medizinern Fazialisparese.

Mit zittrigen Fingern schloss sie die Info. Mehr wollte sie gar nicht wissen. Sie wollte so etwas überhaupt nicht lesen. Das musste ein schlechter Traum sein, gleich würde sie aufwachen, dann würde alles so sein wie vorher, Simon würde kommen und sie würden zusammen frühstücken.

Feline ging ins Schlafzimmer, legte sich zurück ins Bett und zog sich die Decke über den Kopf. Sie wusste nicht, was sie machen sollte. Simon sollte endlich kommen. Die Fratze spukte in ihrem Kopf, ließ keinen klaren Gedanken zu. Sie musste etwas tun, aber sie lag da, bewegungslos, geschockt, und auch wenn es nur ihr Gesicht zu sein schien, fühlte sie sich am ganzen Körper handlungsunfähig, taub, gelähmt.

Endlich hörte Feline den Schlüssel in der Tür. Sie stand auf und ging Simon entgegen.
»Guck dir mal mein Gesicht an!«
Simon erschrak. »Wie siehst du denn aus?«
»Ich glaube, ich habe eine Gesichtslähmung.«
»Mein Gott!«
Feline stellte sich neben Simon vor den Flurspiegel. »Ich hab schon im Internet nachgesehen, die Symptome treffen alle zu. Guck dir das an.«
Sie hob ihre Augenbraue an, die wieder schlaff über ihr Auge fiel, versuchte zu lächeln und die schiefe Fratze starrte ihnen entgegen.
»Guck dir das an, guck dir das an, das kann doch nicht ich sein!« Die Worte stolperten aus ihrem Mund.
Simon nahm seine Freundin in den Arm und drückte sie behutsam an sich. Feline wusste nicht, wohin mit ihren Gedanken, wohin mit ihrem Gesicht, wieso bekam man so ein Gesicht? Das sah doch schrecklich aus! Das fühlte sich furchtbar an. Nein, eigentlich fühlte sie es gar nicht. Wie lange würde das so bleiben?
Simon hatte plötzlich sein Smartphone in der Hand. »Ich rufe sofort Justus an, der ist doch Arzt. Der kann uns vielleicht sagen, an wen wir uns am besten wenden sollen.«
Feline stand dort, im Nachthemd, aber sie fror nicht. Während Simon am Telefon ihren Zustand schilderte, fühlte sie sich, als sei sie gar nicht da,

als wäre das alles ein schlechter Film, den sie zufällig sähe, gleich würde sie umschalten und dann wäre alles so wie vorher. Tausend Gedanken schossen ihr durch den Kopf und doch fühlte sie sich leer und handlungsunfähig.

»Justus will sofort im Krankenhaus anrufen und ruft uns dann zurück.«

Gemeinsam setzten sie sich auf ihr Sofa und starrten auf das Smartphone, das sie vor sich auf den Couchtisch gelegt hatten. Simon streichelte etwas unbeholfen Felines Hand. Sie ließ es geschehen, blickte gebannt auf das Telefon und doch irgendwie hindurch. Die Wohnzimmeruhr tickte laut und Feline fragte sich kurz, warum sie dieses laute Ticken zuvor nie wahrgenommen hatte. Unten im Hof gurrten Tauben, ein Auto fuhr draußen vorbei und sie wandte ihren Blick nicht vom Telefon ab.

Endlich klingelte es. Simon meldete sich und Feline suchte in seinem Blick und in seiner Mimik Zeichen, die sich deuten ließen. Sie wurde nicht schlau daraus. Simon bedankte sich kurz und drückte das Gespräch weg.

»Wir sollen sofort ins Klinikum fahren. Du kannst ja vorsichtshalber deine Sachen packen, falls du dableiben musst. Justus meint, das stünde noch nicht fest, die wollen dich erst einmal sehen.«

Feline warf Simon einen entsetzten Blick zu. »Ich bleib da nicht.« Sie merkte, dass sie nicht einmal normal sprechen konnte. Manche Laute konnte sie mit der halben Mundmuskulatur nicht richtig formen. Ober- und Unterlippe fügten sich nicht wie gewohnt zusammen, ihre Worte stockten und verhakten sich. »Simon, ich war noch nie im Krankenhaus! Außer bei meiner Geburt. Dafür hab ich auch gar keine Zeit, ich bin mit Laura zum Schnitt verabredet und du glaubst ja nicht, was in der Agentur los ist. Fruitsun ...«

»Line, kannst du bitte ein einziges Mal Fruitsun aus dem Spiel lassen?« Simon war laut geworden. Sie sah ihn entsetzt an.

»Sorry«, sagte er mit ruhiger Stimme, »du ziehst dich jetzt erst einmal an, dann fahren wir ins Krankenhaus und dann sehen wir weiter, okay?«

Feline nickte. Sie fühlte sich auf einmal alles andere als erwachsen.

Als sie eine Dreiviertelstunde später im Wartezimmer der neurologischen Aufnahme saßen, blickte Feline starr auf den Fußboden, damit niemand ihre Fratze sah. Sie fühlte sich ungeschminkt und schrecklich. Ihre blonden Wimpern, die sie sonst immer tuschte, ihre Lippen ohne Kontur, ihre Haut nackt ohne Make-up und dazu diese fratzenhafte Asymmetrie, die sowieso keine Schminke der Welt hätte verbergen können – da war es besser, auf den Boden zu starren.

Der Fußboden mit seinem gemusterten Linoleumbelag schien sowieso den Höhepunkt in diesem sterilen Raum zu bilden, dessen einziger Wandschmuck aus einem computergedruckten Hinweiszettel bestand. Die Neonröhren warfen fahles Licht auf die sich gegenüberstehenden Stühle, Fenster gab es nicht. In der Ecke präsentierte ein kleiner Plastiktisch Zeitschriften, deren Aktualität man angesichts der Weihnachtsrezeptankündigung auf der Titelseite bezweifeln musste.

Ihr Smartphone verkündete den Eingang einer neuen Nachricht. Laura fragte, wann sie sich zum Schnitt der Lächel-Challenge treffen wollten.

»Mach es aus«, riet Simon, »jetzt müssen wir erst mal gucken, was mit dir ist.«

Feline folgte seinem Rat und hoffte, bald aufgerufen zu werden. Er griff zögerlich nach ihrer Hand, wusste aber auch nichts zu sagen und so saßen sie da, Feline starrte auf den Boden und Simon auf die Tür.

Endlich kam eine Schwester und führte sie in einen Untersuchungsraum. Simon folgte den beiden. Die Schwester nahm mit routinierter Schroffheit ihre Personalien auf und wurde ein kleines bisschen freundlicher, als sie erfuhr, dass Feline eine private Krankenzusatzversicherung hatte. Wie automatisch gab Feline Namen, Geburtsdatum und alle benötigten Informationen an. Es schien ihr immer noch alles wie im Traum.

Erst als ein junger, dynamischer Arzt mit einem freundlichen »Grüß Gott« zur Tür hereinkam und sich vorstellte, versuchte sie, sich aus ihrer Starre zu lösen und seine süddeutsch akzentuierten Fragen zu beantworten.

Sie erzählte von dem Schmerz, der bis hinter ihr Ohr gezogen war und sich am Morgen gelegt hatte, um dieser hässlichen Fratze Platz zu machen. Der Arzt bat sie, ihre Zähne zu zeigen. Sie wollte ihren Mund zu einem breiten Grinsen öffnen, doch sie merkte, dass nur ihre linke Gesichtshälfte mitzog.

Rechts bewegte sich gar nichts. Sie sollte ihr Auge schließen. Feline versuchte es, aber das rechte Auge ging nicht mehr zu. Der Kussmund, um den sie der Arzt bat, zog sich windschief nach rechts, und es gelang ihr auch nicht, auf seine Aufforderung hin ihre Stirn zu runzeln.

Es ging nicht.

Es ging nichts.

Gar nichts.

»Das ist eindeutig eine Gesichtslähmung«, sagte der Arzt freundlich, aber bestimmt. Dann bat er Feline, sich auf die Liege zu setzen, nahm sein Hämmerchen und testete ihre Reflexe an Armen, Beinen und Füßen.

»Spüren Sie das?« Feline spürte alles.

»Die Lähmung scheint nicht durch einen Schlaganfall verursacht worden zu sein, dann wäre auch nur die untere Gesichtshälfte betroffen«, erklärte der Arzt. »Der siebte Gehirnnerv ist entzündet, man nennt das Fazialisparese. Die Lähmung geht zu 85 Prozent wieder zurück, das kann aber dauern. In den restlichen Fällen bleibt sie oder bildet sich nur unvollständig zurück.«

Feline blickte den Arzt fragend an. »Aber wie lange dauert das?«

»Vielleicht drei, vielleicht sechs Monate. Wenn Sie Glück haben, weniger.«

Simon schluckte. Feline starrte den Arzt ungläubig an. »Hören Sie, ich kann mit so einem Gesicht nicht herumlaufen. Ich bin Youtuberin und drehe wöchentlich Videos. Und ich arbeite in der Werbung, da hat man Kundengespräche.«

Simon sah sie tadelnd an, aber seine Stimme war leise und bedeckt. »Line, der Arzt kann doch nichts dafür.«

Der Arzt blickte auf die Notizen, die die Schwester zuvor gemacht hatte. »Frau Nebel, ich kann mir vorstellen, dass Ihr derzeitiges Aussehen nicht Ihren Idealen entspricht, aber das sollte Ihnen jetzt nicht wichtig sein. In den meisten Fällen kann man die genaue Ursache nicht feststellen, aber um das alles erst einmal herauszufinden, müssen Sie sich noch mehreren Untersuchungen unterziehen und deshalb nehmen wir Sie stationär auf.«

»Aber ich kann nur bis Montag, dann muss ich in die Agentur.«

»Line!«, flüsterte Simon streng.

»Sie werden sich wohl vorerst krankmelden müssen. Am Montag werden wir Sie sicher noch nicht entlassen. Wir messen noch schnell Ihren Blutdruck und machen ein EKG. Dann zeige ich Ihnen Ihr Zimmer.«

Der Arzt führte sie lange Krankenhausflure entlang. Feline folgte ihm wie in Trance. Sie starrte auf den Boden, damit die Entgegenkommenden möglichst wenig von ihrem Gesicht sahen.

»Neurologie« stand an der Tür, die er ihr aufhielt. Zimmertüren reihten sich aneinander mit Nummern und Namen, vor einer Tür blieb er stehen. Dort fehlte ein Namensschild.

»Hier ist Ihr Zimmer«, sagte er. Es war das letzte Zimmer hinten rechts. Ein Zweibettzimmer. Simon war losgefahren, um Felines Sachen zu holen.

Sie hatte sich geweigert, Gepäck mitzunehmen, weil der Arzt das als Aufforderung, sie auf jeden Fall stationär aufzunehmen, hätte verstehen können und sie wollte doch gar nicht hierbleiben. Nun hatte er sie auch ohne Gepäck im Krankenhaus behalten.

Feline setzte sich auf das freie Bett und wartete. Ihre Bettnachbarin schlief offensichtlich, sie hatte ihr den Rücken zugedreht. Aber auf ihrem Nachttisch standen ein Blumenstrauß, eine Schnabeltasse und eine Flasche Fruitsun-Orangen-Fitsaft. Feline wandte ihren Blick ab.

Eine Schwester kam herein, nahm ihre Personalien auf und maß noch einmal ihren Blutdruck. Sie gab ihr Essenskarten zum Ausfüllen und einen Becher für eine Urinprobe. Dann ließ sie sie alleine. Hoffentlich kommt Simon bald, dachte Feline.

Ihre Bettnachbarin hustete. Vielleicht hatte die sich nur schlafend gestellt, überlegte sie und starrte auf den breiten Rücken der anderen.

»Ich bin Feline«, sagte sie schließlich leise in Richtung Rücken.

Ihre Bettnachbarin drehte sich um. Nun konnte sie ihr Gesicht sehen. Sie war noch ein Teenager, auf jeden Fall jünger als Feline, etwas moppelig, mit braunen schulterlangen Haaren, und sie hatte eisblaue Augen, die Feline sofort faszinierten. Sie waren wie ein See, der zum Schwimmen einlud, wie das Meeres-Aquarell eines Künstlers, wie ein Farbe gewordenes Flehen. Und diese Augen starrten gebannt auf Felines Gesicht.

»Dolly, eigentlich Dolores, aber so nennt mich keiner«, stellte sie sich vor und starrte weiter.

Wie konnte man sich nur Dolly nennen, überlegte Feline. So wie das erste geklonte Schaf, dessen Todesnachricht in ihrer Kindheit durch die Medien gegangen war. Das Schaf Dolly hatte wegen vorzeitiger Alterserscheinungen viel zu früh eingeschläfert werden müssen. Felines Mutter hatte sich damals furchtbar aufgeregt: Da würde man sehen, wo es hinführte, wenn die Menschen Gott spielen wollten.

Dolly starrte immer noch auf Felines Gesicht. Dieser Spitzname passte nicht zu ihren tiefgründigen Augen.

»Ich hab ne Gesichtslähmung, und du?« Feline fand es seltsam, das auszusprechen, was sie selbst eigentlich noch gar nicht begriffen hatte.

»Das wissen die noch nicht genau.« Dolly klang betrübt.

Feline nahm sich die Essenskarten, versuchte das System zu verstehen und kreuzte schließlich irgendetwas an – schließlich hatte sie nicht vor, hier länger als zwei Nächte zu bleiben. Dann griff sie nach ihrem Smartphone. Laura hatte ihr inzwischen mehrere Nachrichten geschrieben. Feline antwortete nur kurz, dass sie im Krankenhaus sei und mehr noch nicht wisse. Sie brachte es nicht fertig, Laura zu schreiben, dass sie entstellt war.

Eigentlich wartete sie immer noch darauf, dass der Wecker klingelte und sie aus diesem Albtraum befreite.

Die Tür ging auf, der Arzt kam mit der Schwester herein und erklärte Feline, dass sie nun eine Lumbalpunktion an ihr vornehmen würden. Sie würden ihr nur etwas Nervenwasser aus dem unteren Rückenteil entnehmen, das sei nicht so schlimm und könne hier im Zimmer gemacht werden. Trotzdem müsse er sie über die Risiken aufklären. Er erzählte irgendetwas. Mediziner-Blabla, dachte Feline und hörte gar nicht zu, dachte an Laura und an Fruitsun und daran, dass sie nicht krank sein durfte.

Sie sollte sich auf ihr Bett setzen und den Rücken krumm machen. Der Arzt tastete an der Wirbelsäule.

»Gut, dass Sie schlank sind.« Er suchte den Punkt zwischen den Lendenwirbeln. Sie spürte, wie er ihn markierte. Die Schwester nahm Felines Kopf, drückte ihn an ihre Brust.

»Gleich kommt der Stich«, sagte sie.

Dolly kicherte. Der Stich kam, es war ein stechender Schmerz und Feline zuckte zusammen.

»Sie haben den Rücken gerade gemacht«, sagte der Arzt. »Jetzt haben wir nicht die richtige Stelle getroffen. Also noch einmal. Dieses Mal müssen Sie aber krumm bleiben.«

Die Schwester hielt Feline, die sich fühlte wie ein kleines Kind. Der Einstich tat etwas weh. Nervenwasser floss aus ihrem Rücken in die Kanüle.

Der Arzt zog die Nadel heraus. Aus den Einstichstellen tropfte Blut auf ihr Bett. Die Schwester klebte ihr ein Pflaster darüber. Der Arzt nahm ihr noch Blut ab, dann verließ er mit seiner Beute das Zimmer.

»Das haben die bei mir auch gemacht«, sagte Dolly.

Feline betrachtete ihre Bettnachbarin. Sie schien ihr ein bisschen seltsam, aber irgendwas hatte sie an sich, was man einfach mögen musste.

War das normal, dass sie Nervenwasser entnahmen? Feline griff nach ihrem Smartphone und suchte im Internet nach weiteren Informationen zum Thema Gesichtslähmung. Drei bis sechs Monate hatte der Arzt gesagt, mit viel Glück etwas weniger. Bei diesem Gedanken wurde Feline ganz anders.

Gab es nicht doch die Chance, dass ihr Gesicht in drei Tagen oder maximal ein bis zwei Wochen wieder normal wäre? Sie surfte und las, doch je mehr sie las, desto mehr schwand die Hoffnung, dass sich an ihrem Zustand schnell etwas änderte.

Feline ging ins Bad, starrte in den Spiegel. Der Anblick ihrer runterhängenden Gesichtshälfte war kaum zu ertragen. Das konnte man selbst mit den besten Schminktricks nicht verbergen. So ein Gesicht konnte man niemandem zeigen. Wie sollte sie das Laura beibringen?

Sie wandte sich ab und legte sich zurück auf ihr Bett.

Endlich kam Simon. Feline war das Warten wie eine Ewigkeit vorgekommen. Sie hatte sich gefühlt wie damals, als sie verspätet von ihrer Mutter aus dem Kindergarten abgeholt worden war. Obwohl das nur ein einziges Mal passiert war, hatten sich die Nervosität der Erzieherinnen und ihr eigenes flehendes Warten in ihre Erinnerung festgebrannt.

Simon stellte Felines Tasche vor ihr Bett und nahm sie in den Arm. Dolly hatte zwischendurch geheult, weil ihr so schwindelig gewesen war. Feline war bemüht gewesen, sie zu trösten, aber Dolly hatte ihr wieder den Rücken zugedreht und weil Feline das unangenehm fand, zog sie Simon aus dem Zimmer und sie setzten sich in den Warteraum am Ende des Flurs.

Das Sprechen fühlte sich seltsam an. Sie redete langsamer, um die Worte deutlicher formen zu können, was ihr nach einiger Zeit auch halbwegs gelang, doch sie kam sich behindert vor und schämte sich vor Simon.

Aber was noch viel schlimmer war: Sie durfte nicht krank sein! Das ging einfach nicht.

Laura brauchte sie, die Lächel-Challenge – Feline traf der Gedanke daran. Jetzt war nichts mehr mit Lächeln. Hätte sie gewusst, dass sie ihr Lächeln verlieren würde, hätte sie die Challenge vielleicht ernster genommen. Aber sie hatte ja nicht ahnen können ...

Und in der Agentur? Hartbrich brauchte sie. Was sollte aus der Fruitsun-Kampagne werden? Wer sollte das machen? Es gab niemanden außer ihr und deshalb konnte sie unmöglich lange im Krankenhaus bleiben. Der Zeitplan war ohnehin schon so eng bemessen, da durfte sie höchstens eine halbe Woche fehlen.

Andererseits stellte sie sich vor, wie sie mit dieser Fratze vor den Leuten von Fruitsun spräche. Sie konnte unmöglich in der Agentur mit diesem schiefen Gesicht herumlaufen. Das ging einfach nicht. Sie arbeitete schließlich nicht irgendwo, sondern in der Werbung. Und ohne Lächeln, selbst wenn es noch so aufgesetzt war, in der Werbung arbeiten? Wie sollte das gehen?

»Hartbrich wird ausflippen!«

Simon nahm sie in den Arm und versuchte, sie zu beruhigen. »Line, das ist nicht dein Problem. Deine Gesundheit ist jetzt erst einmal wichtiger.«

Feline konnte sich nicht erinnern, wann sie zuletzt geweint hatte, aber nun kamen sie, die Tränen, nun kamen sie von ganz alleine und bahnten sich ihren Weg über das schiefe Gesicht. Dabei flossen aus ihrem linken Auge viel mehr Tränen als aus ihrem rechten, das fühlte sich seltsam an, und weil sie ihr rechtes Auge nicht schließen konnte, tupfte sie zwischendurch vorsichtig mit einem Taschentuch die Tränen ab.

Nachdem Simon gefahren war, packte sie ihre Tasche aus, auch wenn es ihr widerstrebte, den schlichten Krankenhausschrank mit Leben zu füllen.

Später machte Feline es sich auf ihrem Bett bequem, aber die Gedanken an ihr Gesicht pochten in ihr und machten sie unruhig. Es klopfte. Der freundliche Arzt kam herein. Er hatte die Ergebnisse der Lumbalpunktion und der Blutuntersuchung dabei. Es sei soweit alles in Ordnung, sagte er, die Leukozyten seien etwas niedrig, aber ansonsten sei nichts zu beanstanden. Außerdem würde Feline jetzt Cortison-Tabletten bekommen.

Feline musste an ihr Spiegelbild denken, an diese Fratze, vielleicht konnte man wenigstens etwas davon überdecken.

»Darf ich mich schminken?«

Der Arzt stieß einen Seufzer aus. »Schminken? Glauben Sie, das lässt sich überschminken? An die Augen darf auf gar keinen Fall irgendetwas kommen, solange der Lidschluss nicht funktioniert. Sie werden die nächsten Tage Untersuchungen haben, da wäre Make-up nur im Weg. Lassen Sie es bitte.«

Sie betrachtete resigniert die sympathischen Gesichtszüge des Arztes. Für Männer schien so etwas einfach zu sein. Aber sie selbst ging eigentlich nie ungeschminkt aus dem Haus, weil sie sich sonst nicht komplett fühlte. Und so unvollkommen wie jetzt hatte sie sich noch nie gefühlt.

»Können Sie denn schon sagen, wann ich entlassen werde?«

Der Arzt lachte. »Sie sind doch gerade erst angekommen.«

»Ja, aber ich habe so viel Arbeit ...«

»Krankheiten kommen meistens ungünstig. Und wenn Sie sich unter Druck setzen, werden Sie vermutlich nicht schneller gesund. Gehen Sie mal davon aus, dass Sie mindestens eine Woche hierbleiben.«

Eine Woche? Feline stockte der Atem. Dem Arzt gegenüber nickte sie nur, sie hatte keine Kraft mehr, Fragen zu stellen oder darauf zu beharren, so schnell wie möglich entlassen zu werden.

Sie musste sich erst einmal an den Gedanken gewöhnen, für eine unbestimmte Zeit entstellt zu sein. Langsam wurde ihr klar, dass es keinen Knopf gab, an dem sie diesen Film ausschalten oder vorspulen konnte, nein, dies war kein schlechter Film, dies war ihr Leben und das war soeben von einer hässlichen Fratze überdeckt worden.

Das Schlimme war jedoch, dass ihr schiefes Gesicht nicht nur sie, sondern eventuell auch die Planungen von Laura und Fruitsun durcheinanderbringen würde. Sie durfte gar nicht daran denken und versuchte, wegzusehen, als Dolly sich von der Schwester den Fruitsun-Orangen-Fitsaft in ihre Schnabeltasse gießen ließ. Feline hatte nicht das Gefühl, dass Dolly besonders bettlägerig war, zumindest war sie durchaus in der Lage, alleine auf die Toilette zu gehen, aber sie schien es toll zu finden, aus Schnabeltassen zu trinken.

Die Schwester brachte das Abendessen. Es war erst siebzehn Uhr und Feline hatte gar keinen Hunger. Sie hatte schon am Nachmittag einen Strohhalm zum Trinken bekommen. Als sie zuvor probiert hatte, einen Schluck Wasser zu trinken, war nämlich das ganze Wasser aus dem herunterhängenden Mundwinkel ihrer gelähmten Gesichtshälfte wieder herausgelaufen. Den Strohhalm steckte sie auf die funktionierende Seite ihres Mundes und konnte so das Getränk hochsaugen.

Noch kein einziges Mal in ihrem Leben hatte Feline sich Gedanken darüber gemacht, wie viele Muskeln für die einzelnen Funktionen im Gesicht zuständig waren und was alles auf einmal nicht mehr klappte, wenn diese Muskeln streikten.

Ihr Butterbrot konnte sie nur auf der linken Seite kauen. Rechts fehlte ihr das Gefühl, sie befürchtete, sich in ihre Wange zu beißen. Den Apfel schnitt sie in kleine Schnitze und schob sie in die linke Wangentasche. Sie schnitt sich sonst nie die Äpfel klein, aber sie konnte ihren Mund nicht so weit öffnen, dass sie mit ihren Zähnen den Apfel zu fassen kriegte.

Später im Bad versuchte sie zunächst, ihrem Spiegelbild auszuweichen, indem sie beim Händewaschen am Spiegel vorbei schaute, schließlich blickte sie doch hinein und sah die Fratze.

Mit diesem Gesicht würde sie die nächsten Wochen leben müssen?

Diesen Gedanken konnte sie im Kopf hin- und herschieben, begreifen konnte sie ihn noch nicht. Sie betrachtete ihr Spiegelbild so, wie man in Galerien vor den einzelnen Werken stand. Mit etwas Abstand, kritisch und nicht persönlich. Das fiel ihr leichter. Ein bisschen erinnerte sie ihr Gesicht an ein kubistisches Portrait von Picasso. Nicht ganz so bunt, aber doch schief und versetzt. Bei diesem Gedanken zog sich ihr linker Mundwinkel ein Stückchen nach oben, der rechte blieb tot.

»Wie, schief?«, fragte Laura am Telefon. »Das heißt, du kannst momentan keine Videos machen? Shit, das muss ich erst mal verdauen.« Feline atmete tief durch, während Laura plapperte. Sie war noch nicht einmal einen Tag lang gelähmt, aber Youtube erschien ihr schon jetzt unendlich weit weg. Seit dem Vortag hatte sie überhaupt nicht in die Community-Kommentare geguckt, was sie sonst mehrmals täglich tat. »Pass gut auf dich auf, Süße!«, sagte Laura zum Abschied.

Auch ihre Mutter war nach der Nachricht zunächst entsetzt, fing sich dann aber und spielte sofort alle möglichen Szenarien von Genesung und Nicht-Genesung durch, wobei es ihr nicht gelang, einen gewissen Vorwurf aus ihrer Stimme zu nehmen. Der Vater, den Feline anschließend anrief, schwieg nur betreten.

Danach war sie froh, Simons vertraute Stimme zu hören und seine Worte, die zumindest versuchten, sie aufzumuntern.

Als es Zeit zum Schlafen war, kam die Schwester, gab Feline auf der gelähmten Seite Salbe ins Auge, damit es nicht austrocknete, denn es ließ sich ja nicht mehr schließen. Darüber klebte sie einen Uhrglasverband, das war ein Pflaster mit einer runden durchsichtigen Plastikscheibe, das die Partie um das Auge so abklebte, dass keine Luft mehr hindurchkommen konnte. Feline kam sich vor wie ein Pirat und sie musste an ein schielendes Mädchen aus ihrer Grundschulklasse denken, deren eines Brillenglas mit einem Pflaster zugeklebt gewesen war. Sie dagegen konnte durch ihren Augenverband noch sehen.

Er war wie ein Bullauge und durch ihr Bullauge sah sie verschwommen ein weißes Meer aus Krankenhauszimmer, Dolly und der Schwester, die ihr freundlich eine gute Nacht wünschte. Anfangs gewährte es ihr einen verwischten Blick auf die Realität und sie fand es noch erträglich, später wälzte Feline sich in ihrem Bett. Das Bullauge nervte, sie konnte sich damit nicht auf die rechte Seite legen, auf der sie sonst immer einschlief. Überhaupt flogen ihr unzählige Gedanken durch den Kopf.

Das hier war kein Ort für sie. Sie war es gewohnt, zu funktionieren, nicht krank zu sein, perfekt zu sein. So hatte die Mutter es ihr immer vorgelebt und das hatte sie verinnerlicht.

»Du darfst dich niemals von einem Mann abhängig machen – leiste selbst etwas und sei besser als der Mann!«

Seit der Trennung ihrer Eltern hatte Feline sich ständig anhören müssen, wie faul ihr Vater sei und dass man sich auf keinen Mann verlassen könne, sondern selbst Leistung erbringen müsse.

Also hatte sie Leistung gebracht. Immer. Schließlich wollte sie der Mutter nicht auch noch Sorgen machen.

Aber was war ihre Leistung mit so einer Fratze noch wert?

Sie grübelte lange und erst, als es dunkel auf der anderen Seite des Bullauges geworden war, weil Dolly das Licht ausgeschaltet hatte, fand sie irgendwann den erlösenden Schlaf.

3.
Stillstand

**»Einem Kranken
kann es nicht helfen, dass er in
einem goldenen Bett liegt.«**
Spanisches Sprichwort

Tag 2

Um 7.15 Uhr hörte Feline die Tür. Sie schlug die Augen auf und als sie ihr Bullauge bemerkte, wusste sie, dass sie im Krankenhaus war, dass alles anders war, dass es noch immer kein böser Traum war. Die Putzfrau war hereingekommen. Feline beobachtete sie durch das Bullauge, wie sie die Vorhänge aufzog, das Fenster aufriss und mit ihrem Wischmopp durch das Zimmer feudelte.

Kurz darauf kam eine Schwester und riss Feline das Bullauge ab. Ihre Haut brannte und ihr Auge tränte. Sie sah mit verschwommenem Blick, wie die Schwester das Bullauge in den Mülleimer warf. Dann ging es ans Puls- und Fiebermessen. »Hatten Sie Stuhlgang?«

Feline schüttelte angewidert den Kopf. Die Schwester verjagte sie aus ihrem Bett. Feline stand gähnend daneben, während die Schwester Kissen und Bettdecke ausschlug und ordentlich faltete. »So, das war's, bis nachher.«

Als Putzfrau und Schwester das Zimmer verlassen hatten, passierte nichts.

Dolly hatte sich noch einmal umgedreht und schien weiterzuschlafen. Feline starrte auf die Tür, wartete darauf, dass sich irgendetwas tat, aber es blieb ruhig. Sie würde es nicht aushalten, nun tagelang auf diese Tür zu starren und darauf zu warten, dass etwas geschah. Das fand sie schrecklich, erniedrigend, einfach furchtbar. Es ist Sonntag, versuchte sie sich zu beruhigen, und vielleicht würde in den nächsten Tagen mehr passieren.

Um 8.15 Uhr ging endlich die Tür auf und das Frühstück kam. Dann dauerte es noch einmal drei Stunden bis zur Visite.

»Und Sie sind die Patientin mit dem schiefen Gesicht?«, fragte der Arzt, den sie nicht kannte und der sich bald als Oberarzt vorstellte. Sehr witzig, dachte Feline. Wieder durfte sie die Stirn runzeln, ihre Augen schließen, einen Kussmund machen und ihre Zähne zeigen.

Der Arzt sah sie mit analytischem Blick an, während die rechte Gesichtshälfte bewegungslos blieb und die Muskeln der linken ihr Gesicht zu der asymmetrischen Fratze verzogen. »Stellen Sie sich darauf ein, dass Sie noch mindestens die nächste Woche hierbleiben«, sagte er freundlich.

»Muss das wirklich sein?«, fragte Feline und im gleichen Moment dachte sie an den strengen Blick, den Simon ihr jetzt zugeworfen hätte.

Um Punkt zwölf brachte eine Schwester das Mittagessen. Feline war beinahe erleichtert, da sie schon wieder über eine halbe Stunde auf die Tür gestarrt hatte, ohne dass etwas passiert war.

Dolly jammerte heute viel, sie habe Kopfschmerzen, ihr Arm fühle sich taub an und sie sei so schrecklich müde. Feline fragte sie, ob sie ihr helfen könne, aber Dolly drehte ihr den Rücken zu, sie wollte offensichtlich in Ruhe gelassen werden. Als das Mittagessen kam, war Dolly auf einmal quietschfidel.

Vorweg gab es Hühnersuppe. Feline legte sich die Serviette auf den Schoß, nahm den Löffel und führte ihn zu ihrem Mund. Doch die Suppe bahnte sich ihren Weg nur teilweise in Richtung Speiseröhre, ein Großteil der Flüssigkeit rann aus dem herunterhängenden Mundwinkel der gelähmten Seite wieder heraus, tropfte auf den Teller, das Tablett und die Serviette, die auf Felines Schoß lag. Feline versuchte einen zweiten Löffel, doch die Suppe floss wieder heraus, der schlaffe Mundwinkel hatte nicht die Kraft, sie zurückzuhalten und so schlabberte ihr die Suppe um den Mund, tropfte von ihrem Kinn herab und verteilte sich darunter.

Feline ekelte sich vor sich selbst.

Sie blickte zu Dolly hinüber, doch die war so sehr mit ihrem eigenen Essen beschäftigt, dass sie Felines Sabbern nicht bemerkte.

Daraufhin ließ sie die Suppe beiseite und machte sich an die Spaghetti Bolognese. Leider waren die auch nicht viel leichter zu essen. Es war eine Qual. Die Spaghetti hingen aus dem Mundwinkel, fielen ihr wieder herunter, die Soße tropfte. Auf ihrem Tablett vermehrten sich langsam kleine rote und braunrote Flecken. Inzwischen hatte auch Dolly ihre misslingenden Versuche, die Spaghetti einigermaßen unfallfrei in ihren Mund zu befördern, bemerkt.

»Sorry, dass ich lachen muss, aber du siehst aus wie ein kleines Kind. Total zugeschmiert.«

Sie sagte das auf eine liebe Art und Feline nahm es ihr nicht übel. Sie merkte ja selber, dass es lächerlich war, wie sie im Schneckentempo versuchte, sich das Mittagessen einzuverleiben, und trotzdem alles danebenging. Hackfleisch geriet hinter ihre

Zähne in die Wange auf der gelähmten Seite, doch ihre Zunge besaß keine Saugkraft mehr und war nicht mehr in der Lage es dort wegzuschieben.

Beim Nachtisch war Feline erleichtert. Die Quarkspeise konnte sie essen, ohne zu kleckern, ohne zu sabbern und ohne Flecken. Aber sie konnte den Löffel nicht richtig ablecken. Ihren Lippen fehlte die Kraft, sich in die Wölbung des Löffels zu schmiegen. Wenn sie den Löffel aus dem Mund zog, blieb ein Rest Quark auf dem Löffel, sie musste erst ihre Zunge nehmen, um ihn vollständig abzuschlecken.

»Scheiße alles«, fluchte Feline und schob das Essenstablett beiseite. Sie kam sich vor, als sei sie uralt und im Seniorenheim.

Laura und sie hatten manchmal genüsslich vor der Kamera gegessen oder getrunken – ganz selbstverständlich und dabei auch noch gut ausgesehen. Sie musste daran denken, wie sie ein paar Tage zuvor lustvoll die triefende Currywurst verschlungen hatte – im Auto, ohne dass es auch nur einen einzigen Fleck gegeben hatte. Sie erinnerte sich, wie sie danach triumphierend und pfeifend am Steuer gesessen hatte.

Pfeifend. Das hatte sie noch gar nicht ausprobiert. Konnte sie überhaupt noch pfeifen? Sie formte ihre Lippen, das heißt, sie versuchte es, und es reagierten wie erwartet nur die linke Ober- und Unterlippe. Sie schoben sich zu einer windschiefen Schnute gegen die rechte Seite. Feline versuchte einen Ton zu pfeifen. Ffffffffffffffffffff. Ffffffffffffffffffff.

Alles, was herauskam, war Luft. Feline versuchte es noch mehrere Male, aber es kam nur Luft, kein

Ton bildete sich, nicht ein einziger, dabei hatte sie immer recht gut pfeifen können. Sie ließ sich in ihr Kissen fallen, starrte an die Decke und wünschte sich einen Aus-Knopf.

»Ich halte das hier nicht aus«, sagte Feline später zu Simon, als sie im Aufenthaltsraum saßen. »Hier ist es total langweilig und es macht mich bekloppt, dass ich nicht weiß, wie lange mein Gesicht so bleibt.«
Simon nahm Feline in den Arm und drückte sie an sich. Als sie seinen Körper spürte, empfand sie es plötzlich als sehr verkehrt, dass Simon nun der Starke war und sie sich so hilflos fühlte.
Sie machte sich Sorgen wegen Fruitsun. Am nächsten Morgen musste Hartbrich informiert werden. Seit sie fest in der Agentur arbeitete, war sie noch keinen einzigen Tag krank gewesen. Und nun kam sie gleich mit einer Gesichtslähmung an.
»Ich kann ja bei Hartbrich anrufen«, bot Simon an. Feline sah ihn entgeistert an. »Auf gar keinen Fall! Hartbrich hat bestimmt noch viele Fragen wegen Fruitsun und vielleicht können wir dann gleich abklären, ob er mir Arbeit ins Krankenhaus bringen kann.«
»Line, tu das bitte nicht. Mir wäre es lieber, wenn ich dort anrufen könnte, um von dir erst einmal den ganzen Stress fernzuhalten.«
»Willst du mich entmündigen? Mein Gesicht ist vielleicht gelähmt, aber mein Gehirn doch nicht!« Feline war richtig laut geworden.
»Du verstehst mich total falsch.« Simon begann mit ruhiger Stimme und wurde dann etwas lauter.

»Ich möchte nur nicht, dass du dir wieder so viel Stress machst wegen Fruitsun. Wahrscheinlich kommt das Ganze sowieso durch den Stress in der Agentur! Und für euren Youtube-Kanal hast du in letzter Zeit auch viel zu viel gemacht.«

»Was soll das denn heißen? Willst du jetzt meinen Beruf für die Lähmung verantwortlich machen? Du hast sie doch nicht mehr alle!«

»Ich habe ein bisschen im Internet recherchiert. Stress könnte durchaus ein Auslöser sein. Ich meine, du warst doch vorletzte Woche erkältet. Vielleicht war dein Immunsystem einfach noch nicht wieder ...«

Feline unterbrach ihn. »Simon, im Internet steht auch viel Scheiß. Außerdem überlass die Ursache mal den Ärzten.«

Simon seufzte. »Ich will dir doch nur helfen.«

»Mann, verdammt, du siehst doch, dass du mir nicht helfen kannst. Oder kannst du diese blöde Fratze wegmachen?«

Sie begann zu weinen. Simon redete beruhigend auf sie ein, strich ihr die Haare aus dem Gesicht und versuchte nach einer Weile erneut, sie zu überreden.

»Meinst du nicht, dass du dich morgen noch schonen solltest? Du wirst einige Untersuchungen haben. Lass mich doch morgen mit Hartbrich sprechen und du redest dann am Dienstag oder Mittwoch mit ihm, wenn er sich beruhigt hat, okay?«

Feline nickte kraftlos. Eigentlich wollte sie auch niemanden sehen und hören. Zwar hatte sie ein schlechtes Gewissen gegenüber Hartbrich, dass sie plötzlich ausfiel, und sie wollte das so schnell wie möglich gutmachen, aber vielleicht hatte Simon ja recht und das hatte auch noch bis Dienstag Zeit.

Als Simon weg war und Feline zurück auf ihr Zimmer kam, hatten ihr die Schwestern Kaffee und Kekse hingestellt. Kaffee mit dem Strohhalm schmeckte nicht, fand sie und knabberte lustlos an den beiden Keksen.

Kurz darauf klopfte es, die Tür ging auf, ein Blumenstrauß erschien und dahinter kam ihre Mutter mit neugierig-besorgtem Blick zum Vorschein.

»Oh Gott, Mädchen, du siehst ja schrecklich aus!« Da stand sie, ihre Mutter, hochgewachsen mit brauner Kurzhaarfrisur und ihrer mit Sommersprossen übersäten Haut, den Blumenstrauß noch in der Hand, und starrte auf Felines Gesicht.

Feline merkte, dass es sie wie immer traf, diese direkte Art der Mutter, die Pfeile, die sie schoss, ohne Rücksicht auf andere. Trotzdem demonstrierte sie, was an ihr alles nicht funktionierte, denn die Mutter wollte es ganz genau wissen, und Feline fühlte sich so angestarrt wie damals, als sie eine Murmel verschluckt hatte und zum Kinderarzt musste.

»Na, hoffentlich geht das wieder weg, schließlich arbeitest du in der Werbung, da kann man doch nicht mit so einem Gesicht herumlaufen!«

Feline schluckte. Sie zog ihre Bettdecke über ihre Beine, obwohl sie sie am liebsten über ihr Gesicht gezogen hätte. Die Mutter sprach nur Felines eigene Bedenken aus, aber aus ihrem Mund klangen sie wie Peitschenhiebe.

»Dann kannst du diese Internetvideos ja auch nicht mehr machen. Obwohl – das ist vielleicht auch besser so.«

»Was soll das denn jetzt heißen, Mama?«

»Dass du dich lieber auf die bodenständigen Sachen konzentrieren solltest.«

Feline holte tief Luft und wollte gerade beginnen, sich zu verteidigen, da fiel ihr die »Simon-Technik« ein. Simon reagierte in solchen Momenten einfach nicht, hörte nicht mehr zu, entgegnete nichts und entkräftete Aussagen damit manchmal mehr, als es ihm durch einen Konter gelungen wäre. Simon lächelte einfach. Das versuchte Feline jetzt auch, in vollem Bewusstsein, welche verzerrte Fratze sich dadurch ihrer Mutter bot. Die Mutter konnte diesem Anblick auch nicht lange standhalten, ging zum Fenster, blickte nach draußen und wechselte das Thema.

Nachdem ihre Besucherin das Krankenzimmer verlassen hatte, atmete Feline auf. Die Mutter hatte ihre Hektik in das stille weiße Zimmer gebracht, war unentwegt um ihr Bett herumgesprungen und hatte Gift verspritzt. Feline kannte sie nur so.

Als Alleinerziehende war die Mutter ihre gesamte Kindheit zwischen ihrem Job als Chefsekretärin, dem Haushalt und Feline hin und her gehetzt, rastlos, immer getrieben von der Angst, als faul oder untüchtig zu gelten.

Feline hatte dieses Tempo von ihr übernommen, war in ihrem Leben oft selbst rastlos, aber plötzlich – in der Ruhe des Krankenzimmers – empfand sie diese Hektik zum ersten Mal als unpassend.

Dolly sah fern. Inzwischen hatte Feline durch vorsichtiges Nachhaken herausgefunden, dass ihre Bettnachbarin erst siebzehn war und noch zur Schule ging. Um kurz vor drei machte sie plötzlich den Fernseher aus, drehte sich um und zog sich die Bettdecke über den Kopf. Fünf Minuten später klopfte es an der Tür. Feline rief »Herein!«, die Tür ging auf und vier Personen drängten sich in das Zimmer.

»Ich glaube, da ist Besuch für dich«, sagte Feline in Dollys Richtung. Dolly rührte sich nicht. Ein älterer Herr, eine Frau, ein Mann und ein Mädchen hatten sich inzwischen um ihr Bett versammelt.

»Wie geht es ihr denn heute? Geht es ihr schlecht?«, fragte die, die dem Aussehen nach Dollys Mutter sein musste, in Felines Richtung. Feline zuckte mit den Schultern und beobachtete, wie die Eltern samt mutmaßlichem Großvater und Schwester sich über das Bett beugten und auf Dolly einredeten.

»Kind, wie können wir dir denn helfen?«, fragte die Mutter immer wieder.

Dolly drehte sich nach einer Weile zu ihrer Familie, blickte sie mit ihren eisblauen Augen flehentlich an und schien etwas sagen zu wollen, aber die Mutter ließ sie gar nicht zu Wort kommen.

»Ich soll dich von der Tante Irma grüßen und von Herrn Müller, es machen sich ja alle solche Sorgen um dich. Aber ich mache mir am meisten Sorgen, Kind, was ist denn mit dir? Haben die Ärzte was gesagt?«

Dolly schüttelte den Kopf. »Ich kann das nicht beschreiben, mein Körper fühlt sich komisch an und ich bin so müde«, sagte sie beinahe entschuldigend.

Die Mutter seufzte. »Vielleicht liegt das auch an deinem Übergewicht, ich mache mir Vorwürfe. Das liest man ja überall, dass ein zu hoher BMI krank macht.«

Feline starrte die Mutter an. So etwas konnte man doch nicht zu seiner Tochter sagen! Dolly war nicht dick! Ein bisschen moppelig vielleicht, aber doch nicht so, dass sich das auf die Gesundheit auswirken würde.

Dolly saß da, schlug die Augen nieder und Feline stellte sich vor, wie sich das Blau ihrer Augen unter den Lidern trübte.

»Wenn du noch länger im Krankenhaus bleiben musst, wirst du das Schuljahr vielleicht wiederholen müssen, ich mache mir grad wirklich Sorgen«, plapperte die Mutter weiter.

Feline saß fassungslos auf ihrem Bett und hätte dieser Frau am liebsten gesagt, dass sie aufhören solle, ihre Tochter so zu entmutigen. Das war ja schrecklich. Plötzlich war sie froh über die ehrgeizige Erziehung ihrer eigenen Mutter, denn eines hatte diese niemals getan: Feline einzureden, dass sie irgendetwas nicht schaffen könnte.

»Na ja, erst mal ist jetzt wichtig, dass wir erfahren, was ihr fehlt«, sagte der Vater und Feline war froh, dass wenigstens er das Ganze nüchtern betrachtete.

Abermals klopfte es, diesmal war es ein Blumenstrauß, hinter dem sich Laura verbarg, mit perfektem Make-up und dem besorgten Lächeln einer besten Freundin. Feline ging mit ihr in den Aufenthaltsraum, weil es im Zimmer so eng war und sie das Gerede von Dollys Familie ohnehin nicht ertrug.

»Ich hab's mir krasser vorgestellt«, sagte Laura, »wenn du dich nicht bewegst, fällt es gar nicht sooo doll auf.«

Feline war sich nicht sicher, ob Laura das wirklich meinte oder ob sie sie nur beruhigen wollte. Die Wahrheit lag wahrscheinlich irgendwo zwischen dem Entsetzen ihrer Mutter und Lauras Beschwichtigung.

Sie erzählte von der Auseinandersetzung mit Simon und dass er nun bei Hartbrich anrufen wolle. Laura fand das richtig.

»Aber findest du das nicht feige?«

Laura schüttelte den Kopf. Dann wechselte sie das Thema.

»Kann ich dein Material von der Lächel-Challenge haben? Dann schneide ich das heute Abend, damit wir nicht in Verzug kommen, und poste es morgen. So haben wir schon mal die nächsten Tage überbrückt. Und wie wir dann weitermachen, müssen wir gucken. Wir müssen weiter posten, wir brauchen Content, sonst werden wir vergessen.«

Feline seufzte. »Ich weiß. Aber mit so einer Fratze und ungeschminkt kann ich mich nicht vor die Kamera setzen. Wir müssen uns etwas ausdenken, dass ich im Urlaub bin oder so.« Sie seufzte. »Wenn es mein Bein wäre oder mein Arm, würde man das zumindest auf Youtube nicht sehen, warum muss es ausgerechnet das Gesicht sein?«

»Das ist echt krass, dass ausgerechnet du ... Aber ein gelähmtes Bein willst du auch nicht haben. Guck erst mal, was die Ärzte morgen sagen, und dann machen wir einen Plan, okay?«

Feline nickte schwach. »Ich habe nicht viel Material für die Lächel-Challenge gesammelt, aber mach etwas Nettes draus, okay? Es ist ja sozusagen mein letztes Lächeln ...«

Als sie später zurück aufs Zimmer kam, war der Besuch weg. Dolly saß mit ihrem Smartphone auf dem Bett.

»Hör mir mal zu«, sagte Feline bestimmt, während sie es sich auf ihrem Bett bequem machte. »Ich weiß nicht, wie deine Mutter darauf kommt, aber du bist nicht dick.«

»Doch, das bin ich. Ich hab ja auch schon so oft versucht, abzunehmen, aber das klappt nicht.« Sie legte ihr Smartphone auf den Nachttisch. »Stell dich doch mal neben mich, dann siehst du, dass ich dick bin.«

»Ich bin sehr dünn, aber das war ich schon immer, das sind alle in meiner Familie. Das heißt aber nicht, dass du dick bist. Nur weil deine Eltern eine breitere Statur haben und du das geerbt hast. Lass dir das nicht einreden.« Feline hielt einen Moment inne. »Weißt du, was mir als Allererstes an dir aufgefallen ist? Dass du wunderschöne eisblaue Augen hast.«

»Findest du?« Dolly schien verwundert.

»Ja, deine Augenfarbe ist total faszinierend. Und noch etwas: Ich habe keine Ahnung, wie gut du in der Schule bist. Aber egal, was du für eine Krankheit hast und wie lange du hierbleiben musst, es gibt Nachhilfe, es gibt Nachprüfungen, man kann das alles schaffen und muss nicht gleich sitzenbleiben. Lass dir das nicht einreden.«

Dollys Augen füllten sich mit Tränen. »Ich mache das hier doch nicht absichtlich, mir geht es ja wirklich nicht gut.«

»Ich weiß.« Feline stand auf. »Komm mal her«, sagte sie, setzte sich vorsichtig neben Dolly und nahm sie in den Arm.

Dolly ließ es geschehen. Sie fühlte sich weich, warm und bedürftig an und Feline beschloss, sie zu schützen vor diesen Kommentaren und dem Glauben, nichts erreichen zu können. Dolly war siebzehn – sie konnte noch alles erreichen.

Feline hasste es, wenn Frauen eingeredet wurde, irgendetwas nicht zu können. Dieses Mädchen war so jung – sie würde sich in den nächsten Tagen um sie kümmern, vielleicht konnte sie die verletzenden Kommentare der Mutter wenigstens ein kleines bisschen ausgleichen.

Dolly beruhigte sich irgendwann wieder und als Feline sich zurück auf ihr Bett setzte, fiel ihr auf, dass sie zum ersten Mal ein paar Minuten lang nicht an die Fratze gedacht hatte.

Tag 3

Fiebermessen, Pulsmessen, Urinprobe. Nachdem
die Wecktortur am frühen Montagmorgen über-
standen war, kam die Stationsärztin zur Blutabnah-
me. Als sie ihr Blut durch den Schlauch fließen sah,
musste Feline an Fruitsun denken. Fruitsun exotic
Blutorange-Pfeffer. Einer der neuen Säfte. Was
würde nun überhaupt mit Tamara geschehen?
Feline wollte nicht darüber nachdenken und nahm
ihr Smartphone. Sie surfte im Internet auf Gesund-
heitsseiten, als könnte das die Fratze wieder zurück-
verwandeln in das Gesicht, mit dem sie in der
Werbeagentur den Kunden lächelnd ihre Entwürfe
präsentiert und auf Youtube mit Laura ihren Alltag
als Freundinnen gezeigt hatte. Sie wollte wenigstens
das Gefühl haben, nicht nur passiv dazusitzen, sondern etwas zu ihrer Gesundung beizutragen. Auch
wenn sie nach einiger Zeit feststellen musste, dass
sie das Surfen im Internet nicht weiterbrachte.
Nach dem Frühstück wurde sie von einer Schwester zur Krankengymnastik in den Keller geschickt.
Beim Gang durch die Etagen und Flure des Krankenhauses war sie die ganze Zeit angespannt, wem
sie alles begegnen würde. Sobald ihr jemand entge-
genkam, senkte sie den Kopf, blickte zu Boden – die
Leute sollten so wenig wie möglich von ihrem Gesicht sehen, auch wenn Krankenhäuser voll von
Menschen mit Defiziten waren. Aber es blieb eine
Restangst, vielleicht nicht nur angestarrt, sondern
auch als Youtuberin identifiziert zu werden, und
das wollte sie auf keinen Fall.

In der Bäderabteilung waren die Kabinen durch Vorhänge abgetrennt. Eine grauhaarige Frau, die sie auf Mitte 50 schätzte, wartete schon auf sie. Die Physiotherapeutin schien Gesichter wie ihres zu kennen, sie starrte nicht, und war ihr sofort sympathisch. Feline fielen ihre kleinen Lachfältchen um die Augen auf. Sie musste daran denken, dass ihre eigene rechte Gesichtshälfte nun absolut faltenfrei war. Der Preis dafür war keine teure Creme, sondern ein verlorenes Lächeln.

Die Physiotherapeutin setzte sie vor einen Spiegel. Als Feline ihr schiefes Gesicht sah, wollte sie ihren Blick abwenden, doch die Frau hatte bereits damit begonnen, ihr Gesicht zu massieren. So konnte sie nur geradeaus gucken und musste ihr Spiegelbild ertragen. Diese elende Fratze, die auf der rechten Seite starr wie eine Maske war, bewegungslos und schlaff. Ihr Anblick traf sie, daran würde sie sich nicht gewöhnen können.

Dann musste sie Grimassen üben. Weil die Grimassen alle nur auf der linken Seite klappten, während die rechte Seite schlaff herunterhing, hielt die Physiotherapeutin mit ihren Händen die rechte Seite hoch und formte Felines Gesicht so, dass die Grimassen symmetrisch wurden.

Während ihre warme Hand die taube Gesichtshälfte für die Grimassen stützte, erzählte die Physiotherapeutin, dass Feline bereits der sechste oder siebte Fall von Fazialisparese in diesem Jahr sei und es war erst Ende Februar.

Feline wunderte sich. Man konnte einen Autounfall haben oder Krebs kriegen, das war für sie im

Bereich des Möglichen gewesen, aber ein gelähmtes Gesicht?

Bevor sie am Samstag nach dem Schock über ihr Spiegelbild im Internet recherchiert hatte, hatte sie nie etwas von Gesichtslähmungen gehört, geschweige denn Menschen mit schiefen Gesichtern gesehen. Vielleicht gab es dort, wo sie sich bewegte, in der Youtube- und Werbewelt, keine schiefgesichtigen Menschen, denn sie widersprachen dem Streben nach Perfektion.

Die Physiotherapeutin reichte ihr einen Zettel mit Übungen, die sie von nun an sechsmal täglich machen sollte.

Als Feline die Bäderabteilung verließ, sah sie in einer Kabine, deren Vorhang offen war, eine Rollstuhlfahrerin, die an ein Gerät angeschlossen war, das offensichtlich Strom durch ihren Körper jagte. Feline nickte der Rollstuhlfahrerin kurz zu, als diese sie bemerkte, und war für einen Moment dankbar, dass es bei ihr nur das Gesicht war.

Kaum war sie zurück auf ihrem Zimmer, kam die Visite. Der Chefarzt, der Oberarzt, die Stationsärztin und eine Schwester stellten sich um ihr Bett herum und starrten sie an. Feline kam sich vor, als sei sie umhüllt von einer weißen Wolke.

Der Chefarzt stellte ein paar Fragen und testete rechts und links Gefühl und Reaktion. Wieder musste sie Grimassen schneiden, was ihr langsam auf die Nerven ging. Dann fuhr der Chefarzt den Oberarzt an, weil er Feline das Cortison in Tablettenform gegeben hatte. Mediziner-Blabla, Feline versuchte den Worten der weißen Wolke zu folgen. Die Schwester notierte das Blabla.

»Ab morgen bekommen Sie das Cortison durch Infusionen«, sagte der Chefarzt. Er wurde auf einmal hektisch. »Wir sehen uns dann.«

Sie sah den Ärzten hinterher. Die Tür ging auf, die weiße Wolke schwebte hinaus und der Himmel war klar.

»Sind Sie schwanger?«, fragte der Mann. Feline verneinte. Sie konnte sich zwar vorstellen, mit Simon irgendwann Kinder zu bekommen, aber auf keinen Fall schon jetzt. Erst einmal wollte sie arbeiten und sich weiter etablieren.

»Gut, dann legen Sie sich hin, lassen die Augen zu und Sie dürfen sich nicht bewegen.«

Feline legte sich auf die Liege, schloss die Augen und hielt still. Plötzlich hörte sie seltsame Geräusche und spürte ruckartige Bewegungen. So also fühlte sich Computertomografie an. Sie überlegte, was wohl über ihrem Kopf sei, ließ ihre Augen aber geschlossen und blieb ruhig. Sie versuchte, ihre Gedanken abzulenken, an etwas Schönes zu denken und nicht an die Röhre, in der sie gerade lag. Sie dachte an den lachenden Fruitsun-Baum, dann sah sie den lächelnden Simon.

Was, wenn er es auf Dauer nicht ertrug, eine Freundin mit einer hässlichen Fratze zu haben?

Es sagte sich immer so leicht, dass eine gute Beziehung so etwas aushalten muss, aber sie hatte Simons Lethargie in den letzten Monaten schließlich auch kaum ertragen. Bisher war es ihr so selbstverständlich erschienen, die gutaussehende Freundin an Simons Seite zu sein, die lächelnd Werbekonzepte verkaufende Grafikerin, die direkt in die Kamera sprechende Youtuberin. Ihre Gedanken kreisten und kehrten schließlich zu der seltsamen Maschine zurück, die sie umgab.

Die Ärzte untersuchten ihr Gehirn, mit Röntgenstrahlen durchleuchteten sie es, schichtweise, und sahen alles ganz genau. Aber ihre Gedanken gehörten ihr, die konnten sie nicht sehen. Ihr Körper blieb still, aber nicht ihre Gedanken. Die waren in Bewegung, die ganze Zeit.

Nach einer Weile spürte sie wieder ruckartige Bewegungen. Auf einmal eine Stimme: »Sie können die Augen öffnen.«

Feline atmete auf. Die Ergebnisse bekäme sie dann vom Chefarzt, sagte der Mann.

Am Mittag kam Simon. Er brachte zwei gute Nachrichten. Zum einen war Hartbrich verständnisvoll gewesen und Simon sollte Feline gute Besserung ausrichten. Zum anderen hatte Simon den Job.

»Aber das ist ja super!« Feline freute sich wirklich für ihn und schenkte ihm ein schiefes Lächeln.

»Und stell dir vor, ob du es glaubst oder nicht, ich kann bereits Mittwoch anfangen.«

»In zwei Tagen schon?«

Simon nickte. »Du glaubst gar nicht, wie froh ich bin. Nur schade, dass du ausgerechnet jetzt ... Ich meine, ich mache mir Sorgen.«

Feline nahm Simons Hand. »Ich komme schon klar irgendwie. Kümmere du dich mal um deinen Job.«

Er nickte dankbar.

»Aber was ist mit Fruitsun? Was hat Hartbrich genau gesagt?«

»Er wird das schon regeln. Ich habe ihm erklärt, dass du mindestens diese Woche ausfällst und wir mehr noch nicht wissen.«

»Vielleicht kann ich ja nächste Woche schon wiederkommen.«

»Line, mach dir darüber jetzt mal keine Gedanken.«

Das sagst du so einfach, dachte sie.

Die Minuten des Nachmittags fraßen Feline auf, das Zifferblatt des Weckers brannte sich in ihren Kopf. Sie beschwor den Zeiger, doch der bewegte sich nur zäh. Dolly war zu irgendwelchen Untersuchungen abgeholt worden, nun saß Feline alleine in ihrem Bett, starrte abwechselnd auf Tür und Zifferblatt und fühlte sich schrecklich.

Der Tag teilte sich in die Mahlzeiten. Acht Uhr, zwölf Uhr, vierzehn Uhr, siebzehn Uhr. Dazwischen musste man spontan auf Untersuchungen oder Besuch vorbereitet sein. Feline hasste Dinge, die sie nicht planen konnte. Diese zähe Langeweile und trotzdem jederzeit in einer Art Rufbereitschaft zu verharren, das fand sie schrecklich.

Die Minuten schlichen durch den Raum, sie krochen und blieben beinahe stehen. Die Tür blieb weiß und öffnete sich nicht.

Feline fiel der Zettel ein, den sie von der Physiotherapeutin bekommen hatte. Sie könnte die Übungen ja mal probieren, schließlich hatte sie sonst nichts zu tun. Also ging sie ins Badezimmer und stellte sich vor den Spiegel. Stirn hochziehen – locker lassen. Augenbrauen zu einem bösen Blick zusammenziehen – locker lassen. Augen fest zudrücken und öffnen. Nase rümpfen, festhalten – und locker lassen. Ihre linke Gesichtshälfte tat alles, was sie ihr befahl, aber die rechte Seite hing unverändert herunter.

Sie tat nichts, bewegte sich kein Stückchen.

Wangen aufblasen, Lippen fest schließen – und ausatmen. Beide Wangen nach innen ansaugen – locker lassen. Mund zuspitzen – und breit grinsen. Jede Übung verzerrte Felines Gesicht auf eine neue bizarre Weise. Mal glich sie einem kubistischen Portrait mit geometrisch versetzten Gesichtsabschnitten, dann wirkte sie wie der Bösewicht aus einem Kaspertheater.

Die Fratze sah schrecklich aus und das Schlimme war, dass dieser Fratzenkopf auf ihrem Hals saß. Sie konnte es immer noch kaum begreifen, dachte, es sei jemand anderes, der sie so schief anblickte, aber diese Fratze war ihr Gesicht.

Sie war ein Monster.

Feline hatte ihr Spiegelbild gemocht, hatte immer mit Frisuren und Make-up experimentiert, hatte gerne ihre weißen Zähne gezeigt, ihre blauen Augen betont, aber das, was sie nun sah, mochte sie nicht. Das war nicht sie. Und sie war es doch. *Reiß dich zusammen*, sagte sie zu sich selbst und versuchte noch einmal eine der Übungen, aber als sich alles verzog zu einer neuen, noch absurderen Grimasse, brach Feline in Tränen aus. Sie konnte sie nicht zurückhalten. Verzweiflung bahnte sich in Rinnsalen den Weg über ihr Gesicht. Ihr Spiegelbild verschwamm, aber es blieb schief.

Sie wollte diese Fratze nicht mehr sehen, verließ das Badezimmer und schloss die Tür fest, damit die Fratze ihr nicht folgen konnte.

Das war nicht sie. Das war sie doch. Es war die Wahrheit. Feline lief weg vor dem Spiegel, lief weg vor der Wahrheit und wollte nichts sehen. Aufgelöst setzte sie sich auf ihr Bett und wischte sich die Tränen aus dem Gesicht.

Feline war alleine im Zimmer, surfte auf ihrem Smartphone, aber es gelang ihr nicht, sich aus dem Krankenhaus hinauszusurfen, um ihr Gesicht wenigstens für eine Weile zu vergessen.

Es klopfte. Auf ihr »Herein« erschien ihr Vater, schloss zögerlich die Tür hinter sich und blickte sich um.

»Hallo.« Er starrte sie an, stand da in seiner Lederjacke, groß, hager, unsicher und sah aus, als hätte er sich am liebsten zusammengeklappt, um weniger Raum einzunehmen.

»Hallo PPPapppa, setz dich doch bbbitte.« Die Worte stolperten aus ihrem Mund und sie sah den entsetzten Blick ihres Vaters. Er behielt seine Jacke an, schob einen Stuhl an ihr Bett und ließ sich darauf nieder.

»Tut das weh?«, fragte er.

Feline schüttelte den Kopf. »Ich fühle da überhaupt nichts. Es sieht nur scheiße aus.«

Sie merkte, wie ihr Vater auf ihren Mund starrte, auf seine Asymmetrie und die Verzerrungen, während die Worte aus dem herunterhängenden Mundwinkel fielen.

Niemand hatte sie so häufig fotografiert wie ihr Vater. Der eigenwillige Künstler und Ästhet hatte ihre ganze Entwicklung festgehalten, die Portraitfotos von seiner Tochter vergrößert, mehrfach ausgestellt. Sie hatte es immer gemocht, ihm Modell zu stehen, denn sie hatte schon als Kind gespürt, dass er ihr nicht die alltägliche Ordnung geben konnte, in der die Mutter sie aufwachsen ließ. Dass die Verbindung zu ihrem Vater eine andere, eine künstlerische, ästhetische war, eine Verbindung frei von Pflichten und Stress. Wenn ihnen beiden ein Foto mit Ausdruck gelang, sie sich im gemeinsamen Schaffensprozess trafen und ihr Vater sie euphorisch umarmte, dann hatte sie immer das Gefühl gehabt, den hohen Ansprüchen ihrer Mutter wieder mit einer neuen Leichtigkeit entgegentreten zu können.

»Dass ausgerechnet dir das passieren muss«, murmelte der Vater und er klang, als würde er gar nicht bemerken, dass er seine Gedanken laut aussprach.

Feline, die kurz vorher noch ihre Fratze beweint und vor der Spiegelwahrheit die Augen verschlossen hatte, war jedoch grad nicht nach Mitleid zumute und auch ihre eigene Traurigkeit schien vorerst getrocknet. Sie hatte eine Idee und sah ihren Vater mit funkelndem Blick unter einer normalen und einer heruntergesackten Augenbraue an. »Hast du deinen Fotoapparat mit? Du musst mich so fotografieren!«

Der Vater blickte auf, schien unfähig etwas zu sagen.

»Das glaubt mir doch sonst kein Mensch, wie schief ich bin. Wir müssen das festhalten, für später«, fügte sie hinzu.

Er knetete seine Hände, suchte Halt in seinen Jackentaschen, sah an ihrem schiefen Blick vorbei.

»Tut mir leid, Feli, ich kann das grad nicht.«

»Alles in Ordnung mit dir?«, fragte Dolly, als sie zurück ins Zimmer kam.

Feline wischte sich die Tränen aus dem Gesicht.

»Alles in Ordnung.«

»Weinst du wegen deinem Gesicht?«

»Es ist in Ordnung, habe ich doch gesagt.« In Felines Hals saß ein dicker Tränenkloß. Aber sie wollte nicht weiter vor Dolly weinen, deshalb drehte sie ihr den Rücken zu.

»Kann ich dir irgendwie helfen?« Dollys Stimme rieselte sanft ihren Rücken runter, allerdings erschien es ihr seltsam, sich bei einer Siebzehnjährigen auszuheulen.

»Das ist lieb von dir, aber ich muss nur ein bisschen nachdenken.«

Kaum hatte sie das gesagt, überlegte Feline, ob sie wirklich daran denken oder lieber die Weigerung des Vaters verdrängen wollte.

Sie war es nicht mehr wert, fotografiert zu werden, dabei hatte sie die hässliche Fratze doch nur festhalten wollen in der Hoffnung, in ein paar Wochen darüber lachen zu können – mit ihrem alten symmetrischen Lachen. Sie hätte zwar ein Selfie mit ihrem Smartphone machen können, aber das war nun mal nicht das Gleiche wie das Bild eines professionellen Fotografen. Einerseits verstand sie das Entsetzen des Vaters – sie hatte ja selbst zu kämpfen mit dieser Fratze –, andererseits bestand sie ja nicht nur aus ihrem Gesicht. Sie konnte noch denken, laufen, die Arme bewegen, es war letztlich nur eine Gesichtshälfte, aber für den Vater war es offensichtlich mehr. Er hatte es nicht lange bei ihr ausgehalten, musste angeblich noch zu einem Fototermin.

Zum ersten Mal dachte Feline, dass ihre Mutter damals vielleicht doch gute Gründe gehabt hatte, sich von ihm zu trennen.

Tag 4

Tropf. Tropf. Tropf.

Feline beobachtete, wie sich die Tropfen langzogen, der Schwerkraft nachgaben und sich als durchsichtige Flüssigkeit durch den Schlauch zwängten, um sich den Weg in ihren Körper zu bahnen.

Tropf. Tropf. Tropf.

Das also war Cortison. Es sah so harmlos aus und beinahe unsichtbar wie Wasser. Nur das Klebeetikett an der Infusionsflasche, in der sich kleine Luftbläschen bildeten, deutete darauf hin, dass es mehr war als das. Entzündungshemmend sollte es sein und die Regeneration ihrer Gesichtsmuskulatur fördern. Auch wenn sich Feline nur schwer vorstellen konnte, dass diese unscheinbaren Tropfen dazu in der Lage seien, so beschwor sie sie doch, ihre tote Gesichtshälfte zu neuem Leben zu erwecken, den Muskeln ihre Kraft und ihr das alte Lächeln zurückzugeben.

Morgens und abends bekam sie nun Magentabletten, da die kleinen Tropfen nicht nur Wunder bewirken, sondern auch ihren Magen- und Darmtrakt durcheinanderbringen konnten, wie ihr die Schwester erklärt hatte.

Der Vormittag war gefüllt mit Untersuchungen und Terminen. Mehrmals musste sie ins Blutzuckerlabor, dann zur Krankengymnastik. Die Physiotherapeutin ließ ihr eine entspannende Kopfmassage zukommen und verriet ihr, dass es sich dabei um Shiatsu handele, eine uralte Heilmethode aus China, der gegenüber der Chefarzt nicht besonders aufgeschlossen sei.

Später wurde sie zum EEG geschickt. Das Elektroenzephalogramm sei eine Hirnstrommessung, hatte Dolly ihr erklärt und bei ihr hätten sie das schon gemacht. Feline sollte sich in einen Sessel legen und bekam ein Gummi um ihren Kopf. In ihre Haare und auf ihre Stirn schmierte die Schwester Festigungscreme und klebte damit Elektroden an ihren Kopf. Feline ekelte sich, hoffentlich ging das Zeug wieder raus. Sie bekam noch eine Art Clips an Ohren und Handgelenke geklemmt und wurde gebeten, sich zurückzulehnen.

»Schließen Sie bitte die Augen. Halten Sie still. Den Mund leicht öffnen und flach atmen, wieder schließen und ruhig bleiben.« Immer stillhalten, dachte sie. Überall musste man hier stillhalten. Sie lag da und es zog sich hin wie eine Ewigkeit.

»Die Visite war schon da«, sagte Dolly, als Feline zurück auf ihr Zimmer kam. Kaum hatte sie das ausgesprochen, guckte eine Schwester herein und bat Feline zum EMG.

Sie führte sie in einen Raum, in dem der Chefarzt schon auf sie wartete. Die Computertomografie sei normal gewesen, teilte er ihr mit und bat sie, sich auf einen Stuhl vor ihm zu setzen. Sie folgte und starrte auf den Computer und die Kabel.

Das Elektromyogramm sei eine Muskelmessung, erklärte er und stach ihr dünne Nadelelektroden in verschiedene Stellen der gelähmten Gesichtshälfte. Feline stockte der Atem.

Der konnte ihr doch nicht einfach Nadeln ins Gesicht stechen, in ihr Gesicht, das sie so gerne kunstvoll schminkte und in Szene setzte.

Sie fühlte sich völlig überrumpelt. Es tat weh, trotz der Lähmung. Die Nadeln waren durch Kabel mit einem Computer verbunden, der die Aktionsströme von Muskeln grafisch darstellen konnte. Mit leichten Stromschlägen testete der Chefarzt Felines Reaktion. Wieder musste sie einen Kussmund machen, den Mund breit ziehen und die Augen schließen. Der Chefarzt rüttelte die Nadeln hin und her. Das tat weh. Doch der Computer zeigte nichts. Die rechte Gesichtshälfte war komplett bewegungslos.

»Sie haben eine vollständige rheumatische Gesichtslähmung«, sagte der Chefarzt, »wir werden die Cortisondosis auf zwei Infusionen täglich erhöhen.«

Er zog die Nadeln aus ihrem Gesicht und bat sie, Tupfer auf die Einstichstellen zu drücken.

»Sonst gibt es blaue Flecken«, erklärte er und verabschiedete sich. Feline drückte abwechselnd Tupfer auf die Einstichstellen und hätte am liebsten geheult.

Zwar war sie kein Model, aber ihr Vater hatte sie so oft fotografiert, ihre Videos waren tausendfach angeklickt worden, ihr Gesicht war so oft im Internet zu sehen und nun stachen sie ohne Vorwarnung Nadeln dort hinein. Der Sprung von dem hübschen Gesicht, das so oft angeklickt wurde, zu der Fratze, in die der Chefarzt Nadeln stach, war einfach zu groß. Wie sollte sie das hier weiter ertragen?

Als sie später über die langen Flure ging, dachte sie das erste Mal an diesem Tag an Fruitsun.

Es war seltsam: Die Untersuchungen und der Rhythmus des Krankenhausalltages nahmen sie so sehr ein, dass ihr die Agentur auf einmal weit weg schien. Sie wollte ja eigentlich dort anrufen, aber es schwirrten ihr so viele andere Gedanken durch den Kopf, dass sie überlegte, das Telefonat auf den nächsten Tag zu verschieben.

Das sterile Weiß des Krankenhauses schien sich bereits in sie gefressen zu haben. Die Welt draußen kam ihr weit weg vor und Feline war es, als sei sie in eine Parallelwelt geraten.

Feline stand unter der Dusche. Sie wollte sich die widerlichen Haftcremereste des EEGs aus den

Haaren waschen und hatte nach den Nadeln des EMGs zudem das Gefühl, sich reinwaschen zu müssen. Seit der Pubertät bestimmte sie selbst über ihren Körper, sie war nie im Krankenhaus gewesen und auf Untersuchungen, bei denen sie unvorbereitet Nadeln im Gesicht ertragen musste, nicht vorbereitet.

Später war sie gerade dabei, im Badezimmerspiegel zu kontrollieren, ob die EMG-Einstiche des Chefarztes noch zu sehen waren, als Simon kam. Sie schlug ihre Haare in ein Handtuch und wickelte es sich wie einen Turban um den Kopf. Simon begrüßte sie zärtlich und Feline fiel sofort auf, dass er neu eingekleidet war. Mit lässiger Vintage-Lederjacke, einem Oxford-Hemd und Bluejeans.

Er sah umwerfend aus.

»Ich dachte, für den neuen Job ein bisschen was Neues zum anziehen«, erklärte Simon beinahe entschuldigend, als er ihre musternden Blicke bemerkte.

Sie versuchte ein Lächeln. »Ist doch toll. Gefällt mir. Kannst du dir ruhig mal gönnen.«

»Aber für dich habe ich auch etwas mitgebracht.« Simon holte eine Tüte hervor, die er unter dem Tisch abgestellt hatte. Er reichte Feline einen Handspiegel. »Hier, den wolltest du doch für die Gesichtsgymnastik haben.«

Sie nahm den Spiegel mit einem kleinlauten Danke entgegen und legt ihn schnell beiseite, um ihr Spiegelbild nicht vor Simon betrachten zu müssen.

»Aber ich habe noch etwas.« Wieder kramte er in der Tüte und zauberte einen neuen Zeichenblock, einen Kohlestift und Aquarellbuntstifte hervor. »Ich dachte, damit du nicht aus der Übung kommst und gegen die Langeweile.«

Feline legte Block und Stifte beiseite und umarmte Simon. »Danke, das ist echt lieb von dir.«

Er roch gut, nach Simon und nach Zuhause, sie küsste seinen Hals und spürte, wie ihre Lippen schief auf seiner Haut landeten.

Dolly hatte den beiden bei der kleinen Bescherung zugesehen und als Feline sich zurück auf ihr Bett setzte, kramte Simon nochmals in der Tüte.

»Ach ja, für dich habe ich ja auch noch etwas.« Dolly sah ihn irritiert an.

»Hier, ich konnte einfach nicht daran vorbeigehen. Ich hoffe, du nimmst es mir nicht übel.« Er hielt Dolly einen Schlüsselanhänger mit einem kleinen Schaf entgegen.

Dolly lachte und bedankte sich. Feline hätte Simon von oben bis unten abknutschen können für seine Ideen. Wie lieb, dass er auch Dolly eine Freude gemacht hatte!

»Jetzt ist die Zaubertüte aber leer, oder?« Feline sah Simon fragend an.

»Noch nicht ganz«, Simon raschelte geheimnisvoll in seiner Tüte und blickte dann zu Feline und Dolly. »Mir ist zu Ohren gekommen, dass es bei Euch nachmittags immer nur zwei Kekse gibt. Hier, ist nur ein kleiner Topfkuchen, nichts Besonderes.«

Feline blickte erstaunt auf die Frischhaltedose in Simons Hand. »Das hast du heute schon alles gemacht?«

»Ach weißt du, ich war so aufgeregt wegen morgen, ich musste einfach die ganze Zeit irgendwas machen.«

Nachdem Simon gegangen war, sagte Dolly: »Mann, hast du einen tollen Freund! So einen möchte ich auch haben.«
Feline musste an den tollen Freund denken, der das letzte halbe Jahr zwischen Sofa und Küche verbracht hatte, behielt ihre Gedanken aber für sich. Stattdessen schnitt sie den Topfkuchen an und reichte Dolly ein Stück.
»Hattest du schon mal einen Freund?«
Dolly schüttelte traurig den Kopf.
»Ach, das kommt bestimmt noch. Aber verliebt warst du schon, oder?«
»Klar«, sagte Dolly, »wenn es nach unglücklichem Verliebtsein ginge, hätte ich schon sehr viel Erfahrung.«
Feline nahm ihr Smartphone und suchte auf ihrer Instagram-Seite nach einem der Fotos ihres Vaters. Sie wählte das auf der Rheinkniebrücke, atmete tief durch und zeigte es Dolly.
»Guck mal, so sehe ich eigentlich aus.«
»Wow!« Dolly zog mit Daumen und Zeigefinger das Foto größer. »Da siehst du ein bisschen aus wie Line von ›Laura & Line‹, das ist so ein Youtube-Kanal – Moment, du bist jetzt aber nicht Line und das ist die Abkürzung für Feline?«
Feline grinste verlegen. »Doch, ich bin *die* Line.«
Dolly starrte ungläubig zu ihrer Bettnachbarin. »Da teilen wir uns seit vier Tagen ein Zimmer und

du sagst mir nicht, wer du bist! Sorry, aber mit der Lähmung und ohne Schminke habe ich dich echt nicht erkannt. Dabei habe ich den Kanal schon ein paar Mal geguckt. Das ist ja cool!«

Feline seufzte. »Ehrlich gesagt, ist gerade gar nichts cool. Oder meinst du, ich kann mich so bei Youtube zeigen?«

Später kamen Dollys Eltern und gingen mit ihr nach unten ins Foyer. Feline blieb alleine mit ihren Instagram-Fotos zurück. Darauf schaute sie in die Kamera mit einem schönen, unverzerrten symmetrischen Lächeln. Was war das für ein Unterschied! Vor kurzem noch die selbstbewusste, strahlende Erfolgsfrau – und jetzt? Wie konnten Fotos so schön sein und gleichzeitig so schmerzen?

Sie hatte nie alle gleich hübsch gefunden, aber sich zumindest auf allen gemocht, sonst hätte sie sie nicht online gestellt. Und sie schmerzten, weil ihr Vater sie fotografiert hatte und weil es dieses Lächeln nicht mehr gab. »Hör auf mit dem Selbstmitleid«, sagte Feline sich und wischte die Fotos weg.

In dem Moment traf eine Nachricht von Laura ein, dass die Lächel-Challenge online sei. Feline atmete tief durch, dann klickte sie auf den Link von Laura. Den Einstieg hatten sie an dem Morgen, an dem Feline die Idee mit der Lächel-Challenge gehabt hatte, noch zusammen in ihrem Lieblingscafé gedreht. Anschließend hatte Laura ihr eigenes Videomaterial von einer lächelnd-flirtenden Laura in der Altstadt und Felines Aufnahmen aus dem Südpark aneinandergeschnitten. Morgens früh im Südpark hatte Feline Jogger und Hundebesitzer angelächelt und über Lächeln philosophiert. Hatte schlau dahergeredet über den Postkartenspruch »Ein Lächeln ist ein Geschenk, das sich jeder leisten kann« und dabei der Kamera ihr schönstes Lächeln gewidmet. Feline ertrug ihren eigenen lächelnden Anblick im Video noch weniger als auf Fotos. Das kann sich jeder leisten, dachte sie, außer Fazialisparese-Patienten.

War sie jetzt arm, weil sie nicht mehr lächeln konnte? Hatte sie das Lächeln, als es noch eine Selbstverständlichkeit gewesen war, wirklich zu schätzen gewusst?

Laura schloss das Video mit den Worten, dass Line sich vielleicht im Südpark jemanden angelacht habe und sie deshalb alleine die Verabschiedung übernähme. Feline fand das nicht witzig, aber sie hätte auch selbst keine bessere Idee gehabt, ihre Abwesenheit zu erklären.

In den Kommentaren wurden erste Vermutungen angestellt, wen Line sich angelacht habe. Eigentlich hatte es ihr immer Spaß gemacht, die Kommentare zu lesen und zu gucken, worauf die Follower am meisten ansprangen, aber jetzt schloss sie Youtube und öffnete stattdessen Instagram.

Sie wollte sich ein bisschen ablenken und durch die Bilder anderer Menschen scrollen. Das tat sie eine Weile, doch alles, was sie dort sah, war das Lächeln der anderen. Alle lächelten in die Kamera, weiß und perfekt, bei jeder Tätigkeit, Hauptsache die Mundwinkel in die Höhe ziehen. Sie ertrug dieses omnipräsente Lächeln nicht, selbst bei den Smileys, die manche in ihre Texte einfügten, sprang ihr plötzlich das Lächeln entgegen.

Sie fühlte sich verhöhnt von diesen Bildern, verhöhnt von symmetrischen Gesichtern, zeigten sie doch, dass Lächeln das Kommunikationsmittel Nummer eins war, eines, das überall funktionierte, über Alters- und Sprachbarrieren hinweg, nur bei ihr nicht.

Feline legte das Smartphone beiseite und vergrub ihr Gesicht im Kopfkissen. Ihr war zum Heulen zumute und gleichzeitig schienen die Tränen irgendwo festzuhängen und nicht rauszukommen. Vielleicht waren sie inzwischen auch gelähmt wie alles.

Sie wusste es nicht, sie wusste nur, dass seit vier Tagen alles anders war in ihrem Leben und sie noch immer keine Ahnung hatte, wie sie sich in den nächsten Wochen mit dieser Fratze arrangieren sollte.

Als Dolly zurück aufs Zimmer kam, schmiss sie ihre Sweatjacke auf den Stuhl und knallte die Tür.

»Was ist passiert?«, fragte Feline.

»Meine Mutter hat Schlafstörungen wegen mir.« Dolly setzte sich auf ihr Bett und strich sich eine Haarsträhne hinters Ohr. »Glaubt die, ich finde das cool, hier im Krankenhaus zu sein und alles zu verpassen?«

Feline drehte sich zu ihr. »Mütter machen sich wahrscheinlich oft übermäßige Sorgen.«

»Ja, aber du kennst meine Mutter nicht. Die war früher Arzthelferin und hat schon eine Liste gemacht, was ich alles haben könnte. Und weil sie auf ihre Liste so schreckliche Krankheiten geschrieben hat, hat sie jetzt Angst, dass etwas davon wirklich zutrifft.«

»Das ist krass – ist deine Mutter immer so über-ängstlich?« Dolly nickte.

»Lass dich davon nicht fertigmachen. Vielleicht bekommst du ja bald eine Diagnose. Und vielleicht ist die ja viel besser als alles, was deine Mutter sich vorstellt.«

Feline konnte verstehen, dass diese Ungewissheit für Dolly kaum auszuhalten war. Sie hatte ja selbst damit zu kämpfen, dass sie nicht wusste, wie lange die Lähmung bleiben würde.

»Hoffentlich«, sagte Dolly und in ihren eisblauen Augen lag wieder dieses Flehen.

Tag 5

Während Simon am Mittwochmorgen seine neue Arbeit antrat, bekam Feline Besuch von den weißen Vampiren. Blut war das Einzige, was sie wollten. Sie kamen schon morgens vor dem Frühstück und ihre Nadeln bissen sich fest. Dolly und sie waren wehrlos, konnten nicht entfliehen, ließen es geschehen. Das Blut floss in ihre Ampullen und erst nach sieben oder acht Ampullen hatten sie genug. Aber am nächsten Tag würden sie wiederkommen. Zu Dolly kamen sie manchmal sogar nachts. Sie gaben vor, das Blut für Untersuchungen zu brauchen, aber was wirklich mit dem Blut geschah, wusste niemand.

Als die Vampire als weiße Wolke getarnt ein paar Stunden später ins Zimmer schwebten und sich um ihr Bett stellten, erfuhr Feline nichts, was sie nicht ohnehin schon wusste. Doch der Chefarzt berichtete seinem Gefolge unbeirrt von seinen neuesten Erkenntnissen: »Ob man es glaubt oder nicht, ich habe es gestern beim EMG getestet, es handelt sich wirklich um eine vollständige rheumatische Gesichtshälftenlähmung. Die Reflexe, das ist nur Liderschlaffung. Die Cortisondosis haben wir heute auf 250 mg erhöht. Außerdem geben wir ab sofort noch eine Vitamininfusion zum Aufbau der Nerven.«

Na toll, dachte Feline, dann war sie ja jetzt schon bei drei Infusionen. Bevor sie die Fachgespräche der weißen Wolke unterbrechen konnte, um diese nach dem EEG, dem weiteren Vorgehen und der Dauer ihres Aufenthaltes zu fragen, war diese schon verschwunden.

Die Stationsärztin kam noch einmal wieder, schloss ihr den Cortison-Tropf an und vertröstete Feline mit ihren Fragen auf die Chefarztvisite am nächsten Tag.

Als das Cortison langsam in sie strömte und Dolly zu einer Untersuchung abgeholt wurde, nutzte sie die Gelegenheit und rief in der Agentur an. Sie wählte Beates Nummer, wollte erst einmal vorhorchen, bevor sie mit Hartbrich spräche. Nachdem Beate zunächst ganz genau wissen wollte, wie das alles passiert sei und ob Feline Besuch von ihr haben wolle oder lieber noch nicht, fiel ihr noch rechtzeitig Beates Trennungssituation ein, sie erkundigte sich danach, bevor sie endlich das fragte, was sie seit Samstag beschäftigte: Was machte Hartbrich nun mit Fruitsun? Was war mit Tamara? Was sagte Hartbrich zu ihrem Aussetzen?

Beate meinte, Hartbrich sei wie immer. Er hätte Sonja, die sonst in einem anderen Team für einen Mobilfunkanbieter arbeitete, zur Vertretung in das Fruitsun-Büro geschickt. Die hätte jetzt zusammen mit Tamara mit der Umsetzung von Felines Konzept begonnen. Mehr wusste Beate auch nicht.

Feline konnte es nicht fassen. Sonja, ausgerechnet Sonja, die zwar nett war, deren fachliche Eignung Feline jedoch bezweifelte. Sie durfte gar nicht daran denken, was die aus ihrem Konzept und ihren Entwürfen machen würde. Feline wurde ganz anders bei dem Gedanken, dass Sonja und Tamara jetzt in der Fruchthöhle saßen, während sie an diesem dummen Tropf hing. Sie war erleichtert, als die Infusion endlich durchgelaufen war.

Inständig hoffte sie, dass die Schwester sie bald von dem Schlauch befreien würde, dann würde sie Hartbrich anrufen, das wollte sie tun, ohne das Gefühl zu haben an einen Schlauch gebunden zu sein.

Als die Schwester jedoch kam, zog sie einen neuen Ständer hinter sich her, in deren Halterung eine Flasche mit einer gelben Infusionsflüssigkeit Felines Hoffnungen zunichte machte. Der Vitamin-Tropf.

Feline blieb in ihrem Bett liegen, beschloss Hartbrich erst mal nicht anzurufen, und schon bald konnte sie beobachten, wie gelbe Flüssigkeit sich in kleine Tropfen aufteilte, die sich in eine Schlange reihten und geduldig auf den Eingang in ihren Körper warteten.

Tropf. Tropf. Tropf. Simon arbeitete jetzt. Sicher war der erste Tag aufregend für ihn. Tropf. Tropf. Tropf. Die Agentur kam auch ohne sie klar. Na ja, Hartbrich glaubte das zumindest. Wenn Sonja alles durcheinanderbrächte, würde er schon merken, dass sie, Feline, nicht so einfach ersetzbar war. Tropf. Tropf. Tropf. Eigentlich hätte sie diese Woche wieder mit Laura Videos gedreht. Jetzt lag sie hier an diesem dummen Tropf und in ihrem Gesicht bewegte sich nichts. Feline spürte ein flaues Gefühl mit einem Funken Wut in ihrem Magen, das ihr bekannt vorkam. Dabei arbeitete Simon nun endlich und das Gefühl hatte somit seine Berechtigung verloren. Also, was tat es hier? Tropf. Tropf. Tropf. Simon klebte nicht mehr auf der Stelle. Der Stillstand war gestern. Jetzt arbeitete Simon und Feline war doch eigentlich froh darüber. Tropf. Tropf. Tropf. Dieser Tropf machte sie verrückt. Dieses ewige Herumliegen und Nichtstun war kaum auszuhalten.

Plötzlich wurde es ihr klar. Nein, nicht Simon, sie selbst stand nun still.

Die Fratze hatte sie ruhiggestellt, dabei hasste Feline den Stillstand. Sie hasste es, wenn sich nichts bewegte, sich nichts tat. Noch vor ein paar Tagen war es Simon gewesen, aber nun war sie es: der Stillstand in Person.

Diesen Gedanken fand Feline schrecklich, aber er ging ihr nicht mehr aus dem Kopf. Ihr Leben bestand eigentlich aus Aktivität zwischen Youtube, der Agentur und Simon, nun bestand es nur noch aus der Fratze. Sie kam sich so nutzlos vor und alles schien ihr sinnfrei.

Lethargisch starrte Feline auf ihre Infusion. Lethargisch war sie immer noch, als diese durchgelaufen war und die Schwester sie von dem Tropf befreite. Sie fühlte sich machtlos gegen den Stillstand, er fraß sie auf und machte sie taub.

Der erlösende Anruf von Laura riss sie aus ihrer Starre.

»Die Lächel-Challenge wird viel geklickt und hat schon ganz viele Likes, jetzt brauchen wir neuen Content.« Laura sprach schnell, gehetzt und Feline fragte sich, ob das an ihrem eigenen Stillstand lag, dass ihr das plötzlich auffiel. »Line, hast du alte Urlaubsfotos, die du mir schicken kannst? Dann inszenieren wir jetzt, dass du im Urlaub bist und ich zeige deine besten Urlaubsfotos und mache einen auf neidisch.«

»Klar, können wir machen«, sagte Feline. »Ich habe bestimmt welche vom letzten Jahr auf dem Smartphone. Suche ich dir raus.«

Nach dem Telefonat war Feline sich nicht sicher, ob sie froh über diese Aufgabe sein sollte, weil die sie aus der Lethargie holte, oder genervt, weil es wehtun könnte, alte Urlaubsfotos anzugucken. Sie beschloss, es positiv zu sehen, schließlich war es wichtig, den Kanal regelmäßig weiter zu bespielen. Feline wählte ein Bikinifoto vom Strand, ein Badefoto in türkisen Wellen, ein Promenadenfoto mit perfektem Make-up, kurzem Kleid und Eis in der Hand und schließ-

lich noch ein Portrait mit ihrem schönsten Lächeln. Als sie die Fotos an Laura schickte, kam sie sich vor wie eine Betrügerin. Dieses Lächeln gab es nicht mehr, schließlich war sie im Krankenhaus und nicht am Strand, aber was sollte sie tun?
Die Fratze würde niemals Youtube-kompatibel sein.

Die Wartezeit bis zum Abend, als Simon endlich kam und ihr von seinem ersten Arbeitstag erzählen konnte, erschien ihr unendlich lang. Er sah so glücklich aus, als er zur Tür hereinkam mit einer gelben Gerbera für Feline. Sie freute sich für ihn und lauschte seinen Berichten. Er war begeistert von der Firma und von den netten Kollegen, berichtete angetan von seinem neuen Büro mit Parkblick, das er sich mit einer Kollegin namens Anja teilte, aber er war sich auch bewusst, dass sehr viel Arbeit auf ihn wartete.
Während er voller Enthusiasmus sprach, dachte sie an die Fruchthöhle, in der jetzt unter ihrem Fruitsun-Baum Sonja und Tamara saßen. Es hätte alles so schön sein können, sie wäre aus der Agentur gekommen und hätte mit Simon Essen gehen und seinen neuen Job feiern können. Es würde, es könnte, es hätte – Feline hasste den Konjunktiv.

Es ist jetzt so, ich bin erwachsen und muss mich damit abfinden, sagte sie in Gedanken zu sich selbst, als Simon weg war. Sie war alleine im Zimmer, Dolly war mit ihrer Familie in den Aufenthaltsraum gegangen.

Feline besann sich ihrer Übungen und nahm den Handspiegel. Die Fratze glotzte sie an. Das bin jetzt ich, dachte sie und wich dem Blick nicht aus. Sie hielt ihm stand und betrachtete ihr Gesicht. Die rechte Seite hing schlaff und untätig herunter, am auffälligsten war das durch die heruntergesackte Augenbraue und den Mundwinkel. Und je mehr Muskulatur sie auf der gesunden Seite bemühte, desto verzerrter wurde ihr Gesicht.

Sie dachte an ihren Vater und sein Unvermögen, mit ihrer Fratze umzugehen. Konnte sie von ihm Verständnis verlangen, solange sie selbst mit diesem Gesicht nicht klarkam?

Ich bin schief, sagte sie sich, das ist jetzt mein Gesicht.

Und dann blickte sie sich direkt in die Augen, in das gesunde und in das unter der heruntergesackten Augenbraue, das sich nicht schließen ließ und deshalb nachts ein Bullauge brauchte.

»Spieglein, Spieglein in der Hand, wer ist die Schiefste im ganzen Land?«

Feline schnitt eine furchtbare Grimasse und zog ihr Gesicht so schief, wie sie nur konnte.

»Frau Schiefgesicht, Ihr seid die Schiefste im Land.«

Sie musste lachen und merkte, wie sich automatisch ihre Hand vor ihren Mund schob, um das verzerrte Lächeln zu verbergen. Diese beschämte Geste musste sie sich in den letzten Tagen unbewusst angewöhnt haben. Sie nahm ihre Hand vom Mund und wiederholte die schiefe Grimasse.

Plötzlich rief es neben ihr auf dem Nachttisch. Schrie und wimmerte. Es war der Zeichenblock, den Simon ihr mitgebracht hatte, er drängte sich geradezu auf, und ehe Feline noch überlegen konnte, sprangen die Stifte in ihre Hand und sie zeichnete das Schiefgesicht von ihrem Spiegelbild ab. Anschließend nahm sie ein zweites Blatt und machte aus der spiegelverkehrten Skizze ein Portrait, bei dem die richtige Seite gelähmt war. Dann kolorierte sie es zaghaft, besah es sich und fand es gar nicht so schlecht.

Sie war nicht auf väterliche Fotoapparate und deren Abbildung der Wirklichkeit angewiesen. Ihr Selbstportrait war nicht so direkt wie ein Selfie, aber es war die Wahrheit in Kunst verpackt.

Kurzerhand nahm Feline ihr Smartphone, fotografierte das Selbstportrait ab und schickte es ihrem Vater. Für die Öffentlichkeit musste sie mit alten Urlaubsfotos lügen, aber ihre Angehörigen mussten die Wahrheit ertragen können, fand sie. Schließlich musste sie das selbst auch. Ihre Mutter war besorgt, sie schickte ihr täglich Nachrichten oder rief sie an und manchmal musste Feline sich sogar eingestehen, dass sie diese Bemutterung mochte.

Der Vater antwortete erst am späten Abend auf das Portrait: »Geht es dir besser? Hab grad super viel zu tun ... Bis bald mal! Papa«.

Feline schob ihre aufkeimende Enttäuschung beiseite und wischte die Nachricht weg.

Als die Nachtschwester mit Salbe und Bullauge kam, verschwamm die Welt vor ihren Augen und wurde durch Träume ersetzt, in denen sie lächeln konnte.

Tag 6

Am Donnerstag nach der Visite sah Feline der weißen Wolke mit bösen Blicken hinterher. Das EEG hatte nichts ergeben. Nun sollte sie auch noch am späten Vormittag zum HNO-Arzt, um einen Hör- und Gleichgewichtstest zu machen. Sie veranstalteten hier die seltsamsten Untersuchungen mit ihr, nichts ergab irgendetwas, alles ergab nichts.

Es war ein großes Nichts, mit dem sie Feline quälten. Sie äußerten sich nicht zur genauen Aufenthaltsdauer (»Am Wochenende sehen wir weiter«), gaben ihr keinen Plan an die Hand, sondern warfen sie in dieses Nichts, in dem sie verharren musste, bis sie mit neuen Nachrichten oder Untersuchungen auftauchen würden.

Feline war froh, als sie einen Anruf der Physiotherapeutin bekam und in den Keller gerufen wurde. Krankengymnastik war wenigstens greifbar und gab ihr das Gefühl, etwas gegen die Lähmung zu tun.

Im Aufzug starrte sie in dem großen Fahrstuhlspiegel ihr Spiegelbild an und sah ihr schiefes und verzerrtes Gesicht, das sie doch eigentlich endlich akzeptieren wollte. Aber der große Spiegel offenbarte ihr alles: Ihre blasse, ungeschminkte Haut, die hellen Wimpern und Haare, akzentlos ohne jegliches Make-up, das schlichte Shirt, die Jogginghose.

Das war nicht die Youtube-Line oder die Fruitsun-Feline. Hässlichkeit blickte sie mit großen, asymmetrischen Augen an. Keine Spur von ihrem alten Lächeln.

Sie war unansehnlich, abscheulich, kein schöner Anblick, keine Tochter mehr.

Dass der Vater sie nicht sehen wollte, nagte an ihr. Sie versuchte es zu verdrängen, der Vater würde sich ohnehin nicht rühren, das hatte er nie getan. Nun war sie erwachsen, die Tochterrolle war sowieso in den Hintergrund gerückt, sie war jetzt Frau, eine Frau ohne Lächeln. Feline vermisste es. Sie war so hässlich geworden.

Simon behandelte sie normal, aber sie war nicht normal. Sie war hässlich und sie schämte sich dafür. Wenn sie durch den Krankenhausflur ging, hatte sie Angst, die Entgegenkommenden zu grüßen. Sie wollte es verbergen, das verzerrte Gesicht, das der Spiegel ihr zeigte.

Im Keller ließ sie sich von den warmen Händen der Physiotherapeutin massieren und quälte sich danach mit den Grimassen.

Als sie fertig war, sah sie wieder die Rollifahrerin, die an die Strommaschine angeschlossen war.

Feline ging an ihr vorbei und die Rollifahrerin verschwand aus ihrem Blickwinkel. Plötzlich hörte sie hinter sich ein »Komm mal her!«. Die Rollifahrerin winkte sie mit dem Kopf herbei und Feline ging langsam auf sie zu.

»Du hast doch eine Gesichtslähmung, oder?«

Feline nickte.

»Bei uns ist heute eine ins Zimmer gekommen, die hat das auch.«

»Echt?«

»Ja, soll ich euch bekannt machen?«

»Ich weiß nicht. Ja, warum nicht. Gerne.«

Die Rollifahrerin lächelte. Sie hatte ein schönes Lächeln mit Grübchen und einem Lippenpiercing. »Musste nur kurz warten, bis die mich von dem Gerät befreien. Ich heiße übrigens Theda, und du?«

»Feline. Spürst du was davon, ich meine von dem Strom da?«

»Da unten gar nichts mehr.« Sie deutete mit ihrem Kopf auf ihren Unterkörper. »In Händen und Armen reicht es immerhin, um alleine den Rolli bewegen zu können.«

Theda war nur etwas älter als sie selbst, schätzte Feline. Sie traute sich nicht zu fragen, woher Thedas Lähmung kam.

Später folgte Feline Theda durch die langen Krankenhausflure. Sie lag auf einer anderen Station, da die Neurologie in zwei Bereiche aufgeteilt war. Der eine für die Privat- und der andere für die Kassenpatienten. Der Trakt, in den Theda sie führte, war nicht so hell wie der, in dem sie selbst lag. Alles wirkte etwas älter und war in Siebzigerjahrefarbtönen gehalten.

»Da ist unser Zimmer«, sagte Theda und Feline hielt ihr die Tür auf, während Theda in das Zimmer hineinrief, dass sie Besuch mitgebracht habe.

Feline sah die andere sofort. Sie war schätzungsweise Ende dreißig, hatte dunkelblonde Locken und die Lähmung links, sodass sie vom Gesicht her ihr Spiegelbild hätte sein können. Feline stellte sich vor und die andere nannte ihren Namen: Franziska.

Sie bot Feline einen Platz auf ihrem Bett an. Es war behelfsmäßig in das Zimmer hineingeschoben worden und stand nun quer zu den anderen Betten. Offensichtlich lagen sie hier zu viert auf einem Dreibettzimmer. Feline schaute sich um. Es gab nur ein Waschbecken. Toilette und Dusche befanden sich anscheinend auf dem Flur. Sie war erstaunt, wie groß der Unterschied im Komfort zwischen den beiden Stationen war.

Feline erzählte Franziska, was sie schon alles an ihr untersucht hatten und was sie selbst inzwischen darüber wusste. Franziska berichtete, dass sie Zugluft bekommen habe – anders könne sie sich die Lähmung nicht erklären. In dem Restaurant, in dem sie kellnerte, war in der Küche die ganze Zeit Durchzug gewesen. Sie war nassgeschwitzt von dem Hin- und Herrennen in der stickigen Luft, hatte etwas aus der Küche holen wollen und stand direkt vorm Fenster. Plötzlich spürte sie einen Windzug an ihrem Hals und eineinhalb Tage später war sie schief.

Gerne wollte Feline Franziska mit Ratschlägen und Wissen zur Seite stehen, sie fühlte sich mit ihrer sechs Tage alten Lähmung beinahe schon als alter Hase.

Doch sie musste feststellen, dass ihr die Ärzte bisher noch nichts Weltbewegendes offenbart hatten. Die Ursachen hatten sie noch nicht gefunden und die Untersuchungen führten zu keinen Ergebnissen, die Feline weiterbrachten. Hoffentlich würde die Erhöhung der Cortisondosis wenigstens etwas bewirken.

Das Reden mit Franziska und Theda tat Feline gut. Sie alberten ein bisschen herum und Theda meinte schließlich, dass Franziska sich nun in Fratziska umbenennen müsse. Feline bewunderte es, dass Franziska schon am ersten Tag über solche Sprüche lachen konnte. Andererseits kamen sie von Theda, die vielleicht viel darum gegeben hätte, nur eine Gesichtslähmung zu haben.

Franziska begleitete sie noch hinunter auf ihre Station und als sie gemeinsam auf Felines Bett saßen, kam die Schwester herein und war, ebenso wie Dolly, beinahe entzückt von den beiden Schiefgesichtern, deren Fratzen sich ineinander zu spiegeln schienen.

Als Feline später alleine auf dem Zimmer war, nahm sie den Handspiegel, um die Grimassen zu üben, doch ihr brannte eine Frage auf den Nägeln.

»Spieglein, Spieglein, in der Hand, wer ist die Schiefste im ganzen Land?«

»Feline, Ihr seid die Schiefste hier, aber Franziska hinter den sieben Fluren ist noch tausend Mal schiefer als Ihr.«

Der Gedanke, nicht die einzige Schiefgesichtige zu sein, beruhigte sie.

Am Mittag kam die Schwester mit dem Vitamintropf und schloss Feline daran an. Dolly saß auf ihrem Bett und las in einer Zeitschrift. Feline starrte auf ihren Tropf und als Dolly begann, mit Papier zu knistern, blickte sie zu ihr hinüber. Dolly öffnete gerade einen Kibascho-Fruitsun-Riegel.

»Möchtest du auch ein Stück?« Sie streckte Feline den Riegel entgegen.

»Nein, danke.«

»Echt nicht? Der ist wirklich lecker mit Kirsch-Bananen-Füllung und Schokolade drum herum. Kennst du nicht diese Werbung mit der Kibascho-Banane?«

»Doch.« Feline seufzte leise. Die hatte sie schließlich selbst entworfen. Und in Menschengröße stand die Kibascho-Banane in ihrer Fruchthöhle und sah Feline dabei zu, wie sie neue Entwürfe für Fruitsun machte. Aber das sagte sie Dolly nicht.

Sie wusste auch nicht, warum. Dolly war ja schon völlig aus dem Häuschen gewesen, als sie erfahren hatte, dass Feline Youtuberin war. Vielleicht hatte sie Angst, dass Dolly auch ihre Arbeit in der Agentur überbewerten würde. Oder dass ihre Fratze sie unglaubwürdig machte. Schließlich sah die dumme Banane zur Zeit Sonja und Tamara bei ihrer Arbeit zu und nicht Feline. Aber das würde sich ja hoffentlich bald ändern.

Um nicht weiter über Fruitsun reden und nachdenken zu müssen, überlegte Feline, was sie Dolly erzählen könnte.

»Ich habe eine Rollifahrerin von der Kassenstation kennengelernt, die ist wirklich nett.«

Dolly sah zu Feline hinüber. »Diese mit dem komischen Namen? Te-sonstwas?«

»Ja, Theda, woher weißt du das?«

»Gestern vor einer Untersuchung saß ich mit einer aus ihrem Zimmer im Warteraum. Die meinte, Theda hätte so lange gehungert, bis sie gelähmt war.«

»Was? Das glaube ich nicht.«

»Hat die aber gesagt.«

»Vielleicht ist es ja nur ein Gerücht.«

»Vielleicht, ist ja auch egal. Jedenfalls kommt zu denen der Chefarzt nur einmal pro Woche. Und zu uns kommt er jeden Tag. Das ist doch ungerecht, oder?«

»Ja, der Unterschied ist schon krass.« Feline seufzte. Sie musste an Theda denken. Ob das wirklich stimmte? Theda war tatsächlich sehr dünn, aber wieso sollte man hungern, bis man gelähmt war? Sie wollte das nicht glauben. Und Theda danach zu fragen, würde sie sich bestimmt nicht trauen.

»Hast du kein schlechtes Gewissen, dass du besser behandelt wirst als die auf der Kassenstation?«

Dolly riss Feline aus ihren Gedanken.

»Nein, ich zahle ja dafür. Aber die anderen sollten auch gut behandelt werden. Wieso, hast du etwa ein schlechtes Gewissen?«

»Ja, ich bin schließlich nur hier, weil ich über meinen Vater, der Beamter ist, versichert bin.«

»Freu dich doch darüber.«

»Aber es ist ja nicht meine eigene Leistung.«

Feline sah zu ihrer Bettnachbarin hinüber. Dolly hatte seltsame Laune, schon den ganzen Morgen.

»Dolly, du machst dir zu viele Gedanken. Das System ist nun mal so, daran können wir doch nichts ändern.«

Dolly nahm die Zeitschrift von ihrem Schoß und warf sie gegen die Wand. Die Zeitschrift stürzte hinab und ihre Blätter fächerten sich auf den Linoleumfußboden.

»Wie soll ich mir denn keine Gedanken machen, wenn die immer noch nichts bei mir gefunden haben? Die untersuchen und untersuchen und wissen immer noch nicht, was ich habe!«

Dolly war richtig laut geworden. Feline konnte sie verstehen, bei ihr selbst fanden sie schließlich auch keine Ursachen.

»Vielleicht ist das ja auch ein gutes Zeichen, dass sie bei dir noch nichts gefunden haben«, versuchte sie Dolly zu beruhigen. Sie ging zu ihr und hob die Zeitschrift auf. Ein Blick auf den Titel mit einer schlanken grinsenden Frau, die eine Waage unter den Arm geklemmt hielt – Feline runzelte die Stirn. »Was ist das denn?«

Dolly seufzte. »Das hat mir meine Mutter mitgebracht. Darin erzählen fünf Frauen, wie sie es dauerhaft geschafft haben, abzunehmen. Meine Mutter meint, wenn ich wieder zu Hause bin, müssen wir das auch angehen.«

In Feline bebte es. »Ganz ehrlich: Die soll dich mit so einem Schwachsinn in Ruhe lassen!«

»Aber sie hat ja recht: Mein BMI ist zu hoch.«

»Na und? Was sagt das denn aus, wenn du einen BMI von 25 oder 26 oder 27 hast?« Feline musste sich sehr beherrschen, nicht laut zu werden, so sehr regte sie diese Mutter auf, aber dafür konnte Dolly ja nichts. »Weißt du überhaupt, wer den BMI zur Beurteilung von Übergewichtigkeit eingeführt hat?«

Dolly zögerte. »Irgendwelche Ärzte bestimmt ... oder Wissenschaftler.«

»Nein. Laura und ich haben mal ein Video dazu gemacht, weil das auch viele Follower beschäftigte.

Der BMI wurde von Lebensversicherungsgesellschaften aus den USA genutzt, um die Versicherten einfacher einstufen zu können. Glaub mir, denen ging es nicht um Gesundheit, sondern um die Berechnung der Versicherungsprämien. Dass die WHO das irgendwann ohne zusätzliche Parameter übernommen hat, ist also durchaus fragwürdig.«

»Aber jeder BMI-Rechner sagt mir, dass ich leicht übergewichtig bin.«

»Du bist ein ganz normales junges Mädchen mit tollen blauen Augen.«

Dolly senkte ihren Blick. »Das ist nett, dass du das sagst. Aber im Ernst: Ich glaube, das ist so, als wenn ich dir sage, dass du auch mit gelähmtem Gesicht eine tolle Youtuberin bist.«

Kurz verschlug es Feline die Sprache. Dann schenkte sie Dolly ein schiefes Lächeln und sagte: »Weißt du was? Wir kriegen das hin, wir beide. Auch wenn unsere Körper nicht überall so funktioniert, wie wir das gerne hätten, aber wir schaffen das.«

Am späten Nachmittag kam Laura zu Besuch, in perfektem Outfit und mit lockerem Pferdeschwanz stand sie plötzlich in der Tür. Dolly war aufgeregt, Felines Youtube-Partnerin kennenzulernen. »Du siehst in echt genauso aus wie auf den Videos«, sagte sie.

»Ja klar, was denkst du denn?«, fragte Laura. Dann blickten beide zu Feline und Laura sagte: »Sorry.«

»Schon gut.«

Feline guckte belustigt zu, wie Dolly Laura um ein Selfie bat und sich schließlich mit der Youtuberin ablichtete.

»Wenn ich das in unserer Klassengruppe poste, glaubt mir das kein Mensch! Darf ich das?«

Laura nickte und wandte sich Feline zu. »Ich habe das Urlaubsvideo schon geschnitten. Die Fotos sind super. Ich hoffe, dass meine Kommentare dazu auch gut rüberkommen. Morgen Abend geht es online.«

»Danke. Ich bin gespannt.« Feline griff nach ihrem Smartphone. »Wo hier grad Selfie-Time ist: Hast du Lust auf ein Freundinnen-Selfie? Aber nur für privat. Ich versuche gerade, mich mit der Lähmung zu arrangieren und mein Gesicht nicht mehr zu verdrängen.«

»Klar.« Sie lächelten in die Kamera, Laura so wie immer und Felines Gesicht wurde schiefer und schiefer, je höher sich ihr gesunder Mundwinkel zu einem Lächeln verzog. Mit Laura zusammen war ihr das egal, sie traute sich endlich mehr, als auf ein Foto des Vaters zu hoffen oder sich selbst zu zeichnen, und das tat gut. »Warte, ich mache auch noch eins«, kicherte Laura und zückte ihr Smartphone. Sie wurden albern, nun schnitt auch Laura Grimassen, aber die Fratze konnte sie nicht toppen.

Feline lachte. »Das bleibt aber Top-Secret! Freundinnensache, okay?«

»Freundinnensache«, bestätigte Laura. »Das ist doch klar.«

Später verpasste Laura Dolly mit den Utensilien aus ihrer Handtasche noch ein neues Make-up.

Dolly war begeistert und während Feline die beiden beobachtete, hatte sie plötzlich eine Idee.

Sie ging hinaus auf den Flur, traf einen Krankenpfleger und bat ihn um Tesafilm. Mit ihrer Beute kehrte sie zurück ins Zimmer und hängte das Schiefgesicht, das sie am Tag zuvor gezeichnet hatte, über ihr Bett, sodass jeder, der hereinkam, es sofort sehen konnte.

Die anderen beiden betrachteten Felines Bild.

»In der Akzeptanz liegt der Schlüssel zur Veränderung«, sagte Laura.

»Wo hast du denn das her?«

Laura zuckte mit den Schultern. »Hab ich neulich irgendwo gehört. Nein, der Typ, den ich während der Lächel-Challenge gedatet habe, hat mir etwas von Change-Management erzählt, ich glaube, von dem kam das.«

»Du hattest ein Date?« Feline erschrak. Sie war so mit sich selbst beschäftigt gewesen, dass sie die Freundin in den letzten Tagen gar nicht nach ihrem Befinden gefragt hatte. Dabei kannten Laura und sie sich schon seit der Schulzeit, hatten immer über alles gesprochen.

»Ja, der Typ war aber nix.«

»Schade«, sagte Feline und überlegte, ob sie sich in den letzten Tagen genug für Simons Leben oder das ihrer Mutter interessiert hatte. Wenn Simon später käme, würde sie mehr auf ihn eingehen, auf seine neue Arbeit, und sich selbst etwas zurückstellen.

Du Fratze da oben, sagte sie sich, *du bist jetzt outgesourct, du darfst nicht mehr mein komplettes*

Denken einnehmen, hast du verstanden? Schließ-
lich bin ich mehr als mein Gesicht.
Dann wandte Feline sich Laura und Dolly zu.

Tag 7

Als die Stationsärztin ihr Freitagmorgen eine neue
Kanüle in den linken Arm legte und ihr den Tropf
anschloss, musste Feline an das Gespräch mit Simon am Abend zuvor denken. Er hatte sie die ganze Zeit davon zu überzeugen versucht, dass der
Stress in der Agentur und mit Youtube die Ursache
für die Lähmung sei. Er glaubte, dass Feline durch
die Erkältung in der Woche zuvor geschwächt und
daher und durch den hinzukommenden Stress besonders anfällig gewesen sei.
»Ich weiß doch, was du für Stress hattest, die ganze Arbeit ist doch immer mehr geworden. Und ich
weiß auch, dass ich nicht einfach war.«
Das hatte er tatsächlich gesagt. Feline konnte es
kaum glauben und musste nun wieder an das Gefühl denken, das jeden Abend, wenn sie nach Hause gekommen war, in ihrem Magen gesessen und
sie zermürbt hatte. Das letzte halbe Jahr war alles
etwas aus dem Gleichgewicht geraten, das stimmte, deshalb hatte sie Simon versprochen, bei der
Visite danach zu fragen.
»Sagen Sie mal, kann Stress auch eine mögliche
Ursache für die Lähmung sein? Mein Freund
glaubt, dass ich vor der Lähmung sehr viel Stress
hatte.«

Die Stationsärztin stellte gerade an dem Rädchen die Tropfgeschwindigkeit der Infusion ein und sah Feline forsch an. »Das kann ein zusätzlicher Faktor sein, aber nicht die Hauptursache für eine Lähmung. Natürlich ist Stress nicht gesund, aber Stress allein reicht nicht aus für eine Fazialisparese.«

Feline gab sich zufrieden mit der Antwort und hoffte, dass Simon nun Ruhe geben würde.

Sie beobachtete das monotone Tropfen des Cortisons und wurde müde. Niemals würde sie sich an diesen Stillstand gewöhnen, daran, dass man sich schon vormittags müde fühlte, daran, dass man in diesem Krankenhaus immer nur wartete, daran, dass die Bewegungslosigkeit der Lähmung abzufärben schien auf alles.

Dolly hatte heute schlechte Laune, sie war offensichtlich auch körperlich nicht gut drauf und rief bei jeder Kleinigkeit die Schwester. Feline war es nicht gelungen, sie zu trösten. Ihr tat es leid, dass die Ärzte Dolly immer noch keine Diagnose gegeben hatten. Andererseits hatte sie manchmal insgeheim das Gefühl, dass ihre Bettnachbarin nur simulierte, denn solange sie mit Feline alleine war, war sie meistens recht aufgeweckt, sobald aber ihre Eltern kamen, gab sie sich schwach, trank wie ein Baby aus ihrer Schnabeltasse und forderte Umsorgung. Vielleicht war das aber auch einfach Dollys Art, mit so einer Mutter umzugehen.

An diesem Morgen hatte Feline keine Lust auf das enge Krankenhauszimmer, auf Dolly und ihre Laune, auf den Stillstand, deshalb verließ sie das Zimmer und zog den Tropf hinter sich her. Am liebsten wäre sie aus dem Krankenhaus gelaufen, aus der Stadt hinausgefahren, über Wiesen und Felder gejoggt, hätte den ganzen Frust aus sich herausgesprintet. Sie ertrug es nicht, so eingeschränkt zu sein, weder körperlich noch räumlich.

Feline lief über den Flur bis zu den Aufzügen und fuhr mit dem Fahrstuhl in die Eingangshalle hinunter. Sie setzte sich auf eine der Bänke, etwas versteckt hinter einer Pflanze, rollte den Ständer mit dem Tropf neben sich und beobachtete, wie die Schiebetür des Eingangs auf- und zuging, wie sie Menschen in sich aufnahm und in die Welt entließ.

»Was machst du denn hier?«

Hinter ihr tauchte plötzlich Theda auf.

»Hi, setz dich doch zu mir.« Feline warf einen beschämten Blick auf den Rollstuhl. »Sorry, du sitzt ja die ganze Zeit.«

Theda grinste. »Schon okay.«

»Was macht Franziska?«

»Die hat heute eine Untersuchung nach der anderen. Sie war gestern Abend ziemlich fertig.«

Feline spielte mit dem Reißverschluss ihrer Sweatjacke. »Und du? Ich meine, hast du die Chance, dass es noch mal wird?«

Theda sah Feline ernst an. »Ich hoffe es. Und ich glaube ganz fest daran.«

»Woher nimmst du diesen Mut? Ich meine, bei mir ist es nur das Gesicht und wahrscheinlich bildet es sich zurück. Aber ich habe keine Geduld und trotzdem Angst, dass es so bleiben könnte.«

»Das geht bestimmt wieder weg. Aber du hast ganz schön zu kämpfen mit deinem Gesicht, oder?«

Feline nickte beschämt. »Ich kann mir das alles gar nicht so richtig vorstellen. Eine Lähmung. Das ist so abstrakt und die Ärzte labern nur herum.«

»Weißt du, wie ich mir das vorstelle?«

Feline schüttelte den Kopf.

»Aber du darfst nicht lachen, versprochen?«

»Versprochen, ich kann eh nur schief lachen.«

»Ich bin auf dem Land aufgewachsen. In einem Tal mit einem Fluss. Wir hatten dort sehr oft Nebel und als Kind war mir der Nebel oft unheimlich, aber ich wusste immer, dass er irgendwann aufbrechen und die Sonne durchlassen würde. Und dann wurde der Tag schön. Ich stelle mir einfach vor, dass sich ein zäher Nebel auf meinen Körper gelegt hat, der sich irgendwann lichten und aufbrechen wird. Das habe ich auch meinem Sohn so erklärt.«

»Du hast einen Sohn?«

»Ja, er ist gerade fünf geworden. Er muss erst mal verstehen, dass ich noch die gleiche Mama bin, auch wenn ich nicht mehr laufen kann. Ich glaube, er fürchtet sich etwas vor dem Rolli.«

»Er wird sich bestimmt daran gewöhnen.« Feline fuhr sich mit der Hand durch die Haare. »Weißt du, was ich an deiner Vorstellung witzig finde?«

Theda schüttelte den Kopf. »Du hast versprochen nicht zu lachen.«

»Ich lache ja auch nicht. Aber ich heiße Nebel mit Nachnamen.«

»Echt?« Theda grinste. »Dann erzähle ich meinem Sohn demnächst, dass du der graue Nebel bist, der an allem schuld ist.«

Feline verzog ihr Gesicht zu einem schiefen Lachen. »Na ja, die passende Fratze, um den Bösewicht zu spielen, habe ich ja schon.«

Später im Zimmer nahm Feline ihren Zeichenblock und einen Kohlestift. Zum Glück hatte sie sich immer nur im linken Arm und in der linken Hand Blut abnehmen und Kanülen legen lassen. Ihr rechter Arm war ihr heilig, schließlich hatte der schon so viele Fruitsun-Früchte gezeichnet und würde das bald auch endlich wieder tun.
Feline ließ ihre Hand über das Papier gleiten, Striche entstanden, erst vage, dann stärker und fügten sich schließlich zu einer Person, die langsam Konturen annahm.
Dolly war aufgestanden und blickte ihr neugierig über die Schulter. »Das ist ja diese Theda!«
Feline hatte Theda gemalt, wie sie aus dem Rollstuhl aufstand, während ein diffuser Nebel ihrer selbst im Rollstuhl zurückblieb. Sie wollte das Bild Theda schenken für ihren kleinen Sohn.
Dolly staunte. »Wow, kannst du toll zeichnen.«
»Das ist nur eine Skizze.«
»Aber das ist toll. Kannst du mich auch mal zeichnen?«
»Ja, vielleicht später.« Dollys Frage rührte sie. Dabei war es doch nur eine Skizze. Und eigentlich müsste sie jetzt keine anderen Patienten zeichnen, sondern verliebte Früchte am Fruchtsaftmeer.

Ein kurzes Klopfen und die weiße Wolke schwebte zur Visite herein. Dieses Mal war es eine kleine

Wolke, die lediglich aus dem Chefarzt und der Stationsärztin bestand. Vor ihrem Bett warfen sich Arzt und Ärztin ein paar Fachworte zu. Feline stellte sich einen kleinen, weißen Pingpongball vor, der zwischen den Köpfen der beiden hin und her hüpfte. Bei der Stationsärztin fiel er schließlich hinunter, denn der Chefarzt hatte immer das letzte Wort.

»Die Untersuchung beim HNO-Arzt hat keine auffälligen Befunde gebracht.«

»Können Sie denn schon sagen, wann ich entlassen werden kann?«

»Wir machen heute noch mal ein EMG und am Wochenende sehen wir dann weiter.«

Das war alles, was Feline an Informationen bekam. Schon hatten sich der Chefarzt und die Stationsärztin zu Dolly gestellt und begannen dort erneut mit ihrem Mediziner-Pingpong. Feline nahm vorsichtig ihren Zeichenblock und versuchte, möglichst unauffällig die beiden Ärzte zu skizzieren. Doch die beiden waren so sehr mit Dolly beschäftigt, dass sie Feline gar nicht registrierten. Als die weiße Wolke hinausgeschwebt war, malte Feline noch einen Pingpongball und reichte den Zeichenblock Dolly.

Dolly lachte. »Was soll denn der Ball da oben?«

»Das sind die Fachbegriffe, mit denen die beiden sich gegenseitig bewerfen.«

Dolly gab ihr den Zeichenblock zurück. »Dann musst du mich hier noch drunter malen und mindestens zehn Bälle, die auf mich prasseln, denn ich habe grad gar nichts verstanden.«

Später kam Franziska zu den beiden aufs Zimmer und sie unterhielten sich.

»Der Arzt meint, bei mir ist die Ursache eindeutig. Das kommt durch Zugluft. Haben sie bei dir was Neues rausgefunden?«

Feline schüttelte den Kopf. »Nein, die Untersuchungen ergeben alle nichts und regen tut sich auch nichts.«

»Das ist ja blöd. Darf ich mal sehen?«

Franziska deutete auf Felines Zeichenblock.

»Ach, das sind nur Skizzen.«

Franziska nahm das als Zustimmung, griff nach dem Block und besah sich Felines Pingpong-Zeichnung.

»Das ist ja der Chefarzt. Das ist ja stark. Wo hast du das gelernt?«

»Ich bin Grafik-Designerin.«

»Gefällt mir, wirklich. Malst du häufiger Karikaturen oder so?«

Feline schüttelte den Kopf.

»Das war nur Langeweile. Normalerweise habe ich zu so etwas gar keine Zeit.«

»Schade eigentlich.«

»Wieso?«

»Mein Mann hat einen Kinderbuchverlag. Der sucht manchmal nach Illustratoren, die mit ihm zusammenarbeiten.«

Feline ließ den Saum der weißen Bettwäsche zwischen ihren Fingern entlanggleiten. »Klingt interessant, aber ich bin in der Agentur und mit meinem Nebenjob sehr eingespannt ... Außerdem ist die Arbeit in der Werbung auch etwas anderes als zu illustrieren.«

»War ja nur so eine Idee. Ich kenne mich mit solchen Sachen sowieso nicht aus.«

»Laura hat das Urlaubsvideo online gestellt«, sagte Dolly später. »Ich habe euch direkt ein Like dagelassen.«
Feline nahm ihr Smartphone. Auch sie hatte bereits den Link geschickt bekommen und klickte das neue Video an. Laura hatte das Beste daraus gemacht, das musste sie zugeben, sie spielte die neidische Freundin und kommentierte unterhaltsam Lines Urlaubsfotos. Trotzdem fühlte es sich falsch an, den Followern vorzugaukeln, im Urlaub zu sein, während sie wegen der Fratze im Krankenhaus lag. Sie merkte, dass ihr das Bauchschmerzen bereitete, aber was gab es für eine Alternative? Sie schickte Laura eine lobende Nachricht und versuchte, den Youtube-Kanal zu verdrängen.

Am Abend erzählte Simon von seinen ersten Arbeitstagen. Mehrmals fiel der Name seiner Kollegin Anja, mit der er sich das Büro teilte. Er hatte mit Anja die Mittagspause verbracht, Anja arbeitete ihn ein, Anja war total witzig. Anja, hier, Anja da. Wahrscheinlich erzählte sie lustige Sachen und lächelte dabei. Feline merkte, wie Eifersucht in ihr aufkeimte, doch sie schob sie beiseite. Sie selbst war momentan schief und hässlich, wahrscheinlich reagierte sie nur deshalb so empfindlich auf seine Schilderungen und diesen Namen.
Feline besah sich ihren Freund, seine Kleidung, das Leuchten in seinen Augen und sie erkannte

kaum noch etwas von dem Simon, der er noch vor zwei Wochen gewesen war. Alles an Simon lebte, alles schien aktiv und voller innerer und äußerer Bewegung.

Es gab keinen Sofa-Simon mehr. Simon lebte wieder.

Jetzt gab es nur eine Feline mit einer toten Gesichtshälfte, die im Krankenhaus wie auf einem Abstellgleis verharrte und wartete, dass sich das Leben ihrer wieder annahm.

Simon griff nach ihrer Hand. »Ich habe mit Justus gesprochen. Wenn du entlassen wirst, kannst du in seine Praxis kommen, dann behandelt er dich weiter. Und wenn du willst, schreibt er dich so lange krank, bis du wieder normal aussiehst.«

Lange krankschreiben? Hatte sie richtig gehört? Feline traute ihren Ohren nicht.

»Du weißt genau, dass ich in die Agentur muss. Ich kann es mir nicht leisten, so lange auszufallen.«

Simon seufzte. »War ja nur so eine Idee. Er hat das auf jeden Fall angeboten.«

»Toll! Super Idee!« Sie sah Simon mit funkelnden Augen an und zog ihre Hand weg.

»Bist du jetzt sauer?«

»Nein, ich finde es total super, dass du mich behandelst wie ein kleines Kind und hinter meinem Rücken mit Justus sprichst.«

Simon blickte Feline verwirrt an. Sie wusste, er hasste ihre ironische Art, Streitereien zu beginnen.

»So war das doch nicht gemeint! Ich dachte nur, dass ich dir helfen könnte und weil Justus doch ein guter Freund ...«

»Du kommst dir wohl ganz toll vor. Nur weil du seit drei Tagen arbeitest, während ich hier festhänge, musst du noch lange nicht glauben, dass ich nicht alleine klarkomme.«

Feline war richtig laut geworden. Sie hatte sich im Bett aufgerichtet, um ihren Worten mehr Ausdruck zu verleihen.

Simon sah Feline ungläubig an. »Du bist doch nicht etwa eifersüchtig auf mich, weil ich einen neuen Job habe?«

»Quatsch. Ich bin sauer, weil du dich so aufspielst!«

Simon stand auf. »So was muss ich mir echt nicht anhören. Sag Bescheid, wenn du dich wieder eingekriegt hast.«

Seine Stimme war ruhig. Er nahm seine Jacke und verließ das Zimmer.

Feline griff nach ihrem Hausschuh und warf ihn trotzig hinter Simon her. Tränen liefen ihr die Wangen hinunter und auch, wenn sie sich vor Dolly, die den Streit mit angehört hatte, schämte, so ließ sie den Tränen doch ihren Lauf über das Fratzengesicht.

»Du bist ganz schön fies zu deinem Freund, dabei ist der so nett«, sagte Dolly leise.

»Ach, was weißt du schon davon! Du hattest doch noch nie einen«, fuhr Feline ihre Bettnachbarin an.

Als diese sich traurig wegdrehte, taten ihr die Worte schon leid.

Tag 8

Als die Schwester am Samstagmorgen ins Zimmer kam, das Fenster aufriss und die beiden weckte, blinzelte Feline durch ihr Bullauge vorsichtig zu Dolly. Verschwommen durch Schlafreste und Rückstände der Augensalbe vom Abend zuvor sah sie, wie Dolly ihr Bett verließ und es der Schwester zum Bettenmachen freigab. Sie ging ins Badezimmer und Feline blickte ihr hinterher. Als die Schwester Dollys Kissen ausgeschüttelt und die Bettdecke mit gekonnten Griffen akkurat gefaltet hatte, kam sie zu Feline und riss ihr das Bullauge ab. Die Partie um ihr rechtes Auge, wo es geklebt hatte, schmerzte. Das Auge selbst tränte. Sie stand auf, überließ der Schwester ihr Bett und als diese kaum zwei Minuten später das Zimmer verließ, legte Feline sich wieder hin und wartete darauf, dass Dolly aus dem Bad kam.

»Morgen«, knurrte Dolly. Sie sah verschlafen aus und hatte noch Zahnpasta im Mundwinkel.

»Es tut mir leid wegen gestern. Es war gemein von mir, so was zu sagen.«

»Wieso, du hattest doch recht, ich hatte ja wirklich noch nie einen Freund.«

Dolly tat gleichgültig, aber Feline vermutete, dass sie in Wirklichkeit sehr verletzt war.

»Ja, aber ich muss ja nicht noch in deinen Wunden rühren.«

»Das stimmt.« Dolly sagte das beiläufig und kramte währenddessen in ihrer Nachttischschublade.

»Friede?«, fragte Feline vorsichtig.

»Ja, Friede. Aber ruf lieber deinen Freund an und bitte ihn um Entschuldigung.«

»Dolly, das ist meine Sache.«

Sollte Simon sich doch melden, dachte Feline. Er hatte schließlich angefangen mit diesem Justus. Simon kannte ihn von früher und seit Justus sich in der Stadt als Arzt niedergelassen hatte, hatte er ihn zu seinem Hausarzt erkoren.

Feline hatte Justus nur ein paar Mal flüchtig gesehen. Die letzten Jahre hatte sie selbst keinen Hausarzt gebraucht und sie fand auch, dass die regelmäßigen Kontrollen beim Gynäkologen und beim Zahnarzt vollkommen reichten. Sie war schließlich jung und wollte ihre wertvolle Zeit nicht in Arztpraxen verschwenden. Bisher hatte sie das auch nicht nötig gehabt. Eine kleine Erkältung im Jahr, die sie in der Regel erfolgreich mit rezeptfreien Medikamenten oder alten Hausmitteln bekämpfte – das war alles, was sie in den letzten Jahren krankheitsmäßig zu bieten gehabt hatte. Sie war immer kerngesund gewesen.

Sie blinzelte zu Dolly. Ob die noch sauer war? Mit Simon zu streiten war eine Sache, aber Dolly hätte sie nicht so verletzen dürfen.

»Ich hatte übrigens meinen ersten Freund auch erst mit siebzehn«, sagte sie vorsichtig in Dollys Richtung.

Deren Gesicht erhellte sich. »Echt? Erzähl!«

Feline dachte an Marc, den sie damals im Volleyballverein kennengelernt hatte. »Zu meinem siebzehnten Geburtstag habe ich eine Party gegeben – im Atelier meines Vaters, meine Mutter hätte so was nie erlaubt. Marc war achtzehn und schenkte mir einen Volleyball, auf den er mit Edding ein Herz gemalt hatte. Und noch am selben Abend bekam ich meinen ersten Kuss.«

»Wow, das klingt romantisch.«

»Na ja, wir waren zwei Monate zusammen und anschließend hat das nächste Mädchen aus der Mannschaft einen Volleyball mit Herz drauf bekommen ...«

»Wie fies! Warst du sehr traurig?«

»Klar war das erst mal eine Enttäuschung. Aber bei einer Vernissage meines Vaters lernte ich dann bald einen Kunststudenten kennen, in den ich mich verliebte. Mit dem war ich dann sogar bis nach meinem Abi zusammen. Anschließend ging ich ins Ausland, nach England, da habe ich Mason kennengelernt, aber das hielt nur drei Monate. Ich habe mein Studium begonnen und bei meinen Auslandssemestern in North Carolina und Arizona waren da auch noch zwei ganz nette Typen. Aber dann kam ich zurück nach Deutschland, habe weiter studiert und auf einer Semesterabschlussparty zufällig Simon kennengelernt – und der ist geblieben.«

Dolly lächelte verträumt. »Aufregend. So etwas will ich auch. So ein Kennenlernen, wenn du gar nicht damit rechnest, und dann empfinden beide plötzlich so. Bei mir war leider ich immer total verliebt, aber der Junge hat mich nur als Kumpelin gesehen.«

»Warte mal ab.« Feline schenkte Dolly ein halbes Grinsen. »Irgendwann kommt jemand, der will in deinen eisblauen Augen versinken und nie wieder damit aufhören.«

»Hallooooo-hoooo!« Das war die Stimme ihrer Mutter. Feline verabscheute deren Eigenart, das Hallo auf so lächerliche Weise in die Länge zu ziehen und dabei auf der Tonleiter einen jodelnden Sprung nach oben zu vollführen.

»Kind, wie geht es dir?« Die Mutter stand unschlüssig mit einem Strauß rosafarbener Rosen vor ihrem Bett und starrte sie an. Dolly hatte sich bei dem Hallo ihrer Mutter direkt unter der Bettdecke verzogen und drehte ihnen den Rücken zu.

»Ganz okay.« Feline tat gleichgültig. »Der Chefarzt hat heute Morgen gesagt, dass ich noch bis Donnerstag Infusionen bekommen soll.«

»Na, hoffentlich tut sich dann bald mal was!« Die Mutter musterte sie. »Bis jetzt sieht man ja noch gar keine Verbesserung, oder?«

Feline atmete tief durch und fragte sich, wieso ihre Mutter ihr nicht ein einziges Mal etwas Unkritisches sagen konnte. Andererseits war sie erwachsen, auch wenn sie sich hier im Krankenhaus überhaupt nicht so vorkam, sie war selbst dafür verantwortlich, sich Mut zu machen, nicht andere.

»Ich suche mal nach einer Vase«, sagte die Mutter und verschwand aus dem Zimmer. Kurz darauf eilte sie mit den Blumen und einem ergatterten Gefäß wieder herein, füllte es im Badezimmer auf und stellte den Strauß auf den Tisch.

Feline betrachtete die Rosen. Ihre Mutter hätte wissen müssen, dass sie keine Rosen mochte. Sie hatte sie noch nie gemocht, diese angeblich stolzesten Blumen, diese zu Liebesblumen verklärten Dornengewächse. Feline mochte beinahe jede Blume, aber nicht diese. Sie hielt die Notwendigkeit von Rosen ebenso wie die von Inlineskates für stark zweifelhaft.

Die Leute verinnerlichten Werbebotschaften und merkten es nicht einmal. Sie glaubten, freie Entscheidungen zu treffen, und kauften dann doch Rosen, weil sie mit dieser Blume so viel mehr Dinge assoziierten als mit Tulpen, Narzissen oder Gerbera. Das war Marketing, aber davon verstand ihre Mutter nichts, deshalb bedankte Feline sich brav für die Blumen und bot ihr einen Platz auf dem Bett an. Die Mutter lehnte ihr Gesäß vorsichtig an Felines Matratze.

»Ich werde dann wahrscheinlich am Freitag entlassen.«

Pikiert sah die Mutter sie an. »Nimm doch bitte mal das Kaugummi aus dem Mund, Kind, du sprichst so undeutlich.«

Feline atmete tief durch und bemühte sich, ruhig zu bleiben. »Erstens sollte dir mittlerweile aufgefallen sein, dass ich kein Kind mehr bin, und zweitens soll ich möglichst viel Kaugummi kauen, damit die Mundmuskulatur trainiert wird.«

»Nun sei doch nicht gleich so grantig. Haben das die Ärzte gesagt?«

Feline rollte mit den Augen. »Nein, die Physiotherapeutin.«

Ihre Mutter nickte verständnisvoll. »Hat dein Vater sich eigentlich mal gemeldet?«

Sofort spürte Feline das altbekannte Gefühl, ihn verteidigen zu müssen, in sich aufsteigen. »Ja, er hat mich am Montag besucht.«

»Na immerhin, das hätte ich ihm gar nicht zugetraut.«

Die Mutter strich über das Laken, als sei ihr das Bett ihrer Tochter nicht ordentlich genug. Feline musste an die ewigen Zimmeraufräumdiskussionen in ihrer Kindheit denken. Wahrscheinlich führte die jedes Kind mit seinen Eltern, aber bei ihr war es damals nie um heillose Unordnung gegangen, sondern darum, dass sie den Perfektionsanspruch ihrer Mutter nicht erfüllte.

Denn die hatte nie das gesehen, was sie bereits aufgeräumt oder saubergemacht hatte, sondern immer nur das Unerledigte. Die nicht abgestaubten Figuren im Regal, die nicht gerade gerückten Bücher, die nicht ordentlich übereinandergestapelte Kleidung.

Sie war froh, dass sie nie wieder mit dieser Frau unter einem Dach würde leben müssen.

Die Mutter stand auf, lief zur Wand, betrachtete das eingerahmte Kalenderbild und dreht sich wieder Feline zu. »Ich hatte mir überlegt, dass du nach dem Krankenhaus vielleicht erst mal bei mir wohnen könntest, um dich ein bisschen auszuruhen.« Sie zupfte an der Tischdecke, sodass die Rosen sich leicht wiegten. »Jetzt, wo Simon arbeitet, kann er sich ja gar nicht richtig um dich kümmern, wenn du nach Hause kommst.«

Feline sah ihre Mutter entsetzt an. Hatte sie das gerade richtig gehört? Waren jetzt alle bekloppt geworden? Sie musste sich beherrschen, um nicht laut zu werden.

»Ähm, also, damit eines mal feststeht: Ich bin weder bettlägerig noch sitze ich im Rollstuhl oder bin sonst irgendwie pflegebedürftig. Ich habe nur eine Gesichtslähmung und werde so schnell wie möglich wieder arbeiten.«

»Das ist klar, dass du nicht zu lange ausfallen darfst. Aber vielleicht solltest du dich erst mal noch schonen. Nur ein paar Tage.«

Feline bebte. Diese Bemutterung konnte sie überhaupt nicht ertragen. Sie brauchte keine elterliche Umsorgung. Seit Beginn ihres Studiums führte sie ein eigenständiges Leben und wohnte nicht mehr zu Hause, trotzdem schien es ihr manchmal, als würde ihre Mutter das einfach nicht wahrhaben wollen.

Wenn sich die ganze Fürsorge wenigstens auf mehrere Geschwister verteilt hätte, aber Feline war Einzelkind geblieben.

Sie war drauf und dran, ihrer Mutter gehörig die Meinung zu sagen, als Laura auf einmal im Krankenzimmer stand. Feline hätte Laura umarmen können für das gelungene Timing, denn als sich Feline ihrer Freundin widmete, verabschiedete sich die Mutter unter dem Vorwand, noch einkaufen zu müssen.

»Du siehst schon gar nicht mehr ganz so schief aus wie vor ein paar Tagen.«

Feline grinste schief. »Nett, dass du das sagst, aber du siehst mich ja nicht, wenn ich meine Grimassen vor dem Spiegel machen muss.«

»Trotzdem.« Laura reichte Feline ein Buch. »Hier, ich habe dir etwas zu lesen mitgebracht. Dachte, das lenkt dich vielleicht ein bisschen ab.«

Feline besah sich den Titel. »Danke.«

»Das ist was Lustiges. Über Männer, Frauen und Missverständnisse von einem Autor hier aus der Gegend.«

Feline zog ihre intakte Augenbraue zu einem halben Grüblergesicht, während sie die kurzen Texte und Zeichnungen durchblätterte. »Steht da auch etwas über Männer drin, die einen bemuttern? Dann könnte ich das mal Simon zu lesen geben. Der meint nämlich, sich als großer Helfer aufspielen zu müssen und hat hinter meinem Rücken mit einem befreundeten Arzt telefoniert.«

»Ist doch bestimmt nett gemeint. Simon will dir sicher nur helfen.«

Irritiert sah Feline Laura an. »Sag mal, wollt ihr mich alle nicht verstehen?«

Dolly, die sich die ganze Zeit schlafend gestellt hatte, drehte sich plötzlich um. »Ich will mich ja nicht einmischen, aber ...«

»Dolly, Süße, wir hatten das Thema schon, okay?«

Eisblauer Blick. »Ja, hatten wir, aber ich bin trotzdem nicht deiner Meinung.«

Feline stand auf, schlüpfte in ihre Hausschuhe und zog sich ihre Trainingsjacke über. »Komm Laura, lass uns in die Halle gehen und nen Kaffee trinken.«

Unten im Café bestellten sie sich Cappuccino.

»Ich mag Dolly echt gerne, aber ich möchte nicht mit ihr über Simon diskutieren. Hier haben wir mehr Ruhe«, sagte Feline.

»Ich finde Dolly ganz süß.«

»Ist sie auch. Und die Arme wartet immer noch auf eine Diagnose. Aber sag, wie geht es dir?«

Laura rührte in ihrem Cappuccino. »Ehrlich gesagt ... also mir geht es schon gut, aber ...«

»Was ist los?«

Feline beobachtete die Freundin, die ihrem Blick auswich, die Tasse nahm und einen Schluck trank.

»Ich habe Angst. Es tut mir leid, aber ich habe Angst, dass du zu lange so bleibst. Das klingt vielleicht gemein, aber der Kanal lief gerade richtig gut. Und ich kann mir nicht vorstellen, wochen- oder sogar monatelang ohne dich Videos zu machen. Der Kanal lebt schließlich von uns beiden.«

Feline war, als türmte sich ein Berg aus Lauras Enttäuschung zwischen ihnen auf dem Tisch.

»Ich weiß, dass das alles Mist ist. Aber das Urlaubsvideo hast du echt gut hingekriegt, wir schaffen das schon irgendwie, wir sind doch kreativ.«

Laura stellte ihre Tasse ab. »Das Urlaubsvideo ist seit über 24 Stunden online und hat echt beschissen wenig Klicks. Hast du die Kommentare gelesen? Das ist nicht das, was die Abonnenten von uns wollen.«

Beschämt schüttelte Feline den Kopf. »Aber was soll ich machen? Ich könnte ein Nagellack-Video oder ein Schuh-Video machen, wo ich nur meine Hände und Füße zeige oder so was Ähnliches. Aber ich kann die Heilung nicht beschleunigen.«

»Ganz ehrlich, Line, die Leute mögen uns, weil wir authentisch sind. Kannst du dir nicht vielleicht doch vorstellen, mit der Lähmung im Video aufzutreten?«

»Ich bin doch kein Zirkusaffe!« Feline war empört. Laura konnte nicht erwarten, dass sie sich mit diesem Gesicht zur Schau stellte.

»Das habe ich auch nicht gesagt, aber wir brauchen Content. Ich kann noch ein weiteres Video mit deinen Urlaubsfotos machen, auch wenn es nicht gut ankommt, aber dann ist Schluss.« Laura setzte sich auf und suchte jetzt Felines Blick. »Lass dir das bitte mal durch den Kopf gehen. Wir könnten die Story so basteln, dass du dir die Lähmung im Urlaub geholt hast, das wäre doch spektakulär. Und gäbe bestimmt mehr Klicks.«

»Aber Klicks sind nicht alles.«

»Doch Line, in diesem Fall schon. Wir können uns doch unseren gemeinsamen Traum nicht nehmen lassen.«

»Hast du dich jetzt auch noch mit Laura gestritten?«, fragte Dolly später, als Feline zurück aufs Zimmer kam.

»Nicht so richtig.«

»Aber so halb? Lass mich raten: Es ging um die Kommentare unter dem neuesten Video.«

»Woher weißt du das?«

Dolly nahm ihr Smartphone und scrollte. »Naja, Kommentare wie ›Wieso muss Laura jetzt Line im Urlaub bashen, unter Freundschaft verstehe ich was anderes‹ oder ›Eure Videos werden auch immer billiger, früher hab ich euch gerne gesehen‹ sind vielleicht nicht euer Ziel, oder?«

»So was steht da?« Feline kam sich plötzlich furchtbar blöd vor. Sie hatte ihr eigenes Projekt nicht mehr verfolgt und alles Laura überlassen. Dabei hätte sie sich hier im Krankenhaus wenigstens mit den Kommentaren beschäftigen können. Aber das alles schien ihr so weit weg zu sein, wie aus einem anderen Leben.

»Ich fand eure Challenges immer witzig. An deiner Stelle würde ich hier einfach irgendwas drehen und mir später überlegen, ob ich das verwende.«

Feline seufzte. »Im Krankenhaus? Ohne Drehgenehmigung? Du stellst dir das alles so einfach vor.«

»Hast du mal geguckt, wie viele Youtuber sich im Krankenhaus filmen? Du wärest nicht die erste, aber das musst du ja selbst wissen.«

Feline seufzte. Sie hatte auf Youtube nie Privates nach außen getragen. Mit Simon hatte sie vereinbart, dass sie nur in einer Ecke der Wohnung und ihn überhaupt nicht filmen durfte, meist filmte sie mit Laura an öffentlichen Plätzen oder in Lauras Wohnung oder Boutique. Für sie war die Youtube-Line eine Rolle, eine authentische zwar, aber zu dieser Rolle passte es nicht, sich entstellt im Krankenhaus zu zeigen.

Später lag Feline auf dem Bett und ihre Gedanken kreisten. Sie hatte Bauchschmerzen und spürte richtig, wie sich das unangenehme Gefühl von ihrem Bauch in den ganzen Körper ausbreitete. Der Streit mit Simon, die Erwartungen von Laura, das saß ihr im Magen und drückte. Dazu das schlechte Gewissen, in der Agentur noch eine weitere Woche fehlen zu müssen. Das war einfach zu viel, sie hatte sich diesen Zustand nicht ausgesucht, sie hatte selbst genug zu kämpfen mit der Situation und jetzt waren da die Erwartungen der anderen. Sie sollte zu Justus gehen, sie sollte sich krankschreiben lassen, sie sollte sich von der Mutter umsorgen lassen, aber auch nicht zu lange krank sein, sie sollte im Krankenhaus ein Video drehen, sie sollte die Fratze zeigen. Das Sollen saß in ihrem Bauch und drückte gegen die Magenwand. Feline war niemand, der schnell klein beigab. Aber das schlechte Gefühl in ihrem Bauch drückte auf ihr Gemüt.

Sie nahm ihr Smartphone und schrieb eine Nachricht an Laura: »Kann deine Sorgen verstehen, habe sie ja selbst. Ich lasse mir etwas einfallen. LG, Line«.

Ein paar Minuten später schickte Laura ihr einen Freundinnen-Smiley und Feline atmete auf.

Ermutigt nahm sie ihr Smartphone und ging über den Flur zum Aufenthaltsraum. Als sie sah, dass er leer war, wählte sie Simons Nummer. Sie wollte nicht, dass Dolly dieses Telefonat mitbekam.

»Simon? Es tut mir leid, ich war gestern Abend etwas gereizt.«

»Na endlich«, sagte Simon, »ich dachte schon, du gräbst jetzt das Kriegsbeil aus.«

»Quatsch«, sagte Feline und dachte bei sich, dass Simon nur ihren hartnäckigen Bauchschmerzen diesen Anruf zu verdanken hatte. Aber das musste sie ihm ja nicht auf die Nase binden.

Nachdem sich am Abend Simon als dritter Besucher an diesem Tag verabschiedet hatte, war Feline erleichtert. Sie hatte die drei Besuche als anstrengend empfunden, obwohl ein Arbeitstag in der Agentur um einiges anstrengender war. Vielleicht war es auch das Cortison, das sie müde und abgeschlagen machte. Feline beschloss, noch zu duschen und sich anschließend von der Schwester ihr Bullauge aufkleben zu lassen. Dolly sah fern.

Feline schloss sich im Bad ein, zog sich aus, wartete, bis heißes Wasser aus der Brause strömte, griff nach ihrem Waschlappen und stellte sich dann unter die Dusche. Sie shampoonierte ihre Haare, presste den Waschlappen mit der einen Hand vor ihre Augen und wusch mit der anderen den Schaum aus ihren Haaren. Sie kam sich mit dem Waschlappen total albern vor und war froh, dass sie so niemand sehen konnte. Als sie Kind war, hatte ihr die Mutter immer einen Waschlappen gereicht, den Feline sich vor das Gesicht halten konnte, damit kein Shampoo in ihre Augen drang. Nun musste sie die gleiche Methode wieder anwenden, weil sie ihr rechtes Auge nicht mehr schließen konnte. Ohne den Waschlappen hätte der beißende Schaum ungehindert in ihre Augen laufen können.

Als ihre Haare ausgewaschen waren, nahm sie den Waschlappen von ihrem Gesicht, legte ihn beiseite und fuhr mit einem Stück Seife über ihre Arme. Von dort zog sie eine Seifenschaumspur in Richtung Dekolleté. Plötzlich stutzte sie.

Was war das? Über ihr Dekolleté zog sich eine hässliche Herde kleiner roter Pickel, die teilweise mit Eiter gefüllt und teilweise einfach nur auffällig rot waren. Feline untersuchte sich und die Stellen, die sie nicht sehen konnte, tastete sie ab. Von ihrem Busen bis zu Schulter und Hals erstreckte sich eine Pickelwiese, die bei Weitem die schlimmste Akne in ihrer Pubertät übertraf.

Und ihre Akne damals war aufgrund ihrer hellen Haut durchaus auffällig gewesen. Ihre Mutter hatte das gar nicht ertragen können, dass das schöne Gesicht ihrer Tochter mit Eiterpickeln verunstaltet war. Ständig hatte sie die Hautunreinheiten kommentiert, ihre Tochter dazu gedrängt, mehr für ihre Haut zu tun und ihr alle möglichen angeblichen Gegenmittel gekauft. Noch heute konnte sich Feline an dieses schreckliche Gefühl, nicht perfekt zu sein und nicht diesen Ansprüchen gerecht zu werden, erinnern. Obwohl es nur eine Zeitlang ihre Haut gewesen war.

Als Feline ein paar Minuten später vor dem Waschbecken stand, mit ihrem Handtuch den beschlagenen Spiegel freimachte und hineinsah, drehte und wendete sie sich und entdeckte, dass auch ihr Rücken voll von dieser Akne sein musste. Bekam man vom Cortison so starke Akne? Sie würde bei der nächsten Visite den Chefarzt danach fragen.

Feline standen Tränen in den Augen.

Bis vor eineinhalb Wochen hatte sie einen Körper besessen, mit dem sie größtenteils zufrieden gewesen war und den manche sogar für sehr attraktiv hielten. Sie hatte mehrmals die Woche in die Kamera gelächelt, sich gerne geschminkt und modisch gekleidet. Als ob es nicht schon genügte, dass sich eine hässliche Fratze auf diesen Körper gesetzt hatte, deren Haut von den Nadeln des Professors und den morgendlichen Bullaugenabrissen ohnehin strapaziert war, verunstalteten nun auch noch die kleinen roten Punkte ihren Oberkörper. Außerdem fühlte sie sich seit Tagen seltsam aufgedunsen, so wie sie sich manchmal fühlte, wenn ihre Periode bevorstand und sich Wasser in ihrem Körper sammelte. Nur dass ihre Periode gerade nicht bevorstand.

Feline musste an Laura denken. Schief, aufgedunsen und mit Pickeln – so konnte sie sich einfach nicht bei Youtube präsentieren. Die Youtube-Line war jung, fröhlich, hübsch und energiegeladen. All das war ihr durch die Fratze gefühlt und reell abhandengekommen.

Nur ein Gedanke beruhigte sie. Zwar war auch in der Agentur ihr Aussehen eine nicht zu vernachlässigende Sache, besonders in der Verhandlung mit Kunden, aber wichtiger waren doch ihre grafischen, kreativen und werbetechnischen Fähigkeiten. Wie gut, dass sie zwei Berufe hatte!

Mit diesem Gedanken und der Tatsache, dass noch nicht Sommer war, versuchte sie ihr leises Entsetzen über die Akne zu beruhigen.

Tag 9

Der Sonntagmorgen legte sich zäh und schwer auf Felines Gemüt.

Sie war schon seit sechs Uhr wach und konnte nicht mehr einschlafen. Von Dolly vernahm sie gleichmäßige Atemzüge, auf dem Flur war alles ruhig.

Ihre Gedanken kreisten. Da war dieses Gefühl in ihr, Laura etwas liefern zu müssen. Trotz Lähmung und trotz Akne auf dem Dekolleté. Und gleichzeitig widerstrebten ihr diese Überlegungen so sehr. Es musste eine Lösung geben, die für beide Seiten in Ordnung war, aber wie sah die aus?

»Morgen.« Dollys verschlafene Stimme riss Feline aus ihren Gedanken. Kurz darauf stürmte eine grimmige Schwester herein, riss den Vorhang auf, öffnete das Fenster, maß Blutdruck und Puls und schloss Feline an den Cortison-Tropf an. Fünf Minuten später brachte sie das Frühstück und machte das Fenster wieder zu. Ein hohes Altbaufenster mit Aussicht auf die Bäume des Krankenhausparks. An diesem Morgen schien es schön zu werden, denn erste Märzsonnenstrahlen zeigten sich.

Fenster, Sonnenstrahlen, Gegenlicht ...

»Ich hab's!«, rief Feline plötzlich.

»Was hast du?«, fragte Dolly mit vollem Mund.

»Das Altbaufenster! Wenn ich mich seitlich auf die Fensterbank setze, mit der gesunden Gesichtshälfte zum Zimmer hin, nachher, wenn die Sonne richtig scheint und Gegenlicht schafft, dann könnte ich mich filmen, ohne dass man Lähmung und Akne sieht.«

»Klingt gut. Und worüber soll das Video sein?«

»Das überlege ich mir noch.« Feline lächelte schief. Endlich war ihr eine Idee gekommen. »Auf jeden Fall nicht über die Lähmung und nicht übers Krankenhaus. Über irgendwas Normales«, sagte sie zu Dolly und tippte dann eine Nachricht mit ihren Gegenlicht-Plänen an Laura.

»Super! Ich bin gespannt und freue mich!«, schrieb Laura zurück.

Danach war Feline zum Frühstücken viel zu aufgeregt. Sie überlegte hin und her und plante. Was sollte sie anziehen? Ob sie vielleicht wenigstens ein kleines bisschen Make-up auf die gesunde Gesichtshälfte geben konnte? Und worüber sollte sie sprechen? Sollte sie Dolly filmen lassen oder Simon fragen, ob er ihr ein Stativ mitbringen könnte?

Sie überlegte, plante und fühlte sich damit so viel besser als in der ständigen Warteposition. Warten, dass die Lähmung geht. Warten, dass die Visite kommt. Warten auf neue Informationen. Endlich wurde sie wieder selbst aktiv!

Die Visite störte ihre Gedanken. Der Chefarzt bat Feline, ein paar Gesichtsübungen zu zeigen und Feline versuchte einen Kussmund zu machen, die Nase zu kräuseln, die Augenbrauen hochzuziehen und die Augen zu schließen.

»Ihre Gesichtsübungen machen Sie immer schön, oder?«

Feline nickte. »Ja, natürlich.« Manchmal machte sie sie zwar weniger als sechsmal am Tag, aber das musste sie dem Professor ja nicht auf die Nase binden.

Als der Chefarzt sich gerade von ihr abwenden wollte, entsann sich Feline der abendlichen Entdeckung im Badezimmer.

»Ich habe überall auf meinem Dekolleté und meinem Rücken solche kleinen roten bläschenartigen Eiterpickel. Kann das vom Cortison kommen?«

»Ja, das ist eine Nebenwirkung von Cortison, die besonders bei Menschen auftritt, die ohnehin zu Akne neigen. Aber das ist kein Problem. Wir schicken Sie nach der Cortison-Behandlung zum Dermatologen.«

Na toll, dachte Feline. Für einen Arzt war das ja offensichtlich alles kein Problem, dann überwies er sie eben zum nächsten Arzt. Aber für sie war es ein Problem. Sie wollte weder aufgedunsen und aufgebläht noch mit Pickeln übersät sein, die Asymmetrie ihrer Mimik reichte ihr vollkommen.

Während der Mittagspause war es dann so weit: Feline saß seitlich auf der Fensterbank, auf der gesunden Gesichtshälfte etwas Make-up, in einem hochgeschlossenen Pulli, der die Akne darunter verbarg. Dolly versuchte, abgestützt auf einer Stuhllehne, Felines Smartphone ruhig zu halten und filmte.

Feline hatte die Beine angewinkelt und hielt ihr iPad auf dem Schoß. »Hey Leute, wie ihr ja von Laura gehört habt, war ich im Urlaub. Ich gucke mir hier gerade Urlaubsfffotos auf dem iPppad an. Wenn bei uns noch Fffrühjahr ist, siehst du dort Pppalmen und Pppapppageien – das ist echt ein Ppparadies.«

Sie stotterte plötzlich, die Buchstaben stolperten durch ihren Mund. Die Worte stockten, blieben in der gelähmten Wangentasche hängen oder fielen aus dem herunterhängenden Mundwinkel. P und B und F und V waren auf einmal verhasste Buchstaben, die zu sprechen sie nicht mehr im Stande war.

Ober- und Unterlippe, die für die Formung bestimmter Konsonanten zuständig waren, hatten auf der gelähmten Gesichtshälfte diese Fähigkeit eingebüßt, sodass die jeweils gesunde Ober- und Unterlippenhälfte alleine den gesamten Laut produzieren musste, womit sie offensichtlich überfordert war. Das war ihr beim spontanen Reden nur zwischendurch aufgefallen, aber jetzt beim betonten Reden vor der Kamera ließen sich manche Buchstaben gar nicht richtig formen, bildeten einen Stau und brachen dann plötzlich hervor. Es war jämmerlich.

Feline schossen Tränen in die Augen.

»Mach das aus!«, sagte sie zu Dolly, die ebenso erschrocken war wie Feline. »Scheiße, was bringt es, wenn man Lähmung und Akne nicht sieht, ich aber nicht normal sppprechen kann?« Shit, da war es wieder. Sie stand auf und nahm Dolly das Smartphone ab.

»Aber ...«

»Dolly, kein Mensch will so was sehen.«

Sie hatte es versucht, war so motiviert gewesen. Aber was nicht ging, das ging nicht. Feline klickte auf Dollys Aufnahmen und löschte sie. Dann rannte sie aus dem Zimmer.

Im Krankenhauspark war es kühl und windig, aber das war Feline egal. In Hausschuhen und ohne Jacke lief sie über die Wege – das brauchte sie jetzt. Einfach mal frische Luft. Auch wenn Kälte und Wind für ihre Lähmung sicherlich nicht gut waren. Aber was war schon gut? Nichts war gut!

Sie hatte immer deutlich und klar sprechen können und jetzt stolperten ihre Worte, als hätten auch sie Lähmungserscheinungen. Zwar war ihr das schon am ersten Tag der Lähmung aufgefallen, aber seit sie vor ihrem Vater gestottert hatte, hatte sie sehr langsam und bedacht versucht, die Laute zu formen und das Unvermögen ihrer rechten Ober- und Unterlippe auszugleichen, damit es nicht so auffiel. Aber jetzt, beim locker-flockigen schnellen Youtube-Sprech ließ sich nichts kaschieren. Da waren die Worte mit voller Wucht aus ihrem Mund gestolpert. Laura würde enttäuscht sein. Und sie selbst war es auch.

Im Krankenhauspark kündigte sich der Frühling an, schon bald würden die Bäume aus ihrer Winterstarre erwachen. Feline fröstelte. Sie hatte keine Ahnung, wer sie aus ihrer Starre erlösen sollte.

Plötzlich sah sie Theda mit ihrem Sohn und einer Frau, vielleicht ihrer Mutter. Theda winkte und rollte auf sie zu. »Das ist Feline, die das schöne Bild gemalt hat«, sagte sie zu ihrem Sohn. Der kleine Junge nickte nur. Theda musterte Felines Hausschuhe. »Alles okay bei dir?«

Feline versuchte zu lächeln, besann sich dann aber ihrer Schiefheit. »Alles okay, ich musste nur mal dringend an die frische Luft. Wir sehen uns!« Sie nahm den Weg zurück zum Haupteingang.

»Hast du dich beruhigt?«, fragte Dolly.

»Ja, sorry, ich musste mal Luft schnappen.«

»Hast du es Laura schon gesagt?«

Feline schüttelte den Kopf. Sie hatte nicht die geringste Ahnung, wie sie Laura, die gespannt auf ihr

Video wartete, erklären sollte, dass sie die Aufnahmen gelöscht hatte und es auch keine neue geben würde.

Am Nachmittag bekam Dolly Besuch von ihren Eltern. Sie stellte sich wieder schlafend und ließ sich dann von Mama und Papa umsorgen, während sie pausenlos herumjammerte. Und eigentlich konnte Feline sie verstehen. Vielleicht war das auch Dollys Art, die verletzenden Kommentare ihrer Mutter von sich fernzuhalten. Wäre sie selbst nicht zu erwachsen dafür gewesen, hätte sie gerne in das Gejammer mit eingestimmt, denn sie war einfach nicht gut darin, sich mit ihrer Lähmung und deren Auswirkungen zu arrangieren.

Außerdem tat Dolly ihr leid, denn sie bekam immer nur Besuch von ihrer Familie. Feline traute sich nicht, danach zu fragen, aber sie wusste es auch so: Dolly hatte keine Freunde.

Als die Tür aufging und plötzlich Beate vor ihrem Bett stand, freute Feline sich wirklich. Die Kollegin erschien ihr wie ein Strohhalm an diesem Nachmittag, an dem sie so dringend etwas zum Festhalten brauchte.

»Ich wollte eigentlich schon letzte Woche kommen, aber ich war jeden Abend so lange in der Agentur – du kennst das ja.«

Feline nickte. Sie demonstrierte Beate, was sie alles nicht bewegen konnte, indem sie ihr Gesicht zu Grimassen verzerrte. Darin war sie inzwischen routiniert. Von den täglichen Übungen wusste sie genau, welche Bewegungen am besten die Schlaffheit dieser oder jener Gesichtspartie bewiesen.

»Krass«, sagte Beate. »Ich wusste nicht, dass man so was bekommen kann.«

»Ich auch nicht«, sagte Feline und sah Beate neugierig an. »Aber jetzt erzähl du erst einmal. Wie läuft es in der Agentur? Weißt du etwas von Sonja und Tamara? Hat Hartbrich etwas gesagt?«

Beate zog einen Stuhl heran und setzte sich neben das Bett, auf dem Feline mit herunterbaumelnden Beinen saß.

»Ich habe Sonja gestern nur kurz gesprochen. Sie hat ziemlich viel zu tun, aber sie hat sich wohl ganz gut in die Fruitsun-Thematik eingearbeitet. Ich soll dich schön grüßen.« Beates Blick ging zu Boden. »Und von Hartbrich natürlich auch.«

Feline glaubte nicht, dass Hartbrich ihr Grüße ausrichten ließ. Beate war eine schlechte Lügnerin. Wahrscheinlich war Hartbrich doch sauer, dass sie so lange fehlte.

»Und du weißt nicht mehr von Sonja oder Tamara? Warst du nicht mal im Büro, hast geguckt, wie es da aussieht und ob die beiden klarkommen?«

Beate schüttelte den Kopf. »Du machst dir ganz schön viele Gedanken wegen Fruitsun, oder? Aber sorg dich nicht zu sehr. Denk jetzt an deine Gesundheit und schon dich ein bisschen.«

Feline seufzte. Diesen Satz hatte sie dieses Wochenende nicht das erste Mal gehört. Für einen kurzen Moment kam ihr der Verdacht, dass die Pförtner ihren Besuchern am Eingang vielleicht MP3s mit Standardtexten einsetzten, die automatisch beim Betreten ihres Zimmers die immer gleichen Sprüche abspielten. Als sie sich ihre Mutter als verkappten MP3-Player vorstellte, zog sich ein schiefes Grinsen über ihr Gesicht.

Während Beates Besuch hatte Feline die misslungenen Filmaufnahmen und Laura ganz vergessen. Sie war froh über das Gespräch mit der Kollegin und froh darüber, Fruitsun zu haben. Einen Job, in dem es auf ihr Können als Grafikerin ankam und nicht auf ihr Aussehen und ihre Aussprache.

Tag 10

Am Montagvormittag staunte Feline nicht schlecht, als plötzlich fünf weiße Männchen zur Visite um ihr Bett herumstanden. Der Chefarzt hatte zwei Oberärzte mitgebracht, die Stationsärztin und die grimmige Schwester. Einen der Oberärzte kannte Feline noch nicht, aber er schien der Jüngste der Ärzte zu sein, hatte charmante Lachfältchen um die Augen und war ihr auf Anhieb sympathisch. Die fünf standen um ihr Bett herum, sie sollte die üblichen Bewegungen machen und fühlte sich angestarrt wie ein Tier im Zoo. Der Raum füllte sich mit Fachbegriffen und Fremdworten.

»Es handelt sich bei der Patientin um eine periphere idiopathische Fazialisparese«, erklärte der Chefarzt seinen Begleitern. Dann wandte er sich Feline zu. »Ich meine, das Auge schließt sich schon etwas besser, wir werden das per EMG überprüfen. Das Cortison bekommen Sie noch drei Tage und am Ende der Woche dürfen Sie dann nach Hause.«

Es klopfte und Dollys Eltern steckten ihre Köpfe zur Tür herein.

»Sie dürfen ruhig schon reinkommen«, sagte der Chefarzt freundlich und mit Blick auf Feline: »Wenn Sie bitte ein paar Minuten hinausgehen könnten?«

Feline sah ihn erst verwundert an, dann verließ sie das Zimmer und ging in den Aufenthaltsraum. Große Visite im Beisein von Dollys Eltern. Was das wohl zu bedeuten hatte? Ob die Ärzte endlich wussten, was Dolly fehlte?

Im Aufenthaltsraum war Feline alleine, niemand hörte zu und irgendwann musste sie es ja doch machen: Sie holte ihr Smartphone aus der Tasche und nahm eine Sprachnachricht für Laura auf, erzählte von der gelöschten Aufnahme und davon, dass sie momentan einfach nicht videokompatibel war, weder optisch noch sprachlich. Sie versuchte B und P und F und V am Wortanfang zu vermeiden, aber es gelang ihr nicht komplett und wenn man genau hinhörte, konnte man ihre Unsicherheit bei den Verschluss- und Reibelauten heraushören. Einmal stolperte sie sogar richtig, als sie sagte, dass sie das selbst alles blöd fände: Bbbblöd. Mit Herzklopfen schickte sie die Nachricht ab.

Plötzlich stand der junge Oberarzt mit den Lachfältchen vor ihr. »Hier sind Sie. Ich wollte noch ein EMG mit Ihnen machen, um zu sehen, ob sich am Auge schon etwas regt. Würden Sie mir bitte in den Keller folgen?«

Feline stand auf, steckte ihr Smartphone ein und lief durch die langen Flure hinter dem Oberarzt her. Ihr selbst war nicht aufgefallen, dass ihr Auge besser schloss, vielleicht hatte der Chefarzt bei der Visite nur irgendwas sagen wollen. Als der Oberarzt sie in einen Raum führte, sah sie an den Geräten, dass es andere sein mussten als die des Chfarztes.

»Keine Angst, das ist mit Elektroden und Stromschlägen, nicht mit Nadeln.« Der Oberarzt nickte Feline freundlich zu, so als ob er ihre Gedanken erahnt hätte.

Feline setzte sich auf den Behandlungsstuhl und, während der Oberarzt seine Geräte prüfte, fragte sie: »Der Chefarzt hat vorhin gesagt ›periphere idiopathische Fazialisparese‹. Was bedeutet peripher und idiopathisch?«

Der Oberarzt versuchte, die einzelnen Elektrodenkabel, die sich ineinander verheddert hatten, zu entwirren.

»Peripher heißt, dass das Gehirn nicht betroffen ist und die Entzündung außerhalb liegt, nämlich am Nerv. Und idiopathisch heißt einfach nur, dass man nicht weiß, woher die Lähmung kommt.«

Sie grinste schief. »Also habe ich sozusagen eine außerhalb des Gehirns liegende, von den Ursachen her unergründliche halbseitige Gesichtslähmung durch Entzündung des siebten Gehirnnervs?«

»So könnte man das nennen.«

»Dafür, dass niemand wirklich weiß, woher das kommt und wie sich das entwickelt, klingt das ganz schön beeindruckend.« Feline biss sich auf die Zunge. Auch, wenn dieser Arzt nett aussah, so musste sie ihm ja nicht gleich ihren Frust über die Unwissenheit der Ärzte an den Kopf werfen. Andererseits fand sie das Vokabular der Mediziner durchaus interessant, zumal es so absolut uneingängig und überhaupt nicht werbegeeignet war, dass sie es schon beinahe wieder lustig gefunden hätte, wenn mit diesem seltsamen Vokabular nicht ihr derzeitiger Zustand beschrieben worden wäre.

Der Arzt hatte endlich die Kabel entwirrt. »Wissen Sie, so etwas gibt man ja nur ungern zu, aber auf diesem Gebiet steckt die Medizin noch in den Kinderschuhen. Wir wissen noch lange nicht alles darüber und niemand kennt die genauen Ursachen für Fazialisparese.«

Sie war froh, dass endlich mal jemand mit ihr Klartext redete.

»So, ich mache Ihnen jetzt mal eine Indianerbemalung.«

Der Oberarzt beugte sich über sie und klebte ihr die Elektroden um die Augen herum.

»Es kann übrigens sein, dass, wenn Sie später blinzeln oder die Augen schließen, sich ungewollt irgendwelche anderen Muskeln, zum Beispiel am Mund, mitbewegen, weil Ihre Nerven das dann nicht mehr genau unterscheiden können, an welchen Muskel die Information geht. Aber das ist nicht so schlimm.«

Nicht so schlimm? Feline stellte sich vor, wie sich beim Kauen ihr Augenlid mitbewegen oder beim Augenbrauenhochziehen ihr Mundwinkel zucken würde.

Dann besann sie sich. Hauptsache, es würde sich überhaupt wieder etwas bewegen. Bis jetzt war davon ja noch nicht viel zu spüren.

Sie beobachtete das Mobile über ihr. Es bestand aus einem Baum und mehreren Blumen. Ein flüchtiger Gedanke an Fruitsun, dann spürte sie schwache Stromschläge. Der Oberarzt versuchte, seinen Computer zu bändigen. Feline beobachtete ihn amüsiert, er bat sie, die Augen zu schließen und wieder zu öffnen. Sie genoss seine angenehme Stimme, das leichte Kribbeln der Stromschläge und hätte ewig so liegen bleiben können. Als sie die Augen offenlassen sollte, sah sie seinen konzentrierten Blick auf den Computerbildschirm und verlor sich für einen Moment darin.

»Okay«, sagte er. Die Stromschläge hörten auf und er befreite sie von der Indianerbemalung.

»Und?« Feline sah den Oberarzt erwartungsvoll an.

»Nichts. Keine Regungen. Aber das bespricht der Chef dann morgen bei der Visite mit Ihnen.«

»Schade.« Feline versuchte ein Lächeln. Als sie merkte, dass es sich verzerrte, machte sie ein ernstes Gesicht. Für ein paar Minuten hatte sie die Fratze vollkommen vergessen. Sie hatte Lust gehabt, mit dem charmanten Arzt ein bisschen zu flirten, und gar nicht daran gedacht, dass sie ja schief war. Schief und unattraktiv. Und ohne jede Regung auf der gelähmten Gesichtshälfte. Wie hatte sie das vergessen können? Peinlich war ihr das und trotzdem musste sie sich eingestehen, dass sie es genoss, als der Oberarzt ihr vorsichtig die Haftungscreme aus dem Gesicht wischte.

Auf dem Weg zurück zu ihrer Station überlegte Feline es sich anders, kehrte um und ging in die Halle. Dollys Eltern waren sicherlich noch zu Besuch und Feline hatte keine Lust auf die unbedachten Äußerungen von Dollys Mutter. Zwar war sie auch neugierig, was die große Visite zu bedeuten hatte, aber das würde sie Dolly auch später fragen können.

In der Halle suchte Feline sich eine Bank, setzte sich und beobachtete gelangweilt die Eingangstür. Ihr Smartphone meldete sich mit einer neuen Nachricht von Laura. Sie schickte einen traurigen Smiley ohne Text. Das tat sie immer, wenn sie sauer war. Feline kannte das. Wenn sie die nächsten fünfzehn Minuten nicht antworten würde, käme noch eine zweite Nachricht mit Text von Laura.

So war es dann auch. Laura schrieb, dass sie enttäuscht sei. Dass sie Feline als Freundin verstehen könne, aber dass das als Youtube-Kollegin gerade schwierig sei mit dem Verstehen. Die Konkurrenz sei groß, jeden Tag würden bei Youtube unzählige Stunden Videomaterial hochgeladen, da könnten sie es sich nicht leisten, länger ihren Followern nichts zu bieten. Sonst würden sie vergessen. Laura wollte jetzt noch ein Urlaubsvideo machen, dann hätte sie keinen Content mehr. Und sie könne sich nicht vorstellen, monatelang ohne Line Videos zu machen.

Feline seufzte. Gerade hatte sie vom Arzt bescheinigt bekommen, dass auf ihrer gelähmten Gesichtshälfte keinerlei Regungen zu messen waren, nun machte Laura schon wieder Druck.

Immerhin sollte sie am Ende der Woche entlassen werden und sie freute sich darauf, bald wieder für die Agentur zu arbeiten. Dann würde sie sich auf Fruitsun konzentrieren. Hoffentlich war wenigstens Hartbrich nicht sauer auf sie.

»Hier bist du. Ich hab dich schon gesucht.«

Franziska riss Feline aus ihren Gedanken. Sie deutete auf die freie Bank neben sich und Franziska nahm Platz.

»Ich werde morgen entlassen. Ich dachte, du wirst vielleicht auch entlassen?«

Feline schüttelte den Kopf. »Leider nicht. Erst Ende der Woche.«

Sie starrte auf die Eingangstür. Vielleicht sollte sie einfach irgendeinen Wisch unterschreiben, damit alle Verantwortung auf sich nehmen und in die Agentur fahren und arbeiten. Aber sie bekam ja das Cortison und die Vitamine und die Krankengymnastik – vielleicht würde das ja doch irgendwie helfen, wer wusste das schon. Andererseits entließen sie Franziska ja auch. Doch bei ihr kannten sie die Ursache. Felines Gedanken überschlugen sich, aber insgeheim wusste sie, dass sie mit ihrem nicht vorhandenen medizinischen Wissen sich letztendlich doch nicht trauen würde, das Krankenhaus auf eigene Verantwortung zu verlassen.

»Aber wir müssen auf jeden Fall in Kontakt bleiben. Lass uns mal die Handynummern austauschen.«

»Ja, das müssen wir«, sagte Feline und nahm ihr Smartphone. Als sie Franziska nach ihrem vollen Namen fragte und ihn ins Adressbuch tippte, kam er ihr bekannt vor. Dann entsann sie sich, wo sie ihn in den letzten Tagen gelesen hatte.

»Heißt dein Mann zufällig Martin und hat so ein lustiges Buch über Männer, Frauen und Missverständnisse geschrieben?«

Franziska nickte. »Ja, das hat er. Woher kennst du das?«

»Meine Freundin hat es mir am Wochenende geschenkt«, sagte Feline. Sie hatte die Nummer gespeichert.

Jetzt fiel ihr Blick auf den Eingang und Dollys Eltern, die der Windfang in sich aufnahm und auf den Parkplatz entließ. Schnell verabschiedete sie sich von Franziska und ging zurück auf ihr Zimmer.

Dolly lag auf dem Bett, starrte an die Zimmerdecke und sah nicht besonders glücklich aus.

»Was ist los?«, fragte Feline und setzte sich auf ihr Bett.

Dolly rührte sich nicht und schwieg.

»Was haben die Ärzte gesagt? Oder hattest du Streit mit deinen Eltern?«

Feline machte sich ernsthaft Sorgen, als sie sah, wie Dolly da lag mit diesem leeren eisblauen Blick. Das war nicht gespielt.

»Geht es dir nicht gut? Soll ich die Schwester rufen?«

Dolly schüttelte langsam den Kopf.

»Was ist denn dann los?«

Dolly schwieg. Feline hätte sich gerne neben sie gesetzt und ihre Hand genommen, aber Dolly lag dort so seltsam, dass ihr das nicht passend erschien.

»Na gut, ich bin da, wenn du reden willst.« Feline kroch unter ihre Bettdecke und nahm das Buch

von Franziskas Mann zur Hand. Sie schlug irgend-
eine Seite auf, betrachtete die Buchstaben, ohne
sie zu sinngebenden Worten zusammenzufügen,
und horchte, ob Dolly sich regte. Es war ruhig.
Draußen auf dem Flur hörte man ein paar Geräusche, aber im Raum lag eine seltsame Stille.
Feline starrte durch die Buchstaben hindurch und
lauschte.
Plötzlich brach Dollys Stimme die Stille: »Ich
habe MS.«

Tag 11

Am Dienstagmorgen sprang Dolly aus dem Bett,
als wäre nichts. Feline beobachtete halb erleichtert, halb skeptisch, wie Dolly die Vorhänge aufriss
und danach für eine halbe Stunde das Badezimmer
beschlagnahmte.
Am Tag zuvor hatte Feline alles versucht, um Dolly
aufzumuntern. Dabei war sie selbst so geschockt
von Dollys Diagnose gewesen, dass ihr kaum tröst-
liche Worte einfielen. Viel wusste sie nicht über
Multiple Sklerose, außer dass die Krankheit unheil-
bar war und in Schüben auftrat, die Lähmungserscheinungen und Ähnliches hervorrufen konnten.
Aber Dolly war erst siebzehn. Sie war noch so jung.
Feline kam sich auf einmal richtig lächerlich vor
mit ihrer dummen Gesichtslähmung. Was war das
schon gegen eine MS-Diagnose mit siebzehn?
Weil Feline nichts zu sagen gewusst hatte, hatte
sie Dolly schließlich gezeichnet und ihr die Skizze

geschenkt. Dolly hatte sich gefreut, aber sich eine Zeichnung gewünscht, auf der sie freundlicher guckte, und so hatte sie ihr am Abend Modell gesessen und Feline hatte gehofft, dass sie das ihre Diagnose für einen Moment vergessen ließ.

Als Dolly aus dem Badezimmer kam, verbreitete sich im Zimmer der Duft von Parfum, von ein bisschen zu viel Parfum. Sie hatte sich auffällig geschminkt und zurechtgemacht. Ihre dünnen Haare hatte sie hochgesteckt. Feline sah sie fragend an.

»Jetzt kannst du mich noch einmal zeichnen, gestern sah ich so verheult aus, das gilt nicht.«

Feline hatte zwar keine Lust, Dolly schon wieder zu portraitieren, aber sie konnte ihr auch keinen Wunsch abschlagen. Also verbrachte sie die Zeit zwischen Frühstück und Visite damit, die ungewöhnlich gestylte Dolly zu zeichnen.

Zwischendurch kam Franziska, um sich zu verabschieden, aber Feline ließ es an diesem Morgen kalt, dass sie selbst nicht auch entlassen wurde. Was waren schon zwei Tage mehr im Krankenhaus? Sie war einfach froh, nur eine Gesichtslähmung mit der Aussicht auf Heilung zu haben.

Dolly war begeistert von der Zeichnung.

»Ich finde, da sehe ich richtig gut aus. Die behalte ich selbst. Und die von gestern schenke ich meinen Eltern und meinem Opa.«

Feline legte ihre Zeichenutensilien beiseite und lachte.

»Tu das, aber noch einmal zeichne ich dich nicht, okay?«

Bei der Visite erfuhr Feline, dass sie bis Donnerstag Infusionen bekommen und am Freitag entlassen würde. »Nicht Donnerstag?«, fragte sie und wurde mit der Antwort auf die Visite am nächsten Tag vertröstet.

Nachdem der Arzt und die Schwester den Raum verlassen hatten, begann Dolly zu weinen. Feline setzte sich zu ihr und nahm sie in den Arm.

»Und wenn ich irgendwann im Rollstuhl lande? Und wenn ich immer Schmerzen habe? Vielleicht muss ich früher sterben deswegen. Ich hab echt Angst.«

Feline strich ihr über den Rücken. »Das ist doch total verständlich. Ich habe gestern Abend noch ganz viel im Internet gelesen. Es gibt inzwischen richtig gute Medikamente, die die Erkrankung erleichtern und auch verzögern. Die meisten Menschen mit MS werden heute auch alt. Und nicht jeder landet im Rollstuhl. Du bist stark und du wirst lernen, damit zu leben.«

Dolly schluchzte. »Das fühlt sich immer noch so an, als wäre ich in einem falschen Film. Jetzt werde ich doch erst recht keinen Freund finden. Wer will denn schon eine, die vielleicht im Rollstuhl landet?«

»Hey, so darfst du nicht denken. Die Medizin ist da heute viel weiter als früher.«

Feline drückte Dolly an sich und spürte, wie deren Tränen durch ihr Langarmshirt nässten.

»Weißt du, was meine Mutter gesagt hat? Sie hat gesagt, dass sie es nicht erträgt, wenn ich früher sterbe als sie.«

Feline verschlug es für einen Moment die Sprache. »Sorry, wenn ich das so sage, aber deine Mutter ist ein Trampeltier. Sie stand bestimmt auch unter Schock wegen der Diagnose und war deshalb noch trampeliger als sonst.« Sie überlegte. »Weißt du, was du in den nächsten Tagen machen solltest?« Dolly schüttelte den Kopf.

»Du solltest wütend sein, du solltest heulen, du solltest auf dein Kopfkissen einschlagen oder so was in der Art – versuch es rauszulassen. Du hast eine Scheiß-Diagnose bekommen und du hast alles Recht dazu, dich deswegen in den nächsten Tagen auf deine Wut und deine Angst zu konzentrieren. Lass einfach alles raus, bis du das Gefühl hast, damit einigermaßen leben zu können. Schluck das bloß nicht herunter und nimm keine falsche Rücksicht. Du bist jetzt wichtig!«

Dolly lächelte gequält. »Mit solchen Texten könntest du Mut-mach-Videos machen.«

»Nein«, entgegnete Feline. »Dieser Text war nur für dich.«

Als sie später ruhig auf ihrem Bett lag und die Infusion beim Tropfen beobachtete, kam ihr plötzlich eine Idee. Dolly hatten sie auch an einen Tropf angeschlossen und während sie beide so dalagen, formten sich in Felines Kopf Bilder, die sich aneinanderreihten und sich zu einer kleinen Geschichte zusammenfügten. Als Dolly später nicht im Zimmer war, zeichnete Feline einen kleinen Comic mit vermenschlichten Infusionstropfen, die sich darum drängten, als erste in den Körper zu fließen.

Die Gesichter der Tropfen sahen den Fruitsun-Früchten ähnlich. Als Feline die Gemeinsamkeiten bemerkte, legte sie ihren Zeichenblock beiseite und wäre wohl ins Grübeln verfallen, wenn in diesem Moment nicht ihr Smartphone das Hochladen eines neuen Videos verkündet hätte.

Sie klickte das Video an. Laura hatte alles gegeben. Trotz ihrer Enttäuschung über Felines Absage. Das Video war sogar besser geworden als das erste Urlaubsvideo, zumal Laura auch auf die negativen Kommentare unter dem letzten einging. Laura war super! Die ließ sich nicht unterkriegen, sondern kämpfte. Feline war plötzlich froh darüber, so eine Freundin zu haben.

Der Zeichenblock lag auf ihrem Schoß, sie blätterte den Infusionscomic um und zeichnete Laura und sich, Arm in Arm. Dann fotografierte sie die Skizze ab und schickte das Bild mit dem Kommentar »Super Video! Du bist die Beste!« an Laura.

Kurz darauf kam von Laura zurück: »Was für eine geile Skizze! Bitte mehr davon! Am besten ganz viele. Dann haben wir doch erst mal unseren Content ...«

Klar, warum war sie nicht selbst darauf gekommen? Zeichnen konnte sie schließlich auch mit Fratze. Sie würde einfach Laura&Line-Skizzen machen, die Laura vielleicht sogar zu kleinen Legetrickfilmen zusammenschneiden konnte. Das war neu und würde die Community erst mal unterhalten. Bis Feline hoffentlich bald wieder ... Ja, hoffentlich.

Am Abend kam Simon. Glücklich erzählte er, dass sein Chef ihn das erste Mal gelobt habe und dass er mit seiner Kollegin Anja in der Mittagspause in einem gemütlichen Bistro gewesen sei. Feline spürte, wie es bei dem Namen Anja gegen ihre Magenwand drückte, und fand es im selben Moment albern. Simon beschrieb ihr nicht Anja, sondern das Bistro. Dort gäbe es die besten Salate und Baguettes, da müsse er unbedingt mal mit Feline hin.

»Die Physiotherapeutin hat heute erzählt, dass sie es bisher immer so erlebt hätte, dass bei Fazialisparese die Muskeln an einer Stelle wieder schneller betätigt werden könnten als an anderen Stellen, es wäre nie so gewesen, dass alle Bewegungen auf einmal und gleichmäßig wiederkämen. Aber egal in welcher Reihenfolge«, sagte Feline voller Überzeugung. »Hauptsache, es kommt überhaupt etwas wieder, am besten bald.«

Simon nickte. »Das wird schon, wir müssen Geduld haben.«

»Vielleicht kann ich die Ärzte überreden, dass sie mich schon Donnerstag und nicht erst am Freitag entlassen.«

»Das wär schön.« Simon strahlte. Er saß auf ihrer Bettkante und sie sah ihm an, wie sehr er sich auf seinen nächsten Arbeitstag in der neuen Firma freute. Sie musste an den Sofa-Simon denken und war froh, dass der nicht mehr zu Hause auf sie wartete.

Als die Schwester ihr am Abend das Bullauge aufklebte, spürte Feline einen leichten Druckschmerz.

Sie sagte nichts, aber nachdem die Schwester eine gute Nacht gewünscht hatte und gegangen war, tastete Feline ihre gelähmte Gesichtshälfte ab. Sie bemerkte an einigen Stellen so etwas wie Schmerz. Als habe sie Druckstellen wie heruntergefallenes Obst. Sie hoffte sehr, dass der Schmerz ein positives Zeichen sei, denn Schmerz bedeutete wenigstens, dass dort noch Leben war.

Tag 12

Am Mittwochmorgen – Feline lag gerade am Tropf und Dolly sah fern – kam die Stationsärztin herein, um Dolly Blut abzunehmen. Während sie Dolly anzapfte, sagte sie beiläufig zu Feline: »Wenn der Tropf durchgelaufen ist, werden Sie entlassen.«
Bitte was? Feline glaubte, sich verhört zu haben.
»Sie haben noch eine Abschlussuntersuchung mit EMG beim Chefarzt und dann werden Sie entlassen.«
Feline freute sich und sie musste sofort an Fruitsun denken, aber sie war auch schockiert und fühlte sich etwas überrumpelt, weil sie damit überhaupt nicht gerechnet hatte. Sie hasste es, wenn Dinge vorher nicht geplant waren. Zuerst überlegte sie, Simon anzurufen, aber sie wollte nicht, dass er sich verpflichtet fühlte, früher Feierabend zu machen, und somit bei seiner neuen Arbeit sofort unangenehm auffiele. Sie würde sich ohnehin ein Taxi rufen müssen, anrufen könnte sie ihn auch noch später von zu Hause.

Als der Tropf durchgelaufen war, kam die Schwester und bat sie zum Professor.

Der machte noch einmal ein EMG bei Feline und haute ihr mit einer Wucht Nadeln und Stromschläge ins Gesicht, als wolle er ihre Muskeln zur Entlassung noch einmal extra herausfordern.

»Da, sehen Sie das? Es regt sich etwas! Die Muskeln zeigen ein ganz klitzekleines bisschen Reaktion, wenn auch etwas verspätet.«

Feline starrte auf die Computergrafik und fühlte ein leises Glücksgefühl in sich aufsteigen. Vielleicht war das der Druckschmerz vom Abend zuvor gewesen.

Der Professor zeigte sich erfreut. »Da wollen wir doch mal sehen, ob sich noch mehr regt.«

Er stach Feline Nadeln in die Stirn, in die Augenpartie und in die Wangen, doch dort regte sich nichts.

»Schade, ich hätte gerne mehr gesehen. Na ja. Das ist wirklich minimal, aber vielleicht ein kleiner Funke Hoffnung.«

Anschließend schrieb der Chefarzt ihr alle möglichen Bescheinigungen und Rezepte. Eines für Vitamintabletten, eines für Augensalbe, eines für eine Packung mit Bullaugen und eine Überweisung an ihren Hausarzt. Er erklärte Feline, dass die Fortschritte ambulant weiter per EMG überprüft werden könnten. Sie solle schön weiter die Gesichtsgymnastik machen und eine Krankengymnastikpraxis aufsuchen. Achtgeben solle Feline auf ihr Auge und eventuell eine Brille, Sonnenbrille oder Augenklappe tragen, um es zu schützen, bis sich ihr Auge wieder von alleine schließen könnte. Ansonsten sei sie entlassen.

Erleichtert ging Feline auf ihr Zimmer. »Ein Muskel am Mund zeigt ein klitzekleines bisschen verspätete Reaktion. Hoffentlich tut sich da jetzt mal etwas.«

Dolly lächelte. »Hey, das ist doch eine gute Abschlussnachricht!«

Feline begann, ihre Sachen zusammenzupacken.

»Du Glückliche«, sagte Dolly, »ich muss noch hierbleiben.«

»Sicher kommst du auch bald nach Hause. Jetzt wissen sie ja, wie man dir helfen kann.«

Die grimmige Schwester kam herein und drängte, weil Felines Bett gebraucht wurde und die neue Patientin schon im Aufenthaltsraum saß. Feline fuhr sie an, sie solle ihr nicht so viel Stress machen. Sie fühlte sich wie damals, wenn ihre Mutter beim Kofferpacken für die gemeinsame Reise zu ihrer Tante in den Schwarzwald hinter ihr stand und ihr Packen überwachte.

Sobald die Schwester draußen war, sagte Dolly: »Ist doch klar, ein neuer Privatpatient ist mit vollen Eutern eingetroffen, deshalb schmeißen sie dich jetzt raus.«

Feline musste grinsen über Dollys Vehemenz und sie freute sich, dass die Resignation vom Vortag offensichtlich wieder der Lust an bissigen Bemerkungen gewichen war.

Sie stopfte ihre Sachen unordentlich in die Tasche. Anschließend stellte sie ihr Gepäck unter den Tisch und ging los, um sich von Theda zu verabschieden.

Auch Theda beneidete sie um ihre Entlassung und Feline gab ihr ihre Telefonnummer.

Als sie zurück auf ihr Zimmer kam, das nicht mehr ihr Zimmer war, war die Neue bereits eingezogen. Eine ältere Dame richtete sich ein und Dolly verdrehte die Augen.

»Fährst du jetzt? Ich bringe dich noch nach unten.« Dolly stieg aus ihrem Bett, nahm Feline ihren Rucksack ab und gemeinsam stapften sie durch den langen Flur.

»Ich halte das nicht aus mit dieser alten Oma. Die hat sofort das Fenster geschlossen und die Heizung auf die höchste Stufe gestellt. Außerdem redet die in einer Tour. Sie hat mir schon erzählt, dass sie auf der Toilette heimlich rauchen wird und nachts Fernsehen guckt, weil sie nicht schlafen kann. Wie soll ich das bloß aushalten?«

Feline sah Dolly belustigt an. »Verpetz sie bei den Schwestern.«

»Ich wünschte, du würdest bleiben. Mit einer Youtuberin auf dem Zimmer ist es zwar auch nicht immer einfach ...« Dolly grinste. »Aber mit der alten Kuh halte ich es keinen Tag aus.«

Inzwischen waren sie in der Halle angekommen.

»Hey, du schaffst das schon.« Feline legte ihre Hand auf Dollys Schulter. »Warte mal, ich hab da noch was.«

Sie holte den Zeichenblock aus ihrer Tasche und reichte das Blatt mit dem Tropfen-Comic Dolly. »Ist leider nicht ganz fertig geworden, fehlt noch ein bisschen Farbe. Auf der Rückseite habe ich dir meine Nummer aufgeschrieben.«

»Danke.« Dolly besah sich die Zeichnungen und strahlte.

»Weißt du, wie das aussieht?«

Ahnend schüttelte Feline den Kopf.

»Ein bisschen wie die Kibascho-Banane aus der Werbung von diesem Fruchtriegel, den ich da neulich hatte. Erinnerst du dich?«

Feline nickte und grinste schief. »Ich muss jetzt. Mach's gut und lass dich von der Alten da oben nicht unterkriegen, okay? Und die MS wirst du mit der Zeit rocken, versprochen?«

»Versprochen. Und ich gebe euren Videos immer ein Like.«

»Komm, lass dich nochmal in den Arm nehmen!« Sie drückte Dolly an sich. »Und schreib mir, wie es dir geht und wann du entlassen wirst und ob die Alte wirklich auf der Toilette raucht, okay?«

Dolly nickte.

Feline ging durch den Windfang, den sie in den letzten Tagen so oft beobachtet hatte. Er nahm sie in sich auf und kickte sie hinaus in die Welt. Sie stieg in eines der wartenden Taxis und drehte sich noch einmal um, aber Dolly war durch die außenweltspiegelnden Scheiben des Eingangs nicht mehr zu erkennen. Feline nannte dem Fahrer ihre Straße, ignorierte seinen Blick, der an ihrer Fratze hängenblieb, und fuhr davon.

4.
Zu Hause

**»Das Leben
meistert man lächelnd
oder gar nicht.«**
Chinesisches Sprichwort

Tag 12

Ihre Wohnung wirkte leer und schien ihr fremd. Zwar roch es wie immer und auch sonst hatte sich nichts verändert, aber Feline fühlte sich seltsam. Sie hatte ihr Gepäck im Flur abgestellt, war durch alle Zimmer gelaufen. Die Uhr im Wohnzimmer tickte bedrohlich wie an dem Tag, als die Fratze über Nacht gekommen war, und unten im Hof lärmten Kinder. Feline rückte die Sofakissen zurecht, auf denen sich Simons Sitzposition vom Abend zuvor abzeichnete. Dann trug sie ihre Tasche ins Schlafzimmer und verteilte ihre Wäsche auf Kleiderschrank und Schmutzwäschekorb.

Simon hatte das Bett neu bezogen. Das hatte er noch nie getan! Sie staunte. Dieser Job brachte ihn wirklich zu Höchstleistungen.

Anschließend betrachtete Feline lange ihr Gesicht im Badezimmerspiegel. Äußerlich war die klitzekleine verzögerte Regung des Mundmuskels nicht auszumachen – die Fratze war schief wie immer. Inzwischen hatte sich die Cortison-Akne auch über ihr Gesicht gelegt, was an einer erwachsenen Person irritierte. Feline versuchte die kleinen roten Pickel zu ignorieren und betrachtete konzentriert ihre Mimik. Oder war sie doch nicht mehr so schief wie an dem Morgen, als sie die Lähmung entdeckt hatte?

Sie machte ein paar Gesichtsübungen, doch schnell verging ihr die Lust. Als sie sich von der Fratze abwandte, fiel ihr Blick auf ein neues Männerdeo auf dem Board unter dem Spiegel, das sie bislang nicht bei Simon gesehen hatte. Sie roch daran und musste grinsen. Simon tat offensichtlich alles, um sich vom alten Sofa-Simon abzugrenzen. Feline konnte gar nicht in Worte fassen, wie froh sie darüber war. Nur wäre sie noch zufriedener gewesen, wenn sie selbst die Alte geblieben wäre.

Im Wohnzimmer setzte sie sich aufs Sofa und wartete. Worauf wusste sie selbst nicht genau. Sie surfte in den Community-Kommentaren des Youtube-Kanals. Das neue Urlaubsvideo schien zum Glück etwas besser anzukommen als das erste. Sie googelte zum zigsten Mal Fazialisparese, aber das Internet hatte keine Neuigkeiten darüber zu bieten.

Noch am Tag zuvor hatte sie ihren Zeichentisch zu Hause herbeigesehnt, jetzt war ihr der Gedanke zu zeichnen sehr fern. Sie saß da, als warte sie auf Anweisungen.

Am liebsten wäre es ihr gewesen, wenn eine Schwester zur Tür hereingekommen wäre und ihr gesagt hätte, wo es langging. Von ihr aus auch die grimmige Schwester, Hauptsache, jemand verriet ihr, was sie jetzt tun sollte. Jetzt, wo sie mit einer hässlichen Fratze auf dem Hals in die Welt hinausgestoßen worden war. Aus dem schützenden Krankenhaus hinaus in eine Welt, von der sie nicht wusste, wie sie auf ihre Fratze reagieren würde.

Sie hätte zur Apotheke ein paar Straßen weiter laufen und die Rezepte einlösen können. Aber sie fühlte sich matt und nicht dazu in der Lage, den Blicken der Welt, die sie sich penetrant und schrecklich vorstellte, zu trotzen. Am nächsten Tag wollte sie auf jeden Fall in die Agentur, aber diesen Nachmittag, den wollte sie noch für sich haben.

Sie, die gerade aus einer Parallelwelt entlassen worden war, musste sich erst einmal wieder an die normale Welt gewöhnen, zumal die hässliche Fratze in der Parallelwelt nicht halb so schlimm gewesen war, wie sie im Alltag sein würde.

Feline ärgerte sich ein bisschen über ihre angstvollen Gedanken. Sie hatte sich im Krankenhaus immer ausgemalt, wie sie sofort nach ihrer Entlassung die Fruchthöhle stürmen und Sonja von ihrem Schreibtisch verdrängen würde, und nun saß sie da, fühlte sich elend und hilflos.

Sie wählte Lauras Nummer, aber überlegte es sich dann anders. Normalerweise hatte sie sich immer bei ihrer Freundin ausgeheult, aber jetzt, wo die Wogen durch die Laura&Line-Zeichnungen wieder etwas geglättet waren, wollte sie nicht ihr ganzes Unvermögen, mit der Entlassung und dem freien Tag umzugehen, vor Laura ausschütten.

Sie schaltete den Fernseher an, zappte sich durch das nachmittägliche Programm, sah sich schließlich die Werbepausen der Privatsender an und malte sich aus, wie der neue Fruitsun-Werbespot zwischen der Reklame für andere Produkte wirken würde.

Später setzte sie sich an den Computer im Arbeitszimmer, um die Zeichnungen aus dem Krankenhaus einzuscannen und Laura zu mailen. Während der Rechner hochfuhr, blieb ihr Blick an einem kleinen Klebezettel auf der Schreibtischunterlage hängen. anja.gina@letterbox.de stand dort in Simons feinsäuberlicher Schrift.

Anja! Die Kollegin, die mit Simon das Büro teilte. Wieso hatte er ihre private E-Mail-Adresse aufgeschrieben? Was hatte das zu bedeuten? Musste sie sich Sorgen machen?

Als sich der Bildschirmhintergrund mit einem strahlenden Urlaubsselfie von Simon und ihr öffnete, musste Feline sich selbst ermahnen. Bestimmt hatte Simon dieser Anja nach Feierabend noch etwas für die Arbeit schicken müssen. Nur weil sie schief und durch die Entlassung unsicher war, musste sie nicht gleich eifersüchtig werden.

Sie schickte Laura die Zeichnungen und die Info, dass sie zu Hause sei, sich jetzt aber erst mal um Fruitsun kümmern müsse. Danach erschien ihr alles sinnlos und leer.

Am späten Nachmittag ging sie in die Küche, begutachtete Simons Vorräte und suchte sich ein paar Sachen zusammen, die sie kochen konnte. Wenn sie schon so untätig herumsaß, wollte sie wenigstens Simon ein Abendessen bereiten. Eine halbe Stunde, bevor Simon Feierabend hatte, schickte sie ihm eine Nachricht, dass sie zu Hause sei. So würde Simon höchstens die letzte halbe Stunde wegen ihr unkonzentriert sein oder freimachen. Das war zu verantworten, fand sie.

Feline suchte Pfanne und Töpfe zusammen und begann, das Essen zuzubereiten. Sie fand gekochte Kartoffeln im Kühlschrank, schnitt sie in Scheiben und machte Bratkartoffeln. Mit viel Speck und Zwiebeln, so wie Simon sie mochte. Beim Zwiebelschneiden hörte ihr rechtes Auge gar nicht mehr auf zu tränen. Sie hielt tapfer durch, aber selbst, als sie das tiefgefrorene Gemüse aufsetzte und in einer anderen Pfanne das Cordon Bleu briet, tränte ihr Auge noch und sie sah auf der einen Seite nur verschwommen.

Später deckte sie den Küchentisch. Ihr Blick fiel auf das Foto ihres Vaters mit der stillen Wasseroberfläche eines Sees. Die Bewegungslosigkeit des Augenblicks hatte sie nie gestört, aber jetzt störte sie das Foto, sein Motiv. Am liebsten hätte sie das Besteck in den See geworfen, um die Wasseroberfläche zum Kräuseln zu bringen und weil die Fotografien ihres Vaters gerade nicht zu ihren Lieblingsthemen gehörten.

Das Essen war fertig, der Tisch gedeckt. Feline zog sich ein schickes Langarmshirt an – das konnte zwar ihre Fratze nicht eliminieren, aber es gab ihr ein besseres Gefühl. Simon hatte auf ihre Nachricht nicht geantwortet, also musste er jeden Moment hier sein.

Ihr Magen knurrte, sie hatte sich doch tatsächlich an die frühen Mahlzeiten im Krankenhaus gewöhnt. Feline stellte das Essen warm. Hoffentlich kam Simon bald. Sie ging ins Wohnzimmer, wieder nahm sie das penetrante Ticken der Uhr in der Stille wahr. Vielleicht würde sie eine neue Uhr kaufen müssen.

Warum kam Simon nicht?

Vielleicht stand er im Stau? Sie nahm ihr Handy und merkte, dass sie nervös wurde, während sich die Verbindung aufbaute. »Hallo! Dies ist die Mailbox von Simon Schröder. Sprecht mir einfach aufs Band, ich rufe zurück.« Feline drückte auf Abbrechen.

Hoffentlich war Simon nicht ins Krankenhaus gefahren, um sie zu besuchen. Aber er hatte gesagt, dass er sie heute nicht besuchen würde.

Warum eigentlich nicht? Feline spürte etwas in ihrem Magen, das sich wie eine große Faust anfühlte.

»Anja!«, schrie es von dem Zettel aus dem Arbeitszimmer. *»Neues Deo für Anja!«*, schrie es aus dem Badezimmer. *»Darum ist das Bett neu bezogen!«*, schrie es aus dem Schlafzimmer. *»Guck dir deine Fratze an, dann weißt du, warum!«*, schrie der Spiegel.

Feline merkte, wie sie zu zittern begann und nicht wusste, wohin mit sich. Das waren doch genug Beweise! Sie setzte sich auf ihr Sofa, vielleicht hatte Anja auch dort schon gesessen.

War es nicht logisch, dass Simon ihr hässliches Gesicht nicht ertrug? Selbst ihr Vater hatte es nicht ertragen. Sie war entstellt und welcher junge Mann wollte schon eine dermaßen hässliche Freundin an seiner Seite haben?

Etwas in ihr sagte, dass eine Gesichtslähmung keine jahrelange Beziehung kaputtmachen konnte, aber hatte ihre Beziehung nicht schon vorher gelitten, als Simon arbeitslos gewesen war und sie sich in die Arbeit gestürzt hatte, um sich vor der Konfrontation mit ihm zu drücken? War man nicht mit geschiedenen Eltern ohnehin prädestiniert dafür, dass eigene Beziehungen ebenfalls scheiterten?

»Line, was machst du denn hier?« Plötzlich stand Simon im Raum. »Ich dachte, du wirst erst Freitag entlassen. Warum rufst du mich denn nicht an? Ich hätte dich doch abgeholt.«

Feline saß da, starrte Simon an und brachte zunächst kein Wort heraus. »Heute Morgen wollte ich dich nicht stören«, sagte sie dann leise, »und heute Nachmittag war dein Handy aus.«

Simon holte sein Smartphone aus der Hosentasche. »Oh, stimmt, ich habe das während eines Meetings ausgemacht und vergessen wieder anzuschalten. Tut mir leid. Hätte ich das gewusst, wäre ich doch eher gekommen.«

»Meeting mit wem?«, hätte Feline am liebsten gefragt. Sie erhob sich und blieb unschlüssig vor dem Sofa stehen.

Simon ging zu ihr, drückte ihr einen Kuss auf die Stirn. »Schön, dass du wieder da bist.«

Feline zögerte – sollte sie seiner Zugewandtheit misstrauen? »Ich hab uns was zu essen gemacht.« Sie ging in die Küche, dort hatte sie wenigstens etwas zu tun und würde wissen, wohin mit ihren Händen.

Simon folgte ihr. »Hättest du doch nicht machen brauchen, Line, du musst dich schließlich erst mal schonen. Wir hätten uns auch was bestellen können.«

Feline ging zum Herd und drehte die Herdplatten aus, die das Essen warmgehalten hatten. »Jetzt hab ich's aber gemacht.«

Simon rückte den Stuhl und setzte sich. Sie schüttete ihm die Bratkartoffeln auf den Teller.

»Ist ja auch lieb«, sagte Simon versöhnlich.

Lieb? Verdammt noch mal, sie hatte doch einfach nur irgendetwas tun müssen. Feline wollte nicht lieb Essen machen. Und schon gar nicht, während er … Sie trug das Cordon Bleu und das Gemüse auf, aber in ihrem Kopf spukte Anja. Lieb essen machen. Sie war doch kein Hausmütterchen. Mit funkelnden Augen sah sie Simon an, aus dem Funkeln wurde Verzweiflung und aus der Verzweiflung das Bemühen, die Tränen zurückzuhalten.

»Wie war denn dein Arbeitstag?« Sie setzte sich ebenfalls, aber ihr war der Appetit vergangen.

Simon stopfte sich Bratkartoffeln in den Mund und noch bevor er alle zerkaut und runtergeschluckt hatte, begann er zu reden. »Gut war der. Viel zu tun, aber die Kollegen sind nett.«

Die Kollegin meinte er wohl.

In Feline brodelte es. Sie durfte sich gar nicht vorstellen, dass Simon mit dieser Anja, während sie im Krankenhaus arglos am Tropf gelegen und man ihr Nadeln ins und Strom durchs Gesicht gejagt hatte …

»Simon, ich …«, sagte sie leise und dann liefen plötzlich Tränen über die gesunde und die gelähmte Wange.

Simon stand auf, kam zu ihr und strich ihr über den Rücken. Dann beugte er sich runter wie zu einem kleinen Kind und nahm sie in den Arm. Es tat gut, Simon zu spüren, ihn zu riechen, auch wenn er etwas anders roch. Sie wollte von Simon gehalten werden, er sollte sie nicht mehr loslassen. Feline schob die Gedanken an Anja beiseite.

»Morgen gehst du erst mal zu Justus und dann sehen wir weiter.«

Feline nickte schwach und wischte sich die Tränen aus dem Gesicht. »Übrigens hat der Chefarzt bei der Abschlussuntersuchung ein ganz kleines bisschen verzögerte Reaktion am Mundmuskel festgestellt. Er hat gesagt, das könnte ein kleiner Funke Hoffnung sein.«

»Aber das ist doch super! Vielleicht wird das ja bald wieder.« Simon legte seine Hand väterlich auf ihre Schulter. »Du ruhst dich am Wochenende jetzt erst mal aus und Montag kannst du dann ja vielleicht mal in der Agentur vorbeischauen.«

Sie sah Simon empört an. »Montag? Simon, diese Woche hat noch zwei Arbeitstage.«

»Ja, aber da wirst du doch wohl nicht hingehen.«

Feline merkte, wie ein Anflug von Wut ihre Tränendrüsen endgültig schloss. »Und wieso nicht? Weil ich ne hässliche Fratze hab? Weil man sich für mich schämen muss? Kann man mich so etwa nicht unter die Leute lassen?«

»Line, so war das doch gar nicht gemeint. Ich dachte nur, du könntest dich noch etwas schonen. Der Stress kommt früh genug wieder. Sprich morgen erst einmal mit Justus.«

»Das werde ich tun und danach gehe ich in die Agentur!« Trotzig sah sie Simon an. Und verjage Sonja aus der Fruchthöhle, ergänzte sie in Gedanken.

Später im Bett kroch Simon versöhnlich unter ihre Decke. Feline legte sich in seine Arme, verbarg ihre Fratze an seiner Brust und war froh, dass Simon da war.

Bei ihr. Und nicht bei Anja.

Die hatte gefälligst die Finger von ihrem Freund zu lassen. Aber das würde Feline nicht mehr heute Abend klären. Wie wunderbar es war, nicht den Essen-Urin-Desinfektionsmittel-Gestank des Krankenhauses riechen zu müssen, sondern Simons vertrauten Geruch wahrzunehmen, auch wenn er sich mit dem Duft des neuen Deos mischte.

»Schön, dass du wieder bei mir bist«, flüsterte Simon. Feline betrachtete seine vertrauten Gesichtszüge, seine strubbeligen rotstichigen Haare. Er küsste sie zärtlich, dann schob er ihr Nachthemd hoch und streichelte erst ihren Bauch und dann ihre Schenkel.

»Nicht.« Feline nahm Simons Hand und verbannte sie aus dem Gebiet, in das sie soeben vorgedrungen war.

»Was ist denn?«

»Ich will nicht.« Feline lauschte ihren eigenen Worten, die sich abwehrend vor Simon aufbauten. Ihre Fratze, die Akne, Anja – sie konnte jetzt nicht einfach mit Simon schlafen, als sei alles normal.

»Ja, aber warum denn nicht? Wir haben schon so lange nicht mehr.« Simons Enttäuschung breitete sich im Schlafzimmer aus und legte sich schwer auf ihre Bettdecken.

»Ich bin gelähmt«, sagte Feline leise ins Dunkel hinein.

»Ja, aber doch nicht da unten.« Simons Stimme klang verständnislos.

»Trotzdem.«

»Was, trotzdem?«

»Mann, ich bin schief und voll von dieser Akne!« Felines Stimme verhallte vorwurfsvoll in der Dunkelheit. Sie schwiegen.

»Aber das stört mich nicht«, sagte er sanft. »Ich liebe dich doch.«

Das sagst du jetzt so leichtfertig dahin, dachte Feline, und was ist mit Anja? Sie müsste ihn jetzt darauf ansprechen, aber wenn er ihren Verdacht bestätigte, hätte sie keine Kraft für den morgigen Tag. Und wenn ihre Eifersucht unbegründet war, wäre er verletzt. Außerdem fand sie, dass sie mit der Lähmung und der Akne auch so genug Gründe gegen Sex hatte. Sie kuschelte sich an Simon.

»Ich will aber nicht, dass du mich dabei so siehst.«

»Aber es ist doch dunkel. Da sehe ich dich doch sowieso nicht richtig.«

Feline seufzte. »Du willst es nicht verstehen.«

»Was?«

»Geht es vielleicht auch darum, dass ich mich dabei wohlfühle?«

»Ja schon, aber ...«

»Was, aber?«

Simon druckste herum. »Heißt das jetzt, ich meine, dass, wenn die Lähmung noch mehrere Monate ...«

»Das heißt gar nichts.« Feline drehte sich um und nahm dabei ihre Bettdecke mit, sodass sie Simon entblößte, der sich klagend unter seine eigene, kalte Bettdecke verzog.

Feline versuchte, die Augen zu schließen und zu schlafen. Plötzlich sprang sie aus dem Bett.

»Was ist denn los?«, fragte Simon.

»Ich hab das Bullauge vergessen.« Feline lief ins Badezimmer. Die Schwester hatte ihr extra für die erste Nacht einen Uhrglasverband und Augensalbe mitgegeben. Als sie zurück ins Schlafzimmer kam, wie ein Pirat das eine Auge verdeckt, knipste sie verschämt das Licht aus und legte sich unter ihre Decke. Simon streichelte vorsichtig ihre gelähmte Gesichtshälfte. Feline sah seine Umrisse dunkelverschwommen durch das Bullauge.

»Findest du mich so immer noch begehrenswert?«, wollte sie Simon fragen. Ihre Stimme wäre dabei verächtlich gewesen und sie hätte Simon ausgelacht, wenn er bejaht hätte, aber sie schluckte die Frage hinunter und war sich sicher, dass die unausgesprochen in ihrem Bauch am besten aufgehoben war.

Tag 13

Am Donnerstagmorgen wappnete Feline sich für ihren ersten Gang in die Öffentlichkeit. Sie versuchte, die geröteten Hinterlassenschaften des Bullauges und ihre Cortison-Akne mit Make-up zu überdecken, was ihr immerhin einigermaßen gelang. Ihr Auge tränte und sie ärgerte sich, dass sie nicht wenigstens ihre hellen Wimpern tuschen konnte, aber das war ja leider an einem Auge, das nicht mehr schloss, verboten. Anschließend probierte sie, wie sie ihr Gesicht und ihren Kopf am besten vor dem Wind draußen schützen konnte. Sie wickelte sich einen Schal wie ein Kopftuch um, fand diese winterliche Aufmachung jedoch im Frühling reichlich lachhaft. Sie nahm ein Halstuch, band es sich um den Kopf und machte am Hals einen Knoten. Wie aus einem Grimmschen Märchen entsprungen blickte die Fratze ihr entgegen.

Schließlich wählte Feline den schlichtesten Tuch-schal, den sie fand, legte ihn sich um den Kopf, kreuzte die Tuchenden unterm Kinn und band im Nacken einen Knoten. Dazu setzte sie ihre Sonnen-brille auf und als sie in den Spiegel sah, erinnerte sie ihr Anblick an eine cabriofahrende Frau aus einem 50er-Jahre-Film. So würde es gehen, über-legte sie. Dieses Outfit entstellte sie noch am we-nigsten von allen.

Bereits im Treppenhaus hoffte Feline inständig, ihren Nachbarn nicht zu begegnen. Sie hielt die Luft an, während sie die Treppe hinunterlief und versuchte, das alte Holz unter den modernisierten Treppenstufen möglichst wenig zum Knarzen zu bringen.

Erleichtert, die Neugier ihrer Nachbarn nicht ge-weckt zu haben, ging sie hinaus auf die Straße. Es waren nicht viele Menschen zu sehen und Feline erblickte niemanden, den sie kannte. Ihren Mini Cooper hatte sie zwei Wochen zuvor in einer Parklücke etwa 50 Meter entfernt abgestellt. Er stand immer noch da, schick und vertraut.

Feline beschleunigte ihren Schritt, sah nicht nach rechts und nach links. Sie wollte weder den Mann, der mit seinem Rauhaardackel spazieren ging, ansehen, noch die Frau, die ihr Altglas zum Container brachte. Der Wind war stark und blies unangenehm unter die Gläser ihrer Sonnenbrille. Feline versuchte, den Wind zu ignorieren. Sie dachte nur an ihren Mini, an die paar Meter, die sie noch zurücklegen musste und als sie ihr Auto aufschloss, sich hineinsetzte und den vertrauten Geruch nach Ledersitzen wahrnahm, fühlte sie sich sehr erleichtert. Sie nahm ihre Sonnenbrille ab und startete den Wagen.

Feline fluchte, dass Justus seine Praxis ausgerechnet in dem wahrscheinlich parkplatzärmsten Teil der Innenstadt haben musste. Der Weg, den sie vom Parkplatz bis zu seiner Praxis zurückzulegen hatte, schien ihr eine Zumutung. Auf dem breiten Bürgersteig kamen ihr viele Menschen entgegen. Sie versuchte, gerade zu gucken und keine Miene zu verziehen, um ihre Fratze vor den Damen zu verbergen, die ihr mit perfekten Masken Richtung Königsallee entgegenstöckelten. Sie fand sich selbst gemein, so zu denken, schließlich hatte sie mit Laura zusammen schon einige Kö-Videos gedreht, hatte selbst hohe Schuhe getragen und war geschminkt gewesen.

Aber je perfekter die entgegenkommenden Damen waren, desto mehr gaben sie ihr selbst das Gefühl der Unzulänglichkeit.

Am liebsten wäre Feline im Erdboden verschwunden. Im Boden unter dem sauberen Bürgersteig, über den die Damen mit ihren edlen Handtaschen stöckelten. Ihre Schuhe klangen auf dem Pflaster, hallten in Felines Ohren – sicher hatten sie die auf der Kö gekauft. Nun begannen sie ihren Morgen bei der Kosmetikerin ihres Vertrauens, sie würden sich dort einen Cappuccino mit wenig Zucker servieren lassen, auf das Schokoplätzchen, dessen Überzug langsam neben der heißen Cappuccinotasse schmelzen würde, verzichten, sich dann ein paar Falten wegradieren oder ihre Augenbrauen zupfen lassen, um sich schließlich mit perfektem Gesicht von den immer lächelnden Verkäuferinnen der Modegeschäfte auf der Kö ein Kostüm nach dem anderen präsentieren zu lassen.

Feline verstand sich selbst nicht. Warum fühlte sie sich plötzlich so klein, so minderwertig?

Sie, deren hohe Schuhe schließlich auch auf dem Bürgersteig klackten, die ordentliche Kleidung trug, einen wunderbaren Beruf hatte und auf deren schiefes Gesicht die meisten Entgegenkommenden in ihrer Eile wahrscheinlich gar nicht achteten. Bis auf die Fratze, die sie immerhin fast zur Hälfte unter ihrer Sonnenbrille verbergen konnte, war doch alles wie immer. Trotzdem hatte Feline das Gefühl, dass überhaupt nichts wie sonst war. Plötzlich bäumte sich in ihr die Befürchtung auf, dass diese Stadt zu schick für sie sei. Zu schick, zu perfekt, zu gerade.

Sie, Feline, passte nicht hierher, nicht mit dieser Fratze.

»Gut, dass du gleich gekommen bist«, sagte Justus und blickte Feline freundlich durch seine auffällige schwarz umrandete Brille an. Sie fand, dass die Brillengläser aussahen wie Fensterglas. Vielleicht brauchte Justus gar keine Brille und trug sie nur aus Imagegründen oder weil man ihm den Doktortitel dadurch eher abnahm. Anderseits gehörte Justus auch zu den Leuten, die ohne Brille nicht unbedingt attraktiver ausgesehen hätten. Seine Gesichtszüge waren nicht sonderlich markant und so verlieh die Brille seinem Gesicht einen willkommenen Akzent.

Er besah sich durch die Gläser, die vielleicht keine Stärke hatten, die Fratze. Dann nahm er seinen Rezeptblock, verschrieb Krankengymnastik, Salbe, Tropfen, Tabletten und Ampullen. »Das meiste davon ist homöopathisch, vielleicht beschleunigt es ja den Heilungsprozess. Außerdem würde ich es gerne mit Akupunktur versuchen. Am besten kommst du jetzt jeden Tag.«

Feline nickte schwach. Ihr war alles recht, solange sie nur die Fratze loswerden würde. Justus stach ihr drei Nadeln ins rechte Ohr. Das Stechen tat weh, fand sie, aber anschließend war es entspannend.

»Wie lange soll ich dich krankschreiben?«, fragte Justus.

»Gar nicht. Ich fahr gleich in die Agentur.«

»Du willst wirklich schon?«

»Ja.« Nach dem Gang vom Parkplatz zur Praxis, der ihr erschienen war wie ein Spießrutenlauf, war Feline sich zwar nicht mehr ganz so sicher, aber was hatte sie für eine Wahl? Sie konnte zu Hause herumhängen und warten, dass die Lähmung wegginge, oder sie könnte ihr Leben weiterleben.

»Aber du solltest schon Arzttermine und Krankengymnastik einplanen.«

»Das kann ich ja morgens und abends machen.«

»Wenn du das meinst. Ich werde dir vorsichtshalber einen Wisch schreiben für deinen Chef, dass
du täglich Arzttermine wahrnehmen musst.«

»Von mir aus.« Feline sah Justus genervt an. Hoffentlich würden wenigstens diese dummen Nadeln
helfen. Justus ließ sie eine Weile alleine mit den
Nadeln im Ohr und Feline lag da und fand die
Warterei schrecklich.

Als Justus wiederkam und ihr die Nadeln entfern-
te, tränte ihr rechtes Auge. Er begutachtete es mit
kritischem Blick.

»Du solltest die nächsten Wochen aufpassen. Zugluft und Räume, in denen stark geraucht wird,
solltest du wegen deines Auges meiden. Auch
Fahrtwind, zum Beispiel beim Fahrradfahren, ist
nicht gut.«

Sie fuhr von der Liege hoch. »Inlineskaten auch
nicht?«

Justus räumte seine Nadeln in eine Schale auf
dem Waschbecken. »Ich kann dir nichts verbieten.
Aber ein Auge, das sich nicht schließen kann, ist
nun mal sehr empfindlich. Du solltest vorsichtig
sein.«

Feline nickte wie automatisch und Justus gab ihr
die Hand.

»Komm einfach morgen früh herein. Du brauchst
keinen Termin, wir planen dich jetzt jeden Tag
ein.«

Nachdem sie die Apotheke neben Justus' Praxis bereichert, die Blicke der PTAs ertragen und den Gang durch die Massen der lächelnden Menschen überlebt hatte, war Feline froh, wieder im Auto zu sitzen.

Gerade wollte sie starten, da klingelte ihr Handy. Sie sah auf das Display – es war ihre Mutter. Feline meldete sich.

»Ja, Kind, warum sagst du mir denn nicht, dass du entlassen bist, ich stehe in der Klinik, du bist nicht mehr da und ich kriege einen riesigen Schreck. Jetzt habe ich den ganzen Weg zum Krankenhaus umsonst gemacht. Du hast mich gar nicht angerufen, dabei haben die gesagt, dass du schon seit gestern entlassen bist und da hättest du doch mal an deine Mutter denken können, ich mache mir doch auch Sorgen ...«

Feline seufzte. »Ja, tut mir leid. Ich habe vergessen, dir Bescheid zu sagen.«

»Tut dir leid, tut dir leid ... Dann mach wenigstens mal die Tür auf, ich stehe nämlich hier und die Klingel geht anscheinend nicht.«

»Doch, Mama, die Klingel geht, aber ich bin nicht zu Hause, ich war grad beim Arzt.«

»Ja, dann beeil dich, ich warte hier.«

Feline holte tief Luft. Musste sie sich mit ihren sechsundzwanzig Jahren von ihrer Mutter zur Eile auffordern lassen? Sich diese Vorwürfe anhören? Feline versuchte, mit ruhiger Stimme zu sprechen.

»Ich fahre jetzt nicht nach Hause. Ich bin auf dem Weg in die Agentur und komme erst heute Abend wieder.«

Stille am anderen Ende. Dann Entsetzen. »Du willst arbeiten? Ja, ist die Lähmung denn schon besser geworden? Ist sie doch bestimmt nicht. Das ist doch langwierig, so was, da kannst du doch nicht sofort wieder arbeiten. Hat der Arzt dich denn nicht krankgeschrieben?«

»Nein, hat er nicht«, sagte Feline mit gespielter Ruhe.

»Kind, ich finde es ja gut, dass du schnell wieder arbeiten willst, bevor du auch noch deinen Job verlierst, aber bis zum Wochenende könntest du dich doch wenigstens noch ausruhen.«

»Nein, Mama, das geht leider nicht, Fruitsun wartet. Und ich muss jetzt wirklich los, sonst komme ich zu spät in die Agentur.«

»Du bist immer so überfleißig. Aber da kommst du wohl nach mir, ich habe mir auch nie eine Pause gegönnt.«

»Ja, ja, Mama. Ich muss jetzt wirklich. Tschüss!«

Sie drückte ihre Mutter weg, startete den Wagen und kämpfte sich durch das morgendliche Chaos auf den Straßen. Feline fand das Autofahren anstrengender als sonst, zumal sie auf dem rechten Auge teilweise unscharf sah.

Aber sie versuchte all das Negative, das mit ihrer Lähmung zusammenhing, und die Gedanken um die Wirkung der Fratze auf andere beiseitezuschieben. Sie wollte positiver Dinge sein, wenn sie Hartbrich gegenüberträte.

Es war halb zehn, als Feline in die Agentur kam. Im Auto hatte sie Brille und Kopftuch abgenommen, wenngleich sie sich am liebsten einen Müllsack übergestülpt hätte, um unerkannt über die Flure bis zur Fruchthöhle zu laufen. Feline hatte keine Ahnung, wo ihr sonst recht gesundes Selbstbewusstsein abgeblieben war; wahrscheinlich hatte die Fratze es verjagt, denn sie kannte sich so gar nicht. Unsicherheit war ihr normalerweise fremd. Zumindest in dieser Größenordnung.

Sie war erleichtert, als sie sah, dass die Empfangsdame nicht an ihrem Platz saß. Sie versuchte, möglichst gerade auszusehen und lief den langen Flur entlang, direkt Beate in die Arme.

»Mensch, schön, dass du wieder da bist! Wann bist du denn rausgekommen?«

»Gestern.«

»Und dann heute schon in der Agentur? Du bist echt krass.«

Beate grinste, klopfte ihr aufmunternd auf die Schulter, bevor sie weiterging, und Feline war froh, gleich zu Anfang Beate getroffen zu haben. Als sie anschließend den bekannten Geruch von Papier, Druckern und Kopierstaub wahrnahm, fühlte sie sich sofort besser.

Sie holte tief Luft und ging dann in die Fruchthöhle.

»Hallo, ich bin wieder da«, sagte sie etwas unsicher, so unsicher, dass sie sich über sich selbst ärgerte, denn schließlich war es *ihre* Fruchthöhle.

Sonja und Tamara blickten auf.

»Hallo«, sagte Tamara.

»Wie geht's dir?«, fragte Sonja. Beide starrten auf die Fratze. Sonja saß an Felines Schreibtisch, an

Felines Rechner, an Felines Telefon. Am liebsten hätte Feline sie auf der Stelle rausgeschmissen.

»Es geht schon, ich hoffe, dass es bald besser wird«, sagte Feline. Tamara und Sonja sahen ihr nicht in die Augen, ihr Blick hing an ihrem Mund, der sich beim Sprechen schief verzog.

Vielleicht sollte sie eine »Asymmetrische Vorstellung« ihrer Fratze für die gesamte Agentur geben, ganz groß im Konferenzraum, am besten mit Powerpoint-Präsentation, überlegte Feline. Danach hätten es alle gesehen und sie hätte vielleicht Ruhe.

»Ich denke mal, es gibt Wichtigeres als mein Gesicht.« Tamara und Sonja wandten pikiert ihren Blick ab. Feline drehte sich zu Sonja.

»Am besten machen wir gleich die Übergabe, dann kannst du wieder zu deinen Mobilfunkleuten rüber.«

Sonja sah sie erstaunt an. Sie drehte Felines Schreibtischstuhl abwechselnd ein Stückchen nach rechts und wieder nach links, ließ ihr Becken diese pendelnde Bewegung mitschwingen, während ihr Oberkörper weitgehend gerade blieb. Feline machten diese Bewegungen nervös.

»Herr Hartbrich hat gesagt, ich soll bis zur Präsentation des neuen Spots erst mal für Fruitsun arbeiten.«

»Was?« Feline sah Sonja ungläubig an. Das konnte nicht sein, Sonja musste sich verhört haben. Außerdem war sie wahrscheinlich die Einzige in der Agentur, die in Abwesenheit des Agenturchefs immer noch das Herr vor Hartbrich setzte.

»Ach, sicher denkt der Chef, dass ich noch länger ausfalle. Aber das werde ich ja jetzt nicht. Ich wollte sowieso gleich mit ihm sprechen.«

»Also, ich hab das so verstanden«, sagte Sonja.

Auf ihrem Schreibtisch lagen Hubba-Bubba-Kaugummis. Die passten zu Sonja, dachte Feline. Diese künstlich riechenden, bunten, ekeligen Freche-Mädchen-Kaugummis, die kein normaler Erwachsener, der bereits im Berufsleben stand, freiwillig kauen geschweige denn neben sich liegen haben wollte. Wahrscheinlich würde Sonja damit gleich eine riesengroße Blase machen, dann würde die Blase zerplatzen und im ganzen Büro, am Fruitsun-Baum, an der Kibascho-Banane, überall würden blassorange Kaugummifetzen hängen. Igitt! Feline schüttelte sich innerlich. Sie dachte gemeine Sachen – aber sie wollte doch nur endlich wieder in ihrer Fruchthöhle sitzen und an der Fruitsun-Kampagne arbeiten.

»Ich werde dann mal mit ihm sprechen.« Feline wandte sich zum Gehen, drehte sich vorm Verlassen der Fruchthöhle aber noch mal zu Sonja um. »Du kannst in der Zwischenzeit ja schon mal meinen Schreibtisch räumen.«

Als Feline vor Hartbrichs Bürotür stand, anklopfte und sein stumpfes »Herein« ertönte, wurde ihr etwas mulmig in der Magengegend. Sie legte ihre Hand auf die Türklinke, atmete tief durch und betrat das Büro. Hartbrich sah von seinem Schreibtisch auf.

»Ach, Frau Nebel, was machen Sie denn hier?«

Ich arbeite hier, dachte Feline, sagte aber: »Guten Morgen, ich bin wieder da.«

»Ja, das sehe ich.« Hartbrich lehnte sich in seinem Schreibtischsessel zurück und deutete mit einer unwirschen Geste auf den Stuhl vor seinem Schreibtisch. Sie setzte sich.

»Was hatten Sie noch mal? Irgendwas war mit dem Gesicht, oder?« Er sah Feline musternd an.

»Eine Gesichtslähmung. Ich kann die Muskulatur auf meiner rechten Gesichtshälfte nicht mehr bewegen. Es ist aber schon etwas besser geworden.« Am liebsten hätte sie Hartbrich an den Kopf geworfen, dass sie unter einer peripheren idiopathischen Fazialisparese leide, dann hätte er dagesessen und dumm geguckt.

»Aha«, sagte Hartbrich nur. Sonst nichts. Feline bedauerte es, dass der Schreibtisch zwischen ihnen stand, sonst hätte sie gucken können, ob Hartbrich wieder zwei verschiedene Socken trug. Wenn, hätte sie sich gleich besser gefühlt, das wäre nämlich ein Indiz dafür gewesen, dass Hartbrich auch nicht perfekt war.

»Also, ich wollte nur sagen, dass ich ab heute wieder arbeite. Ich habe zwar noch täglich Arzttermine und zur Krankengymnastik werde ich auch müssen, aber die lege ich mir morgens und abends, sodass sie meine Arbeit in der Agentur nicht beeinträchtigen werden.«

»Geht das wieder weg?«, fragte Hartbrich auf einmal.

»Wahrscheinlich ja. Aber das kann ein paar Wochen dauern.«

Hartbrich starrte sie an. Feline fand es unglaublich, wie jemand, der seine Kunden so um den Finger wickelte wie Hartbrich, zu seinen Mitarbeitern so stur sein konnte.

»Ich werde dann gleich mit der Sonja Rösler die Übergabe machen, damit sie wieder in ihre Abteilung kann.«

Hartbrich spielte mit einem silbernen Design-Kugelschreiber in seinen Händen. Feline fand, dass das dekadent aussah.

»Ich möchte, dass Frau Rösler und Sie zusammen die Fruitsun-Geschichte fertigstellen. Ich will sichergehen, dass wir den Fruitsun-Leuten terminerecht die Sachen liefern können.«

Feline war sprachlos. Sie und Sonja? Zusammen? Hartbrich hatte sie doch nicht mehr alle. Außerdem fiel ihr das erste Mal auf, was für eine bescheuerte Ausdrucksweise Hartbrich hatte.

»Fruitsun-Geschichte« – sie wettete, dass Hartbrich nie Bücher las außer irgendwelche Marketing-Schinken und gar keine Ahnung hatte, was Geschichten waren. Und »Sachen liefern« – sie waren doch kein Transportunternehmen.

»Noch etwas?«

Hartbrich riss Feline aus ihren Gedanken. Sie hatte ganz vergessen, Einspruch zu erheben.

»Ich bin mir sicher, dass ich auch alleine termingerecht fertig würde. Ich meine, Frau Rösler wird doch sicher auch wieder in ihrer Abteilung gebraucht.«

»Nein«, sagte Hartbrich nur. Er sagte einfach nur nein und das war alles.

»Herr Hartbbbbbrich...« Feline erschrak. Warum mussten sich die Buchstaben ausgerechnet jetzt und bei dem Namen ihres Chefs in ihrem Mund verhaken? Hartbrich sah sie entsetzt und ein bisschen mitleidig an.

»Ich habe Sie bisher als teamfähigen Menschen kennengelernt und ich will doch hoffen, dass Sie diese Eigenschaft durch das da«, Hartbrich zeigte mit seinem Design-Kugelschreiber auf ihre Fratze, »nicht eingebüßt haben, oder?«

»Natürlich nicht«, sagte sie beherrscht, aber eigentlich war sie tief getroffen. Dass sie mit der Lähmung keine Youtube-Videos machen konnte, war klar, aber sie hatte doch nichts von ihren grafischen Fähigkeiten verloren!

Als Feline aufgelöst über den Flur der Agentur lief, überlegte sie einen Moment, ob sie sich bei Beate ausheulen und ihr von dem Gespräch mit Hartbrich erzählen sollte. Dann aber besann sie sich darauf, dass sie vor ihren Kollegen keine Schwäche zeigen wollte, und ging in die Fruchthöhle. Und ob sie teamfähig war!

Sie warf Sonja ein schiefes Lächeln zu. »Hartbrich hat vorgeschlagen, dass wir gemeinsam an dem Fruitsun-Projekt arbeiten. Ich finde die Idee gar nicht mal schlecht, vielleicht werden wir drei ja ein gutes Team abgeben.«

Feline fiel es schwer, daran zu glauben, aber sie musste jetzt das Beste aus der Situation machen.

»Ich schlage vor, dass Sonja sich an Tamaras Schreibtisch setzt, für Tamara holen wir einen

Tisch von nebenan und dann erzählt ihr mir, wie weit ihr bisher gekommen seid.«

Sonja und Tamara warfen sich Blicke zu, räumten aber bereitwillig ihre Plätze und Feline holte mit Tamara einen Tisch von nebenan. Aldi-Marmelade, dachte Feline, aber dann entsann sie sich ihres Fratzengesichts und hätte gerne einen Aldi-Marmeladen-Namen gegen die hässliche Fratze eingetauscht.

Als sie mit dem Tisch ins Büro kamen, saß Sonja schon neben Sandras Postkarte. »Ein Lächeln ist ein Geschenk, welches sich jeder leisten kann.« So ein blöder Spruch! Feline beschloss, die Postkarte in einem unbemerkten Moment zu entfernen.

Der Arbeitsstand, den Sonja und Tamara ihr präsentierten, war erstaunlich gut. Dafür, dass beide zuvor nicht mit Fruitsun vertraut gewesen waren, waren sie wirklich schon weit gekommen. Sie würden das zusammen hinkriegen. Trotzdem fand sie, dass Sonja und Tamara auch verstehen mussten, dass Fruitsun ihr Baby war, das sie nur ungern in fremde Hände gab.

Als sie später im Auto saß, kehrte ein bekanntes unangenehmes Gefühl in ihren Magen zurück. Das Gefühl, das sie immer gehabt hatte, als der Sofa-Simon sie noch jeden Abend erwartet hatte. Den Sofa-Simon gab es nicht mehr.

Aber jetzt gab es eine Anja, die auf ihren Magen drückte. Eine Anja, mit der Simon heute wieder den ganzen Tag zusammen im Büro gesessen hatte, mit der er vielleicht sogar in der Mittagspause im Bistro gewesen war. Feline versuchte tief durchzuatmen.

Ihr morgendliches Gefühl beim Gang durch die Fußgängerzone, das Gespräch mit Hartbrich, jetzt wieder die Eifersucht, die in ihr aufkeimte – irgendwie war das gerade alles zu viel.

»Vergiss Hartbrich«, sagte Simon am Abend.

»Aber er ist ein Arsch.« Feline sah Simon patzig an.

»Das glaube ich dir ja, aber du kannst doch nichts dran ändern.«

»Hast ja recht. Es ist nur – zuerst hab ich mich fast mit meiner Mutter gezofft, dann mit Hartbrich und schließlich noch beinahe mit Sonja und Tamara. Das war alles etwas viel heute.«

Simon nahm sie in den Arm. »Ist schon in Ordnung.«

Feline schmiegte sich an ihn. »Und wie war es bei dir?«

»Das Projekt macht Spaß. Und in der Mittagspause waren wir wieder in dem kleinen Bistro.«

Wir. Wer war wir? Feline spürte, wie es gegen ihren Magen drückte. Simon hatte schon wieder mit Anja seine Mittagspause verbracht. Sie stellte sich eine hübsche junge Frau ohne Fratze vor und einen flirtenden Simon. Bei dem Gedanken, dass Simon in letzter Zeit richtig schick angezogen gewesen war, musste sie schlucken. Anja fand ihn bestimmt attraktiv, sie wusste schließlich nicht, dass er lange ein Sofa-Simon gewesen war.

Felines Gedanken kreisten, doch wie sollte sie Simon darauf ansprechen?

»Ach ja, und wir haben eine Einladung für über-
nächstes Wochenende«, sagte Simon beiläufig.

»Von wem?«

»Von Anja.«

Feline stockte der Atem. Simon konnte doch nicht
erwarten, dass sie mit ihm zusammen zu dieser
Anja ...

»Sie und Gina geben eine Party.«

»Wer ist Gina?«

»Habe ich dir das noch nicht erzählt? Anjas Ver-
lobte. Die habe ich schon kurz kennengelernt, als
sie Anja abgeholt hat. Raucht wie ein Schlot und
sieht auch so aus.«

Es dauerte eine Weile, bis Feline begriff, dass ihre
Eifersucht offensichtlich unbegründet war. Dass
eine Anja, die mit einer Gina verlobt war, vermutlich wenig Interesse an einem Simon haben würde.
Dass sie sich an vermeintlichen Beweisen festgehalten hatte, die keine waren. Dass offensichtlich
nicht nur ihr Gesicht, sondern auch ihr Vertrauen
gelähmt war.

Plötzlich merkte sie, dass Tränen ihre Fratze be-
netzten. Sie liebte Simon doch, wie hatte sie ihn so
verdächtigen können?

»Hey, was ist denn los?« Simon nahm sie in den
Arm und fragte sanft: »Alles etwas viel für den ersten Tag?«

Sie nickte und kuschelte sich an Simon. »Danke,
dass du immer zu mir hältst, auch wenn ich schief
bin.«

»Das ist doch selbstverständlich.« Er blickte Feline
in die Augen. »Ist alles in Ordnung mit dir?«

Sie nickte. Ja, Simon war bei ihr und nicht bei Anja – es war alles in Ordnung. »Ich weiß nur noch gar nicht, ob mir nach Party ist.«

»Das musst du ja auch jetzt noch nicht entscheiden.«

Feline stellte sich vor, wie sie als Partybelustigung Grimassen schnitt. Ein schiefer Clown als Mittelpunkt der Party oder vielleicht einfach nur eine, die Mitleid erregte mit ihrer Asymmetrie. Plötzlich erschrak sie.

»Ich hab heute gar keine Gesichtsgymnastik gemacht, fällt mir grad auf. Ich bin gar nicht dazu gekommen.«

Simon sah sie besorgt an. »Tu mir einen Gefallen. Von mir aus arbeite, wenn du das brauchst, aber lass dafür die Arzttermine und die Übungen nicht schludern, okay?«

Feline nickte, stand auf, holte ihren Handspiegel und setzte sich zurück aufs Sofa. Sie machte ihre Grimassen.

»Simon, guck mal. Meinst du, die Akupunktur hat schon etwas geholfen?«

Er sah sich die Fratze an. »Ich weiß nicht, vielleicht bist du nicht mehr ganz so schief wie gestern Abend. Vielleicht bilden wir uns das aber auch nur ein.«

Sie legte den Spiegel beiseite. »Ich hoffe so sehr, dass das mit der Akupunktur hilft.«

»Das hoffe ich auch«, sagte Simon, nahm ihre Hand und drückte sie sanft.

5.
Warten
auf Regung

»Leben ist kein Stillleben.«
Oskar Kokoschka

Alltag und Party

Die Tage vergingen, die Lähmung blieb. Immerhin wurde Felines Bauch langsam wieder flacher, ihr Gesicht wurde wieder schmaler und sie fühlte sich nicht mehr so aufgebläht, nachdem das Cortison abgesetzt war.

Das erste Wochenende verbrachte sie zu Hause. Laura kam vorbei, gemeinsam überlegten sie, wie man aus den Freundinnen-Skizzen Videos machen könnte. Simon bemühte sich, seine Freundin von ihrem nicht vorhandenen Lächeln abzulenken.

Feline war müde und schlapp von ihren ersten beiden Arbeitstagen, sie fühlte sich matt, aber das durfte sie niemandem zeigen. Die Zusammenarbeit mit Sonja gestaltete sich schwierig, sie drängte sich mit einer Wucht in die Fruitsun-Angelegenheiten und wusste alles besser, dass Feline sich ständig beherrschen musste, nicht aus der Haut zu fahren.

Manchmal fiel es ihr schwer, sich zu konzentrieren. Beim Lesen oder am Computer sah sie nach einiger Zeit mit dem rechten Auge immer alles verschwommen, aber das versuchte sie vor Sonja und Tamara zu verbergen.

Nachts schlief Feline unruhig und hatte mitunter seltsame Albträume. Oft tauchte ihre Fratze darin auf. Sie tauchte auf und blieb. Blieb hartnäckig und machte ihr das Leben zur Hölle. Sie stotterte vor den Kollegen aus der Agentur oder vor den Fruitsun-Leuten, alle starrten ihr schiefes Gesicht an und manchmal fiel ihr das ganze Essen wieder aus dem Mund.

Nach diesen Träumen wachte sie schweißgebadet auf. An anderen Tagen träumte sie von ihrem alten Lächeln. Alles war so wie früher und nichts an ihr war schief. Dann wachte sie auf und war enttäuscht, wenn sie beim Zähneputzen doch wieder in die Fratze blickte.

Jeden Morgen ging Feline nun in Justus' Praxis und jedes Mal stach Justus ihr eine Nadel mehr ins Ohr. Die Akupunktur empfand sie schon lange nicht mehr als entspannend, sondern lästig. Sie hasste es, still in der Praxis herumliegen zu müssen und auf Erlösung zu warten.

»Dass Cortison hilft, ist genauso wenig bewiesen wie die Wirksamkeit von Akupunktur, nur dass Akupunktur nicht schadet«, sagte Justus.

Bei einer Behandlung stach er Feline drei Nadeln ins rechte und zwei ins linke Ohr. Als er später die Nadel aus dem Fazialispunkt im rechten Ohr zog, blutete es stark. Justus war davon total begeistert. Er meinte, das sei ein gutes Zeichen. Feline wünschte sich, dass er recht hätte.

Die neue Physiotherapeutin war nett. Sie machte mit ihr Übungen zur Regenerierung der Muskulatur und massierte anschließend verschiedene Druckpunkte an Kopf und Ohr, was Feline als sehr entspannend empfand.

Unter der Haut ihrer rechten Gesichtshälfte saß seit ein paar Tagen ein Schmerz, der sich, sobald man ihre Haut etwas fester berührte, bemerkbar machte. Feline nahm all diese Dinge als Zeichen der Hoffnung, hielt sich an ihnen fest und gab sich Mühe, zuversichtlich zu sein.

Das war nicht immer einfach. Als sie Justus eines Morgens auf ihre Mattheit ansprach, mutmaßte er, dass das am plötzlichen Cortison-Entzug liegen könne. Justus war der Ansicht, dass die Ärzte im Krankenhaus das Cortison überdosiert hätten. Sie hätten Feline für Zuhause noch Cortison-Tabletten mitgeben müssen, damit ihr Körper langsam entwöhnt würde. Durch den plötzlichen Abbruch habe Feline jedoch nun Entzugserscheinungen, die sich in Müdigkeit, Schlappheit und Konzentrationsschwäche zeigen könnten. Diese Symptome könnten noch vier bis sechs Wochen andauern, meinte Justus. Außerdem sei sie in dieser Zeit anfällig für Krankheiten.

Feline war fertig. Vier bis sechs Wochen – das hieß, dass sie während der gesamten Fertigstellung der Fruitsun-Kampagne möglicherweise beeinträchtigt war. Sie durfte gar nicht daran denken. Ihre größte Sorge war, dass ihre Unkonzentriertheit oder ihre zeitweiligen Sehstörungen in der Agentur auffallen könnten und Hartbrich ihre Kompetenz in Frage stellte.

Die Tage waren gefüllt mit den Arztterminen, der Arbeit in der Agentur, der Krankengymnastik. Abends zeichnete sie manchmal noch für die Videos, die Laura schnitt. Das erste Skizzen-Video war bei den Followern gut angekommen, nun musste sie liefern. Zum Essen brauchte Feline doppelt so lange wie früher, zwischendurch zwang sie sich zum Grimassenschneiden und nachts fiel sie todmüde ins Bett. Simon versuchte alles, um Feline zu helfen, suchte nach neuen Erkenntnissen und bereitete ihr entspannende Abende, aber auch er konnte ihr das Lächeln nicht zurückbringen.

Feline hätte Simons abendliche Umsorgungen nicht unbedingt gebraucht, sie war schon froh, dass Simon wieder arbeitete und nicht so war wie vor ihrer Lähmung.

Die Mutter meldete sich regelmäßig und nahm Anteil an Felines Sorgen. Der Vater hatte auf ihre Nachricht, dass sie entlassen sei, nur mit einem kurzen »Dann weiter gute Besserung!« reagiert.

Einmal hatte sie seit ihrem Krankenhausaufenthalt mit Franziska telefoniert. Franziska hatte sich nach ihrer Entlassung bei einem Neurologen vorgestellt. Er hatte ihr Bullaugen und Salbe verschrieben, doch ein Rezept für Krankengymnastik bekam sie nicht. Der Arzt war der Meinung, dass sie die Übungen auch alleine zu Hause machen könne. Auch Franziska hatte manchmal Schwierigkeiten mit dem Sehen auf der gelähmten Seite und sie meinte, dass sie sich die Bestellungen der Restaurantgäste nicht so gut merken könne wie sonst. Weil ihr Auge zudem in der zugigen Gaststättenluft ständig tränte und sie sich mit ihrer Asymmetrie vor den Gästen nicht wohlfühlte, hatte sie mit ihrem Chef gesprochen und arbeitete nun vorläufig in der Küche.

Eine Woche nach ihrer Entlassung fuhr Feline abends ins Krankenhaus, um Dolly zu überraschen. Sie hatten sich in den Tagen zuvor kurze Nachrichten hin- und hergeschickt und sich so gegenseitig auf dem Laufenden gehalten.

Als Feline das Krankenhausfoyer betrat, fühlte sich das ein bisschen an wie Nach-Hause-Kommen. Sie war regelrecht erleichtert, auf den Fluren anderen Kranken zu begegnen und nicht einer Außenwelt, mit der ihre Fratze einfach nicht kompatibel war.

Dolly freute sich riesig, sprang vom Bett und fiel Feline in die Arme. Ihre ältere Bettnachbarin blickte pikiert zu den beiden herüber und stellte den Fernseher lauter. Dolly grinste. »Lass uns ins Foyer gehen, okay?«

Ein paar Minuten später steuerten sie unten im Foyer auf das Café zu, als Feline abrupt stoppte und auf einen der Tische starrte.

»Warte, wir können nicht ins Café, lass uns umkehren.«

»Hä? Was ist denn los?« Dolly sah sie irritiert an.

Feline warf nochmal einen Blick auf den Cafétisch. Zum Glück hatte er sie nicht entdeckt, war offensichtlich viel zu sehr damit beschäftigt, die alte Frau im Rollstuhl zu füttern.

»Erzähle ich dir gleich. Lass uns bitte aus dem Foyer verschwinden und in den Aufenthaltsraum der Station gehen, okay?«

Dort angekommen ließ Feline sich auf einen Stuhl fallen. Der Aufenthaltsraum war leer, hier würden sie ihre Ruhe haben, wenn auch leider nichts zu trinken oder zu essen.

Dolly setzte sich ebenfalls. »Kannst du mir jetzt mal bitte sagen, was los ist?«

Feline atmete tief ein und aus. »Ja, sorry. Da unten war Hartbrich, mein Chef aus der Agentur. Und ich möchte dem hier nicht begegnen. Der nimmt mich sowieso schon nicht mehr für voll, ich darf nicht mehr alleine an meinen Projekten arbeiten, sondern bekomme eine Kollegin zur Seite gestellt. Wenn der mich hier sieht, dann hält er mich für noch kränker.«

»War das der, der die alte Frau im Rollstuhl gefüttert hat?«

»Ja, genau. Eigentlich rührend. So was hätte ich ihm gar nicht zugetraut, in der Agentur erfüllt er jedes Klischee eines Werbechefs. Vielleicht war das seine Mutter.«

Dolly zog die Augenbrauen hoch. »Du hättest ihn ja fragen können.«

»Bloß nicht. Aber sag du: Wie geht es dir? Was ist mit der Alten auf deinem Zimmer?«

Wie sich die eisblauen Augen verdrehten, sagte eigentlich schon alles. »Die Alte ist anstrengend, die hat am Anfang wirklich auf dem Klo geraucht, aber da habe ich mich beschwert. Die behandelt mich wie ein kleines Kind, weiß alles besser und reden kann man mit der auch nicht – die interessiert sich nur für sich selbst. Ich bin echt froh, dass ich übermorgen entlassen werde.«

»Oh super, du wirst entlassen?«

»Ja, meine Eltern und die Ärzte haben jetzt alles so organisiert, dass es dann ambulant weitergehen kann. Und dann komme ich hier endlich raus.«

Über Dollys Gesicht huschte Erleichterung. »Wie haben denn bei dir die Leute auf die Lähmung reagiert?«

Feline zuckte mit den Schultern. »Sie starren natürlich erst mal. Deshalb versuche ich auch, so wenig wie möglich unter Menschen zu gehen, mir ist das einfach unangenehm.«

»Die MS sieht man wenigstens nicht. Ich habe trotzdem Angst vor den Reaktionen. Aber die Ärzte sagen, dass ich ganz viel Unterstützung bekomme und lernen werde, damit zu leben.«

»Das wirst du ganz sicher.« Felines Blick tastete die kahlen Wände des Aufenthaltsraumes ab und sie stellte sich vor, diese mit Zeichnungen zu schmücken. Mit Bildern, die Mut machten. »Hat deine Mutter sich denn wieder eingekriegt?«

»Momentan stürzt sie sich darauf, für mich die besten Behandlungen zu organisieren. Aber ich glaube, in ihr brodelt es. Das wird noch anstrengend ...«

»Wenn dir das zu viel wird mit der Bemutterung, kommst du mich einfach mal besuchen, okay? Dann bemuttere ich dich.« Feline grinste schief. »Ich hab dir übrigens noch etwas mitgebracht.«

Sie griff in ihre Tasche und reichte Dolly ein kleines flaches Geschenk. Die öffnete es und hielt einen Bilderrahmen in den Händen mit einem Bild, das Feline am Wochenende gezeichnet hatte: Es zeigte ein braunes Schaf mit eisblauen Augen und darüber stand »Mäh, ich rocke das!«.

»Hast du das extra für mich gemalt? Das ist ja süß, danke!«

Feline nickte. »Das soll dich daran erinnern, dass du nie den Mut verlieren darfst.«

Dolly nahm Feline in den Arm. Dann blickte sie sie ernst an. »Hast du für dich selbst auch mal so ein Bild gemalt?«

Die Party von Anja und Gina war an einem Samstagabend.

»Bist du dir sicher, dass du deinen Kollegen eine schiefe Freundin präsentieren willst?«, hatte Feline mehrmals gefragt.

Simon hatte gelacht. »Wen soll ich denn sonst präsentieren? Ich habe nicht so viel Auswahl ...«

Feline zog sich ein kurzes Kleid an. Wenn sie schon nicht mit ihrem Gesicht punkten konnte, wollte sie wenigstens ihre schlanken Beine zeigen. Sie betrachtete sich im Spiegel.

Die Cortison-Akne im Gesicht war etwas zurückgegangen, die Fratze blickte ihr gehässig entgegen. Dass sie noch immer mit Bullauge schlief und jeden Morgen den Uhrglasverband von ihrem Gesicht riss, sah man ihrer Haut an. Feline bürstete ihre kurzen Haare.

Wie oft in den letzten Wochen hatte sie sich lange Haare gewünscht? Die hätte sie wie einen Vorhang vor ihre gelähmte Gesichtshälfte schieben können. Mit einer Kurzhaarfrisur ließ sich nichts verbergen oder kaschieren.

Sich nicht schminken zu können, fiel ihr immer noch schwer. Für sie hatte es immer dazugehört, die blonden Wimpern zu tuschen und die Augen zu betonen.

»Komm schon«, sagte Simon ungeduldig. »Du bist auch so schön.«

Als sie vor Anjas und Ginas Wohnungstür standen, überlegte Feline, ob sie bei der Begrüßung möglichst grade und ernst gucken oder lieber schief lächeln sollte. Beides verwirrte die Mitmenschen. Sie hatte jedoch keine Zeit, weiter darüber nachzudenken, weil sich die Tür öffnete und Simon eine kleine rothaarige Frau umarmte. Sie stellte sich kurz darauf als Anja vor. Feline wagte ein kurzes schiefes Lächeln. Simon schien Anja vorbereitet zu haben, denn ihr Blick verweilte nicht länger auf Felines Gesicht.

Sie wurden in die Wohnung geführt, im Wohnzimmer saßen schon mehrere Leute, einige rauchten. Gina war kräftig, trug ihre braunen Haare kurz und begrüßte sie mit Kippe im Mund.

Als Anja Simon und sie den anderen vorstellte und Feline »Hallo« sagte, spürte sie, wie die Blicke an ihrem Gesicht hängenblieben. Auch als Gina ihnen zu trinken anbot und sie in ein Gespräch verwickelte, bei dem Feline mehr als einsilbig antworten musste, merkte sie, dass die anderen Gäste abwechselnd neugierig in ihr Gesicht blickten und verschämt versuchten nicht auf die Fratze zu starren.

In der Agentur hatten die Kollegen sich inzwischen an die Fratze gewöhnt, aber hier wurde ihr wieder bewusst, wie unnormal sie aussah.

Dazu biss der Rauch in ihrem rechten Auge, das sie ja immer noch nicht schließen konnte.

Die meiste Zeit unterhielt Simon sich und Feline stand an ihrem Glas nippend dabei, in der Hoffnung möglichst wenig aufzufallen.

Immer mehr Gäste kamen und je voller es wurde, desto mehr fühlte Feline sich von den umstehenden Menschen geschützt und nicht mehr nur angestarrt.

Deshalb erschrak sie beinahe, als eine ältere Frau mit einem langen grauen Zopf sie ansprach.

»Das geht wieder weg«, sagte sie ruhig mit tiefer Stimme. »Und rückblickend ist das im Leben nicht mehr als ein kleiner Fliegenschiss, auch wenn man das in dem Moment als etwas sehr Großes empfindet.«

Feline sah sie fragend an. »Woher wissen Sie ...?«

Die Frau lachte ein wunderbar gerades Lächeln. »Ich hatte zweimal in meinem Leben eine Gesichtslähmung. Erst auf der einen Seite und danach, als das wieder einigermaßen in Ordnung war, war plötzlich die andere Seite gelähmt.«

»Das ist ja gruselig!«, entfuhr es Feline, die die Vorstellung schrecklich fand. »Mir reicht die eine Seite vollkommen.«

Sie setzten sich zusammen auf das Sofa und führten ihr Gespräch fort.

»Mein Name ist Mara«, sagte die Frau.

»Ich heiße Feline. Du bist die erste, die ich treffe, die schon mal eine Gesichtslähmung hatte.«

Mara nickte. »Bei mir ist das Jahrzehnte her, es hatte keinen Einfluss auf mein weiteres Leben. Nur als ich dich eben sah, war es plötzlich wieder präsent.«

»Und wie haben sie das damals behandelt?«

»Die Ärzte haben mir Zähne gezogen, weil sie überzeugt waren, dass diese auf den Nerv drückten. Und die Mandeln rausgenommen haben sie mir auch.«

Feline schluckte. »Zähne gezogen? Gesunde Zähne?«

Mara nickte.

Sie unterhielten sich lange und irgendwann sagte Mara: »So was kommt von alleine und geht von alleine. So denke ich heute. Bekäme ich das nochmal, würde ich mir eine Auszeit nehmen. Falls du auch mal eine brauchst, ich besitze eine kleine Hütte im Sauerland, nichts Besonderes, aber ich ziehe mich oft zum Arbeiten dorthin zurück.«

Felines Augen tränten, der Rauch bekam ihr nicht gut. Sie wischte mit dem Ärmel über ihr Gesicht. »Das ist total nett, aber ich habe gerade ein wichtiges Projekt in der Agentur, da bekomme ich nicht so leicht Urlaub.«

»Beißt der Rauch in den Augen? Daran kann ich mich auch noch erinnern. Ich gebe dir trotzdem mal meine Visitenkarte, falls du es dir anders überlegst.«

Sie reichte ihr ein kleines Pappkärtchen. »Mara Bing« stand dort, darunter »Autorin« und eine Adresse in Ratingen. »Sie sind Schriftstellerin?«, fragte Feline. Mara Bing nickte.

Als wolle es gegen die verrauchte Raumluft ankämpfen, tränte Felines Auge in einer Tour. Sie würde Simon bitten, dass sie nicht mehr allzu lange blieben.

»Was schreiben Sie?«

»Lyrik und Kurzprosa.« Mara Bing grinste. »Und garantiert nichts über Gesichtslähmungen. Wie gesagt, im Nachhinein betrachtet ist es nicht mehr als ein Fliegenschiss.«

Druck und Hoffnung

Knapp zwei Wochen waren seit der Entlassung vergangen, die Lähmung währte nun schon bald dreieinhalb Wochen und es waren noch keine merklichen Besserungen eingetreten. Feline kamen diese Wochen vor wie eine Ewigkeit. Als hätte jemand versucht, ein halbes Jahr in einen einzelnen Monat zu quetschen.

»Da hat sich aber noch nicht viel getan«, sagte Justus am Montagmorgen kritisch, als er Felines Fratze sah. »Ich hatte mir durch die Akupunktur etwas mehr erhofft.«

Feline sah Justus vorwurfs- und zugleich hoffnungsvoll an. »Und jetzt?«

Justus überlegte einen Moment. »Wir versuchen es zusätzlich zur Akupunktur mit Elektrotherapie. Vielleicht hilft das.«

Sie musste an Theda denken und daran, wie sie geduldig in der Bäderabteilung des Krankenhauses in ihrem Rollstuhl gesessen und Strom durch ihre Glieder bekommen hatte – jeden Tag.

»Wenn du noch Zeit hast, beginnen wir sofort.«

Feline überlegte kurz. Die Anfangszeiten wurden in der Agentur nicht so genau genommen, dafür wurde jeder schief angeguckt, der pünktlich ging.

»Okay, versuchen wir's.«

Justus führte Feline in einen anderen Raum und bat sie, sich hinzulegen. Er gab Leitcreme auf ihr Gesicht und klemmte zwei Flachelektroden, die er in nasse Lappen gewickelt hatte, mit einem Gummi auf ihre Ohren. Als er das Gerät anstellte, bemerkte Feline ein angenehmes Kribbeln, das sich teilweise auch wie ein leichtes Stechen anfühlte. Auf der linken Seite spürte sie den Strom mehr als rechts. Die Elektroden saugten sich in ihrem Atemrhythmus an ihre Haut und ließen wieder locker.

Sie stellte sich vor, dass der Strom ihre Gesichtsmuskulatur aktivieren würde und sie plötzlich wieder lächeln könnte.

Dann würde Hartbrich sie wieder für voll nehmen und sie könnte sofort mit Laura ein neues Video drehen, ohne dass die Follower etwas von ihrer Krankheit mitbekommen hatten. Simon hätte seine attraktive Freundin zurück, die Mutter wäre wieder beruhigt und der Vater könnte sie wieder fotografieren. Obwohl sie sich gar nicht sicher war, ob sie Letzteres dann noch wollte. Aber immerhin hatte ihr der Vater am Abend zuvor eine Nachricht geschickt und sie darin gefragt, ob ihr Gesicht besser geworden sei. Sie war ihm also nicht völlig egal.

Die Elektrotherapie dauerte fünfzehn Minuten, danach wurde sie von Justus noch akupunktiert.

Kaum war sie in der Agentur, erreichte sie eine Nachricht von Laura: »Hast du die Kommentare gelesen? Die Community mag deine Zeichnungen und meine Filme daraus echt gerne, aber sie vermissen dich. Sie wollen dich mal wieder sehen. Wir müssen uns treffen und planen.«

Feline seufzte. Sie hatte gehofft, dass durch die Zeichnungen eine Weile Ruhe wäre, aber ihre Community war sehr aktiv. Eigentlich hatte sie das immer gemocht, das schnelle Reagieren auf die

Kommentare der Follower, das spontane Eingehen in Videos auf die Wünsche der Community,
aber jetzt ging ihre frühmorgendliche Zeit für
Arzttermine drauf, nun starrten sie die Fruitsun-
Früchte vom Bildschirm herausfordernd an und in
der Mittagspause würde sie sich in die Toiletten-
kabine einschließen und ihre Gesichtsübungen
vorm Spiegel machen. Immerhin kam sie mit
Hartbrichs Art etwas besser zurecht, seit sie sich
immer dann, wenn sie ihn traf, vergegenwärtigte,
mit welcher Hingabe er die alte Frau im Rollstuhl
gefüttert hatte. Trotzdem war der Druck groß.
Früher hatte sie immer geglaubt, sie bräuchte so
viel Action in ihrem Leben, sie hatte jeglichen Stillstand gehasst, war ständig unterwegs gewesen.
Doch jetzt hätte sie sich manchmal etwas weniger
Termine und Anforderungen gewünscht.
Sie atmete tief durch und verabredete sich mit
Laura.

Als sie am frühen Abend in einer Altstadtkneipe
saßen, war Feline schon ziemlich müde. Sie hatte
einen Tisch in der hintersten Ecke gewählt, um
sich in Ruhe mit Laura besprechen zu können und
den Blicken der Menschen nicht allzu sehr ausge-
setzt zu sein.
Auf dem Weg hierher war ihr aufgefallen, dass
sich nicht nur ihr Aussehen, sondern auch ihr Verhalten verändert hatte. Früher hätte sie unterwegs
schon ein paar Fotos gemacht oder ein kleines
Reel gedreht, hatte immer überlegt, wie sie auch
die Follower auf Instagram und TicToc bei Laune

halten konnte, dabei war es manchmal mitten in der Fußgängerzone zu Aufsehen erregenden Szenen gekommen. Heute hatte ihr Fokus darauf gelegen, auf dem Weg durch die Altstadt bloß nicht aufzufallen.

»Ich mache mir einfach Sorgen wegen Youtube«, sagte Laura. »Und natürlich auch wegen dir.«

Feline nickte. Was sollte sie sagen? Zu gerne hätte sie Besserung oder Hoffnung gespürt und Laura davon erzählt, sie beruhigt, ihr einen Termin genannt, ab wann sie wieder einsatzbereit wäre.

»Deine Zeichnungen sind toll und sie kommen super an.« Laura nahm einen Schluck von ihrem Krefelder. »Aber lass uns wenigstens irgendwas drehen, wo wir zusammen zu sehen sind, du von hinten oder irgendwas. Ich erzähle jetzt seit drei Wochen, dass du im Urlaub bist, das geht nicht mehr.«

Seufzend nippte Feline von ihrer Spezi. »Ich weiß. Vielleicht können wir nochmal bei dir in der Boutique drehen und ich rede dann immer nur so halb hinterm Kleiderständer, probiere Schuhe an und so was. Wir müssten uns vorher sehr genau die Einstellungen überlegen.«

»Mit Gesicht willst du immer noch nicht?« Laura klang enttäuscht.

Feline schüttelte den Kopf. »Nein, danke. Wenn du gesehen hättest, wie die mich am Samstag auf der Party alle angestarrt haben.«

Laura nahm einen Bierdeckel und drehte ihn in ihren Händen. »Aber haben uns die Follower nicht auch immer gemocht, weil wir authentisch waren und ehrlich?«

»Waren wir das? Haben wir uns sonst gezeigt, wenn wir krank waren oder Stress mit unserem Partner hatten? Wir haben doch immer einen auf perfekt gemacht. Und jetzt bin ich nicht mehr perfekt.«

Feline merkte, wie das laute Aussprechen ihres letzten Satzes sie traf: Sie war nicht mehr perfekt.

»Wir könnten versuchen, dich etwas grader zu schminken.«

»Das kann man nicht wegschminken. Ich fühle mich einfach überhaupt nicht wohl und möchte mich so nicht zeigen.«

Sie merkte, wie sie Laura mit ihren Worten vor den Kopf stieß. Früher hatte sie ihrer Freundin nur schwer etwas abschlagen können und sie verstand Lauras Sorge um die Klickzahlen, doch wie sollte das gehen?

»Aber andere Influencer zeigen sich auch mit ihren Krankheiten und haben dabei Erfolg. Denk nur an ›The Real Life Guys‹ oder ›Gewitter im Kopf‹. Es gibt sogar inzwischen einen Namen dafür: Das ist der neue Sick Style. Und vielleicht würde das ja auch anderen helfen, die auch eine Gesichtslähmung haben.«

»Sorry, Laura, aber ich kann so was nicht. Wenn ich jetzt in unseren Videos mein Gesicht zeige, dann wird die Fratze für immer gespeichert, dann geht die nie wieder weg, dann kann man die in zehn Jahren immer noch finden. Das Internet vergisst nicht.«

Laura sah verzweifelt aus. »Und was ist mit unserem Erfolg? Mit all dem, was wir gemeinsam aufgebaut haben? Bitte überleg nochmal, ob du nicht doch über deinen Schatten springen kannst.«

Feline starrte auf ihr Glas. Lauras Enttäuschung lag vor ihr auf dem Tisch und es fühlte sich an, als seien jetzt nicht nur ihr Gesicht, sondern auch ihre Freundschaft und ihre Zusammenarbeit von der Lähmung betroffen. Alles war zu Stillstand geworden. Sie wollte Laura irgendwas Tröstendes sagen, irgendwas Beschwichtigendes und blickte auf.

»Ich hoffe, dass die Elektrotherapie hilft. Vielleicht wird es dadurch bald besser, sodass ich mich das doch schnell wieder traue.«

Laura lächelte. »Nächste Woche sieht die Welt bestimmt schon wieder ganz anders aus. Wir kriegen das hin, okay?«

Feline nickte nur.

Als sie später aufstanden und zahlten, kam plötzlich eine junge Frau von hinten. »Seid ihr nicht Laura und Line? Ich kenne euren Kanal.«

Vor Schreck hielt Feline die Luft an und wäre am liebsten weggerannt.

Laura lachte nur. »Nee, sorry, das sind wir nicht. Ich bin aber schonmal verwechselt worden, vielleicht sehe ich deiner Lara ja nur ähnlich.«

»Laura«, sagte die junge Frau. »Sorry, hätte ich jetzt wetten können.«

Feline musste grinsen. Die junge Frau starrte auf ihr schiefes Gesicht. »Ähm, nee, Line sieht auch anders aus, tut mir echt leid, das war eine Verwechslung.«

»Nicht schlimm«, sagte Laura gönnerhaft und sie verließen die Kneipe. Draußen prustete Laura los.

»Das arme Mädel, jetzt haben wir sie total verwirrt.«

Feline schluckte. »Hast du ihre Reaktion auf mein Gesicht gesehen?«

»Ja und? Sie denkt doch jetzt nicht mehr, dass wir es waren.«

»Eben! Unsere Follower möchten Vorbilder, keine behinderten Fratzen!«

»Franziska hat angerufen«, sagte Simon, als Feline später nach Hause kam. Sie rief zurück.

Franziska klang glücklich und erzählte, dass bei ihr der Mundwinkel schon ganz leicht anfangen würde zu zucken. Feline staunte. Dabei nahm Franziska weder Medikamente noch hatte sie Anwendungen. Sie machte nur ihre Grimassen – alleine zu Hause vor dem Spiegel.

Ein bisschen neidisch war Feline schon. Sie gönnte Franziska das Zucken zwar, aber hätte es gerne auch selbst gespürt, zumal sie sich langsam ernsthaft fragte, wozu sie die vielen Behandlungen über sich ergehen ließ. Alles erschien ihr auf einmal sinnlos.

Die Reaktion der Frau in der Kneipe auf ihre Fratze hatte doch alles gesagt. Sie war nicht Line, denn Line war nicht schief, hässlich und ungeschminkt. Wieso verstand Laura nicht, dass sie sich so nicht zeigen konnte?

Sie hatten mit »Laura & Line« eine Art Marke aufgebaut und eine Marke musste man pflegen, einer Marke durfte keine Krankheit anhaften, eine Marke musste nach Perfektion streben. Und sie konnte diese Perfektion nicht mehr bieten. Ein bisschen Unperfektsein, ein bisschen frei Schnauze, ein bisschen Ehrlichkeit fand die Community charmant. Aber eine wochen- bis monatelang andauernde Gesichtslähmung war nicht die Authentizität, die sich die Follower von »Laura & Line« erhofften.

Wenn wenigstens die Behandlungen ein kleines bisschen Hoffnung zuließen, aber es tat sich ja nichts, während Franziska ganz ohne ärztliches Zutun ... In Feline brodelte es.

Als Simon sich dann auch noch verabschiedete, weil er endlich mal wieder ins Fitnessstudio wollte, und Feline alleine in der Wohnung zurückließ, brach sie in Tränen aus. Selbstmitleid strömte aus ihren Augen und benetzte die hässliche Fratze. Feline verfluchte die Lähmung, die Welt und alles, was ihr gedanklich in die Quere kam.

Sie fand es unerträglich, dieses Warten. Warten und Hoffen darauf, dass sich endlich etwas bewegte, dass das Leben wieder einkehrte in ihr totes Gesicht. Und immer die Angst im Nacken, es könne vielleicht so bleiben.

Nein, dachte Feline plötzlich. Nein. Sie durfte sich nicht unterkriegen und dazu hinreißen lassen, in depressiver Selbstbejammerung zu versinken. Nein, dachte sie nochmals und beschloss, sich von dieser verdammten Lähmung nicht noch einmal so herunterziehen zu lassen. Sie war immer stark gewesen und würde die Kraft haben, es auch jetzt zu sein.

Um ihre selbstbemitleidende Untätigkeit zu beenden, ging sie ins Arbeitszimmer und setzte sich an den Schreibtisch. Sie nahm ein Blatt Papier und begann Fruitsun-Früchte zu zeichnen, einfach so, um irgendetwas zu tun und nicht wie leblos auf dem Sofa zu sitzen. Fruitsun war schließlich momentan das Einzige, was ihr das Gefühl gab, normal zu sein. Die Fruitsun-Früchte hatte sie so oft gezeichnet, sie war so geübt darin, dass sie ihr leicht von der Hand gingen. Sie zeichnete Blätter voll Obst, einfach so, immer weiter und irgendwann wurden aus den Fruchtgesichtern Menschengesichter.

Plötzlich blickte ihr Hartbrich mit einer widerlichen Fratze entgegen, auch Sonja und Tamara sah sie auf einmal schiefgesichtig auf dem Papier. Sie zeichnete Laura und Line mit schiefen Gesichtern auf Youtube.

Immer mehr versetzte Gesichter entstanden, manche bekannt, andere erfunden, und sie versuchten sich gegenseitig in ihrer Asymmetrie zu übertreffen.

»Schief ist schick!«, sagte in ihrem Kopfkino die Moderatorin einer Modenschau. »Diesen Sommer setzen alle auf Asymmetrie. Wer etwas auf sich hält, legt sich eine Fazialisparese zu. Die kommt besonders gut zur Geltung, wenn auch Outfit und Make-up versetzt wirken. Tragen Sie einen flachen und einen Absatzschuh, rechts andere Farben als links, kaufen Sie sich eines der neuesten Hemden mit versetzten Brusttaschen oder einen Rock, der auf einer Seite lang und auf der anderen kurz ist. Gerade war gestern. Heute gilt: Je schiefer, desto besser.«

Feline malte ihren schiefgesichtigen Köpfen Hälse, Körper und Kleidung, füllte die Blätter mit sicherer Hand.

Ideen fluteten, sie zeichnete und fühlte sich wie im Wahn. Justus mit Akupunkturnadeln im Schädel, Hartbrich mit Schnuller bei seiner mutmaßlichen Rollstuhl-Mutter auf dem Schoß, schicke Kö-Tussis mit groben Schönheitsfehlern, ihr Kohlestift flog über das Papier, irgendwann konnte Theda gehen und Dolly malte sie einen Freund an die Hand.

Später betrachtete Feline die vielen Blätter. Es war, als hätte sie sich ausgezeichnet, so wie man sich auskotzt, als hätte sie all ihren Frust auf das Papier ergossen. Kohlestiftkotze, Frustbilder, Papiergerechtigkeit – und zwischen all den Emotionen tanzte eine große Portion Sarkasmus.

Feline legte die Zeichnungen in eine Schublade und ging voller Erleichterung ins Bett.

Am Abend darauf – nach einem anstrengenden Agenturtag mit vorheriger Strom- und Nadelbehandlung bei Justus –, während sie mit Simon fernsah, fing es plötzlich an, auf der gelähmten Seite ganz leicht zu kribbeln.

Es war, als würden warme Ströme durch ihr Gesicht laufen, so ähnlich, als wenn es einem kalt den Rücken hinunterliefe, nur das Ganze warm und im Gesicht. Das Kribbeln zog sogar bis in ihre rechte Schulter.

»Simon, es kribbelt«, sagte sie – und Simon schaltete den Fernseher aus und nahm sie in den Arm.

»Ich habe vorhin beim Essen schon gedacht, dass sich die rechte untere Wange, die doch sonst ganz steif war, etwas mitbewegt. Aber ich wollte es nicht sagen, weil ich dachte, dass ich mir das vielleicht nur einbilde.«

»Wenn ich schon nach zweimal Elektrotherapie ...« Feline sah Simon glücklich an. »Oh, ich hoffe so sehr, dass es hilft und die Fratze bald weg ist.«

Zweite Meinung und Videodreh

Voller Hoffnung ging Feline in den nächsten Tagen zu Justus. Sie genoss den kribbelnden Strom während der Elektrotherapie und wartete, dass dieses Kribbeln nach Abschalten des Gerätes wiederkäme. In der Agentur half ihre gute Laune bei der Arbeit mit Sonja und Tamara, ja, sie fand es sogar schön, die Fortschritte in ihrer Arbeit gemeinsam mit den beiden zu genießen. Sie rief freiwillig ihre Mutter an, sie schlief mit Simon, sie zeichnete ein Storyboard für den Dreh in Lauras Boutique und war voller Vorfreude auf das Kribbeln.

Aber das Kribbeln kam nicht.

Die Fratze grinste sie weiterhin an, sie lachte Feline aus für ihre Naivität und hielt sich hartnäckig. Das Kribbeln hatte sie nur diesen einen Abend gespürt. Manchmal fragte sie sich, ob sie sich vielleicht alles nur eingebildet, ob es vielleicht nie ein Kribbeln gegeben hatte. Vielleicht war es Sinnestäuschung gewesen, gepaart mit Hoffnung.

Möglicherweise hatten sich Einbildung und Hoffnung gegenseitig hochgeschaukelt, sich verstärkt und sie schließlich Dinge glauben lassen, die gar nicht existierten. Aber sie konnte sich genau erinnern an das Kribbeln und daran, dass es sich real angefühlt hatte.

Als das Kribbeln ausblieb, ging Felines gute Laune zurück. Sie lag bei Justus, verfluchte die Nadeln, den Strom und die lange Wartezeit, sie glaubte nicht mehr an seine Medikamente und stritt mit ihm über Ursachentheorien. Justus war überzeugt, dass Felines Lähmung nicht idiopathisch war, sondern machte die Erkältung, die Feline zwei Wochen vor der Lähmung gehabt hatte, dafür verantwortlich. Allerdings halfen seine homöopathischen Grippe-Nosoden, die er ihr gab, weil er Gleiches mit Gleichem bekämpfen wollte, auch nicht weiter.

Seit über drei Wochen behandelte er Feline nun, die Lähmung dauerte bereits fünf Wochen, und Justus fiel nichts mehr ein, außer einem Kollegen, der in der neurologischen Ambulanz der Nachbarstadt arbeitete.

»Vielleicht hat der noch weitere Behandlungsmaßnahmen auf Lager«, sagte er und machte für Feline einen Termin.

Am nächsten Tag saß sie auf der Liege von Justus' Kollegen und schnitt Grimassen, die dieser genauestens beobachtete. Danach stellte er ihr die üblichen Fragen.

»Die Heilungschancen betragen 85 Prozent und Sie haben gute Chancen, weil Sie jung sind«, sagte der Arzt. »Es kann allerdings sein, dass die rechte Seite immer etwas schwächer bleibt.«

Feline berichtete von der Elektrotherapie, von der Akupunktur und den Medikamenten, die sie nahm.

»Es ist nicht bewiesen, dass irgendein Medikament oder eine Behandlungsmethode überhaupt hilft«, sagte der Arzt. Er sagte das einfach so frei heraus, als ob es das Selbstverständlichste von der Welt sei. Feline starrte den Arzt an, der unbekümmert weitersprach.

»Und von Elektrotherapie halte ich nicht viel. Wir wenden das nur an, wenn die Lähmung noch vollständig ist, aber danach kann es sogar schaden. Die einzigen Dinge, die wirklich helfen, sind Geduld und die Übungen zur Gesichtsgymnastik. Und Ihr Auge müssen Sie weiter schonen.«

Na toll, dachte Feline, und sie hatte tagelang bei Justus gelegen und Behandlungen über sich ergehen lassen, deren Wirkung nicht bewiesen war.

»Und was meinen Sie, wie lange es noch dauert, bis die Lähmung zurückgeht? Können Sie da eine Prognose abgeben?«

Der Arzt wiegte seinen Kopf hin und her, was wohl bedeutete, dass eine Vorhersage schwierig war.

»Meiner Erfahrung nach haben Sie Glück, wenn die Lähmung in den nächsten ein bis zwei Wochen zurückgeht, weil das dann nur eine kurzfristige Sache von vier bis sechs Wochen war. Wenn dies jedoch nicht der Fall ist, müssen Sie sich auf eine langfristige Sache von vier, fünf, vielleicht sechs Monaten einstellen.«

Feline spürte ein Stechen in der Magengegend. Vier bis sechs Monate? Ihr war schon der erste Monat wie eine Ewigkeit erschienen.

»Wir machen noch ein EMG«, sagte der Arzt und Feline ließ die altbekannte Prozedur über sich ergehen. Sie empfand das EMG diesmal als nicht so schlimm. Vielleicht war sie durch die tägliche Akupunktur inzwischen gegenüber Nadeln abgehärtet.

»Die Nerven haben sich noch nicht erholt«, stellte der Arzt nüchtern fest und entließ Feline.

»Ich hab keine Kraft mehr, ich will hier nicht mehr jeden Tag rumliegen. Und von Elektrotherapie hält dein Kollege sowieso nichts.« Feline sah Justus mit funkelnden Augen an.

Justus blickte unerschüttert zurück und hielt Feline einen Papierausdruck entgegen.

»Hier, Klaus hat mir den Bericht heute Morgen gefaxt.«

Feline nahm das Schreiben und überflog es: »Fazialisparese mit verzögerter Rückbildungstendenz ... Ich habe mit Frau Nebel besprochen, dass zum jetzigen Zeitpunkt noch mit einer guten Erholung gerechnet werden darf, wenngleich dies nicht mehr rasch erfolgen, sondern mehrere Monate in Anspruch nehmen wird ... Elektromyographischer Befund: keine sichere Willkürtätigkeit, noch sehr unvollständige Erholung ... keine gesicherten therapeutischen Möglichkeiten, die Reinnervation zu beschleunigen ... Gegen Elektrotherapie hätte ich entgegen meinem Gespräch mit Frau Nebel keine Einwände, zumindest bis zu ersten klinischen Reinnervationszeichen.«

»Heißt das, wir machen die Elektrotherapie weiter?«, fragte Feline resigniert.

»Ich kann dich natürlich zu nichts zwingen, aber wenn zwei Ärzte dir das empfehlen ...«

Feline seufzte. Sie hatte gehofft, die Arzttermine ganz streichen und sich mehr auf Fruitsun konzentrieren zu können. »Können wir dann wenigstens die Akupunktur weglassen? Die hat ja schließlich bis jetzt gar nicht geholfen.«

»Einverstanden«, sagte Justus trocken, nahm die Flachelektroden und klemmte sie ihr auf die Ohren.

Die Tage vergingen in einem immer gleichen Rhythmus. Jeder Wochentag teilte sich in drei Abschnitte: Arzt, Agentur und Abend mit Simon, Laura, Youtube oder allem zusammen.

Feline versuchte, sich mit ihrer Lähmung weitestgehend zu arrangieren. Meistens verdrängte oder ignorierte sie die hartnäckige Fratze.

Nur manchmal hoffte sie noch heimlich, dass die Lähmung ganz plötzlich wegginge. Dann sah sie in den Spiegel und probierte, ihren Mundwinkel nach oben zu ziehen und zu lächeln. Wenn es dann nicht klappte, war sie etwas enttäuscht, aber im Grunde genommen hatte sie sich gezwungenermaßen mit ihrer Lähmung abgefunden.

An einem Wochenende war Feline bereit für den Dreh mit Laura. Sie hatte in einem detaillierten

Storyboard gezeichnet, welche Ausschnitte von ihr wie gefilmt werden durften, und hatte ihr gesundes Auge sogar das erste Mal wieder geschminkt. Zu ihrer Erleichterung war die Cortison-Akne inzwischen nicht mehr zu sehen. Make-up hatte sie trotzdem aufgelegt, denn das gehörte zu ihrer Influencer-Rolle.

Sie stellte vor der Kamera Outfits aus Lauras Boutique zusammen, doch man sah sie nur von Weitem, von hinten, nur ihre Beine oder nur die gesunde Gesichtshälfte, indem Laura seitlich filmte oder sie ein Kleidungsstück so hochhielt, dass ihre gelähmte Gesichtshälfte verdeckt war.

Laura quatschte wie immer direkt in die Kamera, Feline war häufiger aus dem Off zu hören und nie frontal zu sehen.

An dem Schnitt des Videos arbeiteten sie den ganzen Sonntag. Am Ende hatten sie einen netten kleinen Film, in dem Line zwar etwas verhuscht wirkte, die Lähmung aber wirklich nicht zu sehen war.

»Wenn das Video live geht, werden die dir die Boutique einrennen«, grinste Feline.

»Sollen sie doch«, entgegnete Laura gelassen.

Vernissage und Shoppen

Der Vater veranstaltete sein jährliches Atelierfest, diesmal mit der Eröffnung einer Ausstellung zum Thema »urban movement, urban silence«. Feline erfuhr aus seinem Newsletter davon, eine postalische Einladung hatte sie nicht erhalten. Sie war sich nicht sicher, ob der Vater der Umwelt zuliebe keine Papierflyer mehr verschickte oder ob er sie vergessen hatte.

Oder vergessen wollte.

Aber jetzt, wo sie versuchte, die Fratze hinzunehmen und einfach weiterzuleben, wollte sie auch wieder normale Dinge machen. Und sie war immer auf den Vernissagen des Vaters gewesen. Außerdem konnte sie ihm ja auch nicht ewig böse sein, weil er sie nicht hatte fotografieren wollen.

Also zog sie sich am Freitagabend einen kurzen Rock an und legte zumindest ein bisschen Make-up auf. Simon bevorzugte nach einer anstrengenden Arbeitswoche das Fitnessstudio, deshalb fuhr sie alleine.

Das Atelier des Vaters lag in einem Oberbilker Hinterhof. Als sie klein war, hatte ihr Vater sie immer mitgenommen und ihr Blätter und Stifte in die Hand gedrückt. Dann hatte sie gemalt, während er mit seinen Fotoarbeiten, Collagen oder Gemälden beschäftigt gewesen war. Feline erinnerte sich, wie sehr die Mutter immer über ihn geschimpft hatte, wenn er wieder mal in seinem Kunstrausch vergessen hatte, Feline Mahlzeiten anzubieten oder sie früh genug ins Bett zu bringen.

Noch heute sagte die Mutter, wenn Feline mal etwas nicht beherrschte: »Das muss sie von ihrem Vater haben.«

Bei allem, was ihre Tochter Besonderes leistete, verkündete sie hingegen stolz: »Den Ehrgeiz hat sie von mir ...«

Feline war dieses Gerede inzwischen egal, aber sie war sich sicher, dass die Kreativität, die sie für ihre Leistungen in der Agentur und auf Youtube brauchte, nicht von ihrer Mutter weitergegeben wurde. Als sie daran dachte, bekam sie richtig Lust auf die Vernissage.

Sie betrat das Atelier. Es waren schon viele Leute da, sodass ihre Ankunft kein Aufsehen erregte. Der ein oder andere irritierte Blick streifte sie, aber die Aufmerksamkeit der Besucher lag auf den Fotoarbeiten und Collagen, die an den Wänden der beiden hellen Räume hingen. Sie entdeckte den Vater nicht sofort, sah sich deshalb die Fotos an.

Stadtaufnahmen. Urbane Plätze, die normalerweise belebt waren, aber nun aussahen wie Lost Places und eine stille Melancholie ausstrahlten. Und daneben Bewegung und Leben an Orten wie der Rheinpromenade, der Kö und dem Park von Schloss Benrath, verwischt durch Langzeitbelichtungen.

»Feline, bist du das?«

Sie drehte sich um und ihr gesunder Mundwinkel zog sich in die Höhe, als sie Andreas, den besten Freund ihres Vaters, sah.

Der starrte sie irritiert an. »Was ist denn mit deinem Gesicht passiert?«

»Hat Papa dir das nicht erzählt?«

Er schüttelte den Kopf.

»Das ist nur eine Gesichtslähmung, das geht wieder weg«, erklärte sie möglichst gelassen, aber sie fragte sich, warum der Vater nicht einmal seinem besten Freund von ihr erzählt hatte.

In dem Moment kam der Vater dazu, klopfte Andreas auf die Schulter und blieb mit seinem Blick an ihrer Fratze hängen. »Feli, was machst du denn hier?«

Ich war bis jetzt auf jeder deiner Vernissagen, hätte sie sagen, nein, schreien wollen, aber stattdessen murmelte sie einfach nur: »Schöne Bilder.«

»Danke, ich muss mal da vorne hin.« Er sagte das hektisch und war schon wieder verschwunden.

In dem Moment wusste Feline, dass er ihr absichtlich keine Einladung geschickt hatte. Vielleicht war seine Nachricht von neulich, ob ihr Gesicht besser geworden sei, genau darauf bezogen gewesen und er hatte sie nach ihrer Verneinung von der Gästeliste gestrichen.

»Wie ist denn das passiert?«, fragte Andreas.

Sie erklärte es ihm kurz, aber eigentlich verfolgte sie mit ihrem Blick den Vater und hatte das Gefühl, dass er möglichst weit weg von ihr sein wollte. Andreas traf einen Bekannten und Feline nutzte die Gelegenheit, um sich unter die Leute zu mischen. Sie betrachtete die Bilder und bemühte sich dabei, gerade zu gucken.

Aber genau genommen sah sie die Bilder gar nicht, sondern nur einen Vater, der sich für seine Tochter schämte.

Sie kannte noch ein paar andere und nickte ihnen zu, ohne zu lächeln, zwei weitere sprachen sie kurz auf ihr Gesicht an und sie erklärte knapp ihre Fratze.

Er schien es niemandem erzählt zu haben.

Wieso war sie bloß hierhergekommen? Sie überlegte, wieder zu gehen, aber gleichzeitig sah sie es nicht ein, denn sie hatte dem Vater nichts getan. Die Eröffnungsrede war angenehm, weil die Aufmerksamkeit aller der Frau galt, die über die Werke referierte, und nicht ihr.

Anschließend gab es Sekt, Feline hielt sich an ihrem Glas fest und wurde das Gefühl nicht los, dass der Vater ihre Nähe mied. Natürlich musste er auf einer Ausstellungseröffnung viele Gespräche führen und sie erwartete gar nicht, dass er viel Zeit für sie hatte. Aber bei früheren Vernissagen hatte er sie immer anderen stolz als seine Tochter vorgestellt – das blieb jetzt aus.

»Entschuldigen Sie«, eine ältere Frau mit Stift und Notizblock stand plötzlich vor ihr und Feline sah sofort, dass sie einen hängenden Mundwinkel hatte. »Haben Sie eine Fazialisparese?«

»Ja.« Feline betrachtete fasziniert, dass die Zahnreihen der Frau beim Sprechen auf der linken Seite überdeckt blieben, weil die Ober- und Unterlippe sich nur in die andere Richtung formen konnten. »Sie auch?«

Sie lachte schief. »Ich habe das schon seit meiner Geburt.«

»Oh, ich wusste nicht, dass man das von Geburt an haben kann. Ich habe das erst seit sechs Wochen.«

»Dann haben Sie bestimmt gute Chancen, dass das wieder weggeht. Das ist als junge Frau aber bestimmt schwierig zu ertragen, oder? Ich kenne es ja nicht anders.« Ihr Lächeln war schief, aber es fügte sich sympathisch in ihr Gesicht und den Augen sah man auf den ersten Blick nicht an, dass sie betroffen waren. »Ich war eine Zangengeburt, dabei haben die Ärzte meinen Gesichtsnerv so geschädigt, dass er seine Funktion nie ausgeübt hat. Man hätte wohl im Kleinkindalter versuchen können, das mit Elektrotherapie zu reaktivieren, aber damals waren die Ärzte da nicht so hinterher. Wir haben einfach alle damit gelebt. Es war ja nur eine Gesichtshälfte.«

»Krass.« Feline nahm einen Schluck von ihrem Sekt – inzwischen kriegte sie es einigermaßen hin, ohne Strohhalm unfallfrei aus Gläsern zu trinken. »Auf die Idee, dass das durch eine Zangengeburt ausgelöst werden kann, wäre ich wirklich nicht gekommen.«

Die Frau nickte. »Jetzt, wo ich älter bin, denken die meisten fremden Leute, ich hätte einen Schlaganfall gehabt.«

Feline vergaß die Ausstellung und die Leute um sich herum, so spannend fand sie diese Gesprächspartnerin und ihre Geschichte. »Wurden Sie denn als Kind gehänselt?«

»Gar nicht so sehr. Mich gab es ja immer nur schief. Aber als Jugendliche habe ich mir dann schon Gedanken gemacht, ob ich jemals einen Mann finden werde. Und was soll ich sagen: Ich habe einen wunderbaren Mann gefunden, ich habe Kinder bekommen und gearbeitet habe ich auch immer.« Sie hob ihren Block und ihren Stift ein Stückchen in die Höhe. »Apropos Arbeit – ich bin von der Zeitung, ich muss gleich noch den Künstler finden und ihm ein paar Fragen stellen. Wissen Sie, wo er ist?«

Feline nickte und deutete auf ihren Vater, der sich in einer Ecke mit einem Paar unterhielt.

»Kennen Sie ihn?«

Was sollte sie sagen? Sicher war es dem Vater nicht recht, wenn sie sich als seine Tochter vorstellte. Deshalb nickte sie einfach wieder.

»Dann kommen Sie doch eben mit und führen mich zu ihm, dann können wir uns später vielleicht auch noch ein bisschen weiter unterhalten.«

Feline überlegte kurz, brachte die Frau aber schließlich zu ihrem Vater, der erst sie und dann ihre Begleiterin anstarrte.

»Elke Hildebrand von der Lokalzeitung«, stellte sich die Frau mit schiefem Lächeln vor. »Ich würde gerne noch ein paar Dinge zu den Bildern wissen.«

Die Irritation des Vaters wich seinem freundlichsten Lächeln. »Ja, natürlich, gerne, fragen Sie nur.«

Das musste Feline sich nicht geben. »Ich lasse Sie mal alleine«, sagte sie zu der Frau.

»Ach, bleiben Sie ruhig, wir haben uns eben doch so nett unterhalten und es interessiert mich auch immer, wie die Besucher die Bilder wahrnehmen.«

Feline zögerte. Sie blickte zum Vater, der sich der Redakteurin zuwandte, aber hätte sie ihn als Comic gemalt, hätte sie jetzt ganz viele Fragezeichen über seinen Kopf gezeichnet oder anders bildlich dargestellt, wie es in seinem Hirn ratterte.

»Das ist übrigens«, sagte der Vater und legte die Hand vorsichtig auf ihre Schulter, »meine Tochter Feline. Sie ist Grafik-Designerin.« Er warf ihr einen versöhnlichen Blick zu, aber Feline war mit ihren Gefühlen überfordert.

»Das haben Sie mir ja gar nicht gesagt, dass Sie die Tochter sind. Das ist ja noch spannender!« Die Frau klang begeistert.

Sie wandte sich dem Vater zu. »Ausdrucksstarke Fotos muss ich sagen, sehr gelungen. ›urban movement, urban silence‹ – wie sind Sie darauf gekommen?«

Der Vater erzählte irgendwas, aber Feline hörte nicht zu. Sobald jemand Macht hatte – in diesem Fall die Berichterstattungsmacht der Presse –, war eine Gesichtslähmung bei anderen offensichtlich hinnehmbar. Dann konnte man auch plötzlich zu seiner Tochter stehen. Einerseits hatte sie seine Hand auf ihrer Schulter vermisst, andererseits war es ihr falsch vorgekommen, dass er plötzlich so nah tat. Sie wollte bei diesem Gespräch nicht dabei sein, sie musste das alles erst mal sacken lassen.

»Entschuldigung«, sagte sie zu den beiden. »Ich muss mich leider auf den Weg machen. Ich bin noch mit meinem Mann zum Abendessen verabredet. Danke für das interessante Gespräch.«

»Oh, das ist aber schade. Alles Gute für Sie!«

Die Frau lächelte schief und Feline lächelte schief zurück.

Nur der Vater lächelte gerade. »Schön, dass du da warst, Feli!«

»Wäre die Redakteurin nicht gewesen, hätte er mich weiter ignoriert«, sagte sie später zu Simon.

Der zuckte mit den Schultern. »Aber vielleicht hat er jetzt etwas verstanden.«

»Und dazu muss erst eine schiefe Frau von der Zeitung kommen? Da reicht Vaterliebe nicht aus? Das ist doch schon ein bisschen armselig, oder?«

Simon legte seine Hand auf ihre Schulter, so wie es zuvor der Vater getan hatte. »Du solltest jetzt einfach abwarten, ob er sich meldet.«

Feline dachte an die Redakteurin und überlegte, was wäre, wenn sie selbst den Rest ihres Lebens so schief bleiben würde. Unumkehrbar schief.

Wenn sie auf Youtube und in der Agentur niemals wieder gerade lächeln könnte, irgendwann mit Fratze heiratete, vielleicht ein Kind kriegen würde und das nur schief anlächeln könnte.

Dann käme ich damit klar, so wie Dolly mit ihrer MS klarkommen muss, hätte sie sich gerne gesagt, aber sie konnte sich das einfach nicht vorstellen.

Zu sehr hatte in ihrem bisherigen Leben die Ästhetik des Äußeren eine Rolle gespielt.

Am nächsten Tag war Feline mit Dolly zum Shoppen verabredet. Eigentlich gruselte es sie, in Modegeschäfte zu gehen, weil sie dies mit der Zeit vor der Lähmung und ihrem Youtube-Ich verband. Aber Dolly hatte es sich so sehr gewünscht, dass sie es ihr nicht ausschlagen konnte.

Sie trafen sich an den Schadow-Arkaden. Über drei Wochen hatten sie sich nicht gesehen und nur ab und zu Nachrichten hin- und hergeschickt. Sie umarmten sich und Feline sah sofort, dass Dolly gelassener wirkte als im Krankenhaus.

»Geht es dir gut?«

Dolly nickte und ihre eisblauen Augen strahlten.

»Ich habe einen Jungen kennengelernt.«

»Du bist verliebt?«

»Ja. Es gibt hier eine Selbsthilfegruppe für Menschen mit MS. Er ist 22 und hat die Diagnose schon länger. Wir waren zusammen in der Altstadt und am Rhein spazieren. Ich glaube, das wird was.«

Dolly klang glücklich und Feline gönnte es ihr von ganzem Herzen. »Das klingt super, du musst mir alles genau erzählen. Ich freue mich für dich!«

»Freu dich nicht zu früh.« Dolly grinste. »Genau deshalb musst du jetzt nämlich mit mir shoppen gehen – ich brauche was richtig Nices zum Anziehen und du darfst mich beraten!«

Drei Geschäfte später saß Feline vor einer Umkleidekabine und war gespannt auf das nächste Outfit. So glücklich und aufgekratzt hatte sie Dolly noch nie erlebt: Sie zog eins nach dem anderen an, schien es zu genießen, von Feline beraten zu werden, war plötzlich richtig selbstbewusst. Der Vorhang ging auf.

»Wow, das Kleid steht dir richtig gut. Das hat fast die Farbe deiner Augen.«

Dolly drehte sich vor dem Spiegel und zögerte.

»Meine Mutter meint, ich könne solche kurzen Kleider nicht tragen.«

»Deine Mutter hat keine Ahnung von Mode.«

Feline war es plötzlich egal, ob sie jemand so sah, denn Dollys Freude sprang auf sie über und es machte ihr Spaß, sie zu beraten.

»Übrigens fand ich euer Boutique-Video gut, ich habe sofort ein Like dagelassen.«

»Möchtest du mal in Lauras Boutique, die ist hier in der Nähe«, schlug Feline vor und im selben Moment fiel ihr ein, dass das nicht ging. »Sorry, ich hätte grad fast mein Gesicht vergessen. Wir können da leider doch nicht hin. Laura hat seit dem Video viel Zulauf von Leuten aus der Community und wenn ich mich da jetzt an einem Samstag blicken lasse ... lieber nicht.«

»Ist schon okay«, sagte Dolly zu Feline gewandt und betrachtete sich dann wieder im Spiegel. »Ich glaube du hast recht, dieses Kleid steht mir wirklich gut.«

Als Dolly wieder in der Umkleidekabine verschwand, meldete Felines Smartphone eine Nachricht vom Vater. Ihr Herz klopfte, als sie die Mitteilung öffnete.

Er hatte ein Foto geschickt von einem Acrylbild. Feline stockte der Atem. Das Bild zeigte sie mit der Fratze – in dem Shirt, das sie am Abend zuvor getragen hatte. Er hatte sie gut getroffen, ihre Schiefheit wirkte real. Unter dem Foto schrieb er: »Ich habe die ganze letzte Nacht gemalt. Vielleicht können wir uns bald mal auf einen Kaffee treffen.«

Dolly steckte ihren Kopf aus der Umkleidekabine. »Alles in Ordnung? Du bist plötzlich so still.«

Feline atmete tief durch und lächelte schief. »Ja, alles in Ordnung.«

6.
Verletzungen

**»Jeder Tag,
an dem du nicht lächelst,
ist ein verlorener Tag.«**
Charlie Chaplin

Franziska und Hartbrich

An dem Samstag, als Felines Lähmung sieben Wochen alt wurde, waren sie mit Franziska und ihrem Mann in der Altstadt verabredet. Feline und Simon betraten die Kneipe und sahen sich um. Die anderen beiden waren noch nicht da. Sie suchten sich einen Tisch im hinteren Teil und setzten sich. Feline hatte extra diese Kneipe ausgesucht, weil man hier zwar häufiger auf Künstler stieß, nicht aber auf Werbemenschen. Den Hartbrichs und Sonjas dieser Welt war diese rustikale Kneipe nicht schick genug. Das hoffte Feline zumindest.

»Da sind sie«, sagte Simon.

Feline blickte zur Tür und winkte den beiden zu.

Als Franziska sie entdeckte, lächelte sie. Sie lächelte, als sei es das Normalste von der Welt. Ihr Mund war fast wieder gerade.

»Du kannst ja wieder lächeln!«

Franziska strahlte. Sie hatte ihre Locken hochgesteckt, als hätte sie einen Vorhang aufgezogen, der den Blick auf ihr Gesicht freigab. »Schade, ich dachte, du könntest es auch wieder.«

Feline schüttelte traurig den Kopf.

Die Männer begrüßten sich. Franziskas Mann hieß Martin, trug einen braunen Bart und Brille. Feline hatte ihn im Krankenhaus schon einmal kurz gesehen.

Der Kellner kam und nahm die Bestellung auf.

»Und du hattest keine Medikamente, keine Therapie, keine Krankengymnastik?«, fragte Simon zu Franziska gewandt.

Franziska schüttelte den Kopf. »Nur die Gesichtsgymnastik habe ich gemacht.«

Feline seufzte und musste an den ganzen Aufstand denken, den Justus mit ihr betrieben hatte und der offensichtlich nichts brachte. Als sie Franziskas wunderschönes Lächeln sah, war ihr letztes Vertrauen in die Medizin erloschen.

»Lasst uns doch über etwas anderes reden«, sagte Martin und sie war ihm sehr dankbar dafür. Der Kellner brachte die Getränke. Sie stießen an. Dann wandte sich Martin wieder Feline zu.

»Franziska hat erzählt, dass du Grafik-Designerin bist.«

»Ja, ich arbeite in einer Agentur.«

Simon brummte genervt die Fruitsun-Melodie und verdrehte dabei seine Augen.

Feline stupste ihn in die Seite. »Er mag die Agentur nicht, weil er mich mit ihr teilen muss.«

»Das war doch das Lied aus dieser Fruitsun-Werbung, oder?« Martin blickte fragend zu Simon.

»Ja, richtig. Und dir gegenüber sitzt die Mutter aller Früchte.«

»Was, von dir stammt die Fruitsun-Werbung?«

Sie nickte etwas beschämt.

»Dann hast du die Früchte gezeichnet?«

Feline warf Franziska einen strengen Blick zu.

»Ich habe nur gesagt, dass du Grafik-Designerin bist.«

»Ja, die Früchte stammen von mir«, sagte Feline.

»Franziska hat mir im Krankenhaus erzählt, dass du einen Kinderbuchverlag hast und neulich nach einem Illustrator gesucht hast.«

Martin drehte einen Bierdeckel in seinen Händen. »Ich suche immer noch. Wenn du die Fruitsun-Früchte entworfen hast, würdest du das doch bestimmt auch können.«

»Ich arbeite fest in der Agentur und habe noch einen aufwendigen Nebenjob. Da bleibt mir wenig Zeit.«

»Das ist gar nicht so viel, was wir an Illustrationen brauchen. Unsere bisherige Illustratorin ist leider abgesprungen. Wenn du magst, treffen wir uns mal und ich zeige dir Exposé und Manuskript.«

Feline zuckte mit den Schultern.

»Was machst du für Bücher?«, fragte Simon.

»Als Verleger Kinderbücher, als Autor habe ich bisher drei Kinderbücher und ein lustiges Buch für Erwachsene geschrieben.«

Martin umriss kurz den Inhalt seiner Werke und als Simon, Franziska und er sich anschließend in ein Gespräch über Asterix-und-Obelix-Comics vertieften, musste Feline an die Frustskizzen denken, die sie ein paar Wochen zuvor gemacht hatte. Sie zeichnete gerne, das konnte sie nicht leugnen, aber in den letzten Jahren hatten ihr die Fruitsun-Früchte vollkommen genügt.

Andererseits wäre die Illustration eines Kinderbuchs mal etwas anderes. Feline war skeptisch. Ihr Ziel war schon im Studium die Werbung gewesen, dazu war Youtube gekommen und das beides nahm sie für gewöhnlich so sehr ein, dass sie keine weiteren Beschäftigungen brauchte. Schon gar nicht jetzt, wo sie noch die ganzen Arzttermine hatte. Trotzdem verspürte sie eine gewisse Neugier auf Martins Bücher und so versprach sie beim Abschied, sich nach der Fruitsun-Präsentation in der kommenden Woche bei Martin zu melden.

Simon nahm von dem Kneipenabend zwei nette neue Bekanntschaften mit, Feline begleitete das Bild von Franziskas Lächeln und verfolgte sie, gepaart mit Enttäuschung über die Hartnäckigkeit ihrer eigenen Fratze, bis in ihre Träume.

In der kommenden Woche hatten Feline und Sonja in der Agentur alle Hände voll zu tun, denn die Fruitsun-Präsentation war für Freitag angesetzt und bis dahin musste alles sende- und druckfähig sein.

Da für Laura seit dem Boutique-Video genug im Geschäft zu tun war, hatte sie sich auch nicht mehr gemeldet. Das Video war häufig angeklickt worden, für die Kommentare der Community hatte Feline jedoch nur sporadisch Zeit gehabt. Sie fand es beruhigend, dass sie erst mal wieder Content hatten, so konnte sie sich auf ihre Arbeit in der Agentur konzentrieren und das war das Wichtigste.

Feline hatte die Elektrotherapie-Behandlungen für diese Woche abgesagt, hatte Justus' Sprechstundenhilfe alle Termine streichen lassen. Ihr war egal, was Justus davon hielt, Fruitsun war ihr wichtiger, und nachdem Franziska ohne ärztliches Zutun wieder lächeln konnte, erst recht.

Wenn Feline ihre Fruchthöhle in den letzten Wochen auch mit Sonja und Tamara hatte teilen müssen und das nicht immer einfach gewesen war, so hatte sie sich doch mit den beiden arrangiert, die

Zusammenarbeit lief inzwischen Hand in Hand und mit netten Gesprächen zwischendurch.

Sie fühlte sich wieder richtig glücklich in ihrem Büro, als sie am Donnerstagnachmittag mit den Vorbereitungen für die Präsentation fertig waren und zu dritt stolz ihr Werk betrachteten. Es war ein bisschen so wie sonst, wenn Feline mit Sandra vor deren Elternzeit ein Projekt beendet hatte. Sie waren erleichtert und gespannt, wie ihre Werbemaßnahmen in Presse und Fernsehen wirken würden. Feline war auch ein bisschen stolz auf sich selbst, dass sie trotz der Lähmung die gewohnte Leistung und Perfektion erbracht hatte, und so ging sie mit einem Gefühl der Genugtuung in Hartbrichs Büro, um ihn über die Fertigstellung in Kenntnis zu setzen.

»Gut, dass Sie kommen«, sagte Hartbrich. »Ich hätte mich sonst noch bei Ihnen gemeldet.«

Er deutete mit unwirscher Handbewegung auf den leeren Stuhl vor seinem Schreibtisch und Feline setzte sich.

»Es ist alles fertig und für morgen präsentationsbereit«, sagte sie und unterdrückte den Stolz in ihrer Stimme nicht.

»Das freut mich. Das habe ich aber auch nicht anders erwartet, Sie waren ja schließlich zu dritt.«

Idiot, dachte Feline und schluckte die Bemerkung, dass Tamara schließlich nur Praktikantin sei und manchmal mehr Arbeit machte, als sie einem abnahm, hinunter.

»Die Präsentation ...«, begann Hartbrich.

»Alles vorbereitet«, unterbrach sie ihn.

Hartbrich rutschte in seinem Schreibtischsessel ein Stückchen nach vorne.

»Frau Nebel, es geht um morgen. Ich möchte nicht, dass Sie bei der Präsentation dabei sind.«

»Bitte was?« Feline spürte einen Kloß im Hals. »Wieso denn das nicht?«

»Entschuldigen Sie bitte diese Bemerkung, aber ich möchte nicht, dass Ihr momentanes Aussehen unsere Kunden irritiert.«

Feline fühlte ein Stechen in der Magengegend. »Irritiert? Aber die Fruitsun-Leute kennen mich doch seit Jahren und schätzen meine Arbeit!«

»Das ist sicherlich richtig, Frau Nebel, aber unsere Agentur will nun mal auch ein ansprechendes Bild nach außen vermitteln und Sie werden sicherlich Verständnis dafür haben, dass ich momentan Schwierigkeiten damit habe, Sie diesbezüglich einzubeziehen.«

In Feline bebte es. Ihr unansprechendes Aussehen passte also nicht in die Agentur. Stattdessen würde Sonja mit strahlendem Lächeln *ihre* Fruitsun-Früchte präsentieren. So ein Arschloch. Sie sah Hartbrich wütend an.

»Das ist Diskriminierung.«

Hartbrich spielte seelenruhig mit seinem Kugelschreiber.

»Nennen Sie es, wie Sie wollen. Die Diskussion ist für mich beendet. Sie brauchen morgen nicht zu kommen. Machen Sie sich einen schönen freien Tag.«

Feline stand auf und sah Hartbrich voller Verachtung an. Alles in ihr zitterte und bebte, sie fühlte

sich, als hätte Hartbrich ihr mit seinem Designkugelschreiber einen Dolchstoß versetzt. Als sie ihre
Hand auf die Türklinke legte, rief Hartbrich sie zurück.

»Ach, Frau Nebel?«

Sie drehte sich um.

»Noch etwas. Frau Rösler arbeitet erst mal weiter
für Fruitsun, bis Frau Bauer aus der Elternzeit zurück ist. Dann sehen wir weiter.«

Feline schluckte, sagte aber nichts. Nicht mal eine
Verabschiedung brachte sie hervor. Sie lief in die
Fruchthöhle und griff nach ihrer Tasche. Sonja
hob ihren Blick und zog die Augenbrauen hoch.

»Ihr werdet die Präsentation morgen ohne mich
machen müssen«, sagte Feline mit letzter Beherr-
schung und verließ das Büro.

Als sie in ihrem Mini saß, brach alles – Wut, Tränen und Verzweiflung – wasserfallartig aus ihr
hervor. Sie hasste Hartbrich und wünschte ihm
sämtliche Fazialisparesen dieser Welt an den Hals,
die sein schäbiges Werbelächeln für immer ver-
nichten würden.

»Ich kann verstehen, dass du total enttäuscht
bist.« Simon nahm Feline in den Arm. »Aber ein
bisschen verstehe ich auch Hartbrich.«

»Was?« Feline sah ihn entsetzt an.

Simon wich ihrem Blick aus. »Na ja, ich meine, bei
so einer Präsentation muss eben alles perfekt sein.«

»Aber die Fruitsun-Leute kennen mich seit Jahren. Da erklärt man das kurz mit der Lähmung
und dann ist die Sache erledigt.«

»Für dich vielleicht«, sagte Simon leise.

»Was soll denn das, wieso redest du so?«

Er strich ein Sofakissen neben sich glatt und wich so Felines verletztem Blick aus.

»Also, das ist jetzt nicht böse gemeint, aber es ist ja schon so, dass man in dein Gesicht guckt, weil es eben auffällig ist. Du sprichst anders, du isst anders, nimm es mir nicht übel, aber manchmal sieht es echt ekelig aus, wie du isst. Natürlich kannst du nichts für das schiefe Gesicht. Aber ich schätze mal, dass es bei den Leuten entweder Entsetzen oder Mitleid erregt.«

Feline starrte Simon mit offenem Mund an. »Ach so, ich errege also Mitleid. Bist du etwa auch nur noch aus Mitleid mit mir zusammen?«

»Line, so war das doch gar nicht gemeint. Ich versuche das doch nur neutral zu betrachten.«

»Hör auf mit dem Line! Neutral betrachtet errege ich also Mitleid?«

Simon nahm ihre Hand.

»Jetzt reg dich nicht auf, so war das doch nicht gemeint.«

Feline zog ihre Hand weg.

»Wie war es denn dann gemeint? Weißt du, wie es mir ging, als ich da heute vor Hartbrich saß? Jahrelang habe ich den ganzen Fruitsun-Scheiß mit aufgebaut und dann kommt der daher und schließt mich von der Präsentation aus, tut so, als hätte ich mit Fruitsun gar nichts zu tun. Und das alles wegen einer Krankheit, für die ich nicht das Geringste kann und trotz der ich sofort nach dem Krankenhaus wieder für ihn gearbeitet habe.«

Simon saß da und beobachtete, wie Tränen, Worte und Verzweiflung aus Felines Gesicht fielen.

»Am liebsten würde ich morgen in die Agentur fahren und Hartbrich die Kündigung auf den Tisch knallen.«

Simon sah Feline erschrocken an.

»Das kannst du nicht machen.«

»Wieso nicht?«

»Weil man nicht einfach so aus Trotz und Wut kündigt, wenn man keine neue Perspektive hat.«

»Ich werde schon was finden.«

»Line, hör auf damit. Du weißt, wie ich hier ein halbes Jahr rumgesessen und keine Arbeit gefunden habe. Das wünsche ich niemandem.«

»Dann illustriere ich eben Martins Bücher.« Felines Augen funkelten voller Tränen und Trotz.

»Von so etwas kann man nicht leben.«

»Dann suche ich mir eben was anderes«, sagte sie patzig.

Simon seufzte. »Und wie willst du das hinkriegen? Wer stellt denn jemanden mit Gesichtslähmung ein?«

»Die geht ja wieder weg.«

»Kommt trotzdem nicht gut beim Vorstellungsgespräch.«

Feline schluchzte. »Aber ich kann doch jetzt nicht mehr zurück in die Agentur, nachdem Hartbrich mich so behandelt hat.«

Simon legte tröstend seinen Arm um ihre Schultern. »Natürlich kannst du das. Montag sieht die Welt bestimmt schon wieder anders aus.«

»Die Welt vielleicht, aber nicht mein Gesicht«, sagte Feline leise.

Der Freitag war schrecklich. Feline sah alles genau vor sich. Die Fruitsun-Leute, Hartbrich mit seinem Werbelächeln, Tamara, die vielleicht die Videodatei mit dem neuen Spot starten durfte, und Sonja – perfekt kostümiert, wie sie lächelnd Felines Früchtepärchen am Fruchtsaftmeer präsentierte.

Sie spürte eine Wut in sich, die größer und größer wurde. Sie breitete sich erst in ihrem Bauch und dann in ihrem ganzen Körper aus. Feline hatte das Gefühl, platzen zu müssen. Sie musste sich beherrschen, um nicht Geschirr an die Wand zu werfen, gegen die Möbel zu treten oder in ihren Mini zu steigen und auszuprobieren, ob der Tacho hielt, was er versprach. Sie war so wütend und verletzt, hätte der Postbote an diesem Tag geklingelt, sie wusste nicht, was sie mit dem armen Mann gemacht hätte. Unruhig lief Feline durch ihre Wohnung, aber das machte sie eher noch nervöser, als dass es sie beruhigte.

Schließlich fiel sie über den Stapel Altpapier her, der sich angesammelt hatte, seit Simon nicht mehr arbeitslos war, und begann, die Zeitungen zu zerreißen. Nach etwa einem Dutzend zerrissener Zeitungen kam sich Feline dämlich vor, klaubte die Papierfetzen zusammen und füllte sie in den Mülleimer.

Als sie sich etwas beruhigt hatte, setzte sie sich an den Schreibtisch und begann zu zeichnen. Sie zeichnete einen Comic, in dem ein Werbeagenturchef elendig ermordet wurde. Danach ging es ihr besser. Sie sah sich ihre Hartbrich-Zeichnungen an und musste grinsen. So schlecht waren die Zeichnungen gar nicht, fand sie. Für Kinderbücher vielleicht etwas zu böse, aber sie zeichnete ja nicht immer in wutentbranntem Zustand.

Eine halbe Stunde später wählte sie Martins Nummer und verabredete sich mit ihm für das Wochenende.

Beste Freundinnen

»Möchtest du Kaffee?«, fragte Martin.

Feline nickte und sah sich um. Martins Büro war voll von Regalen, die zu einer Hälfte mit Büchern, zur anderen Hälfte mit wirr beschrifteten Ordnern überfüllt waren. Der Schreibtisch am Fenster war vollkommen leer. Zwar standen daneben und darunter ein Drucker, verschiedene Kisten sowie mehrere Karteikästen und eine Schublade ragte heraus, weil sie offensichtlich zu voll war und nicht mehr zuging, aber auf dem Schreibtisch standen nur ein Computer und eine Lampe. Unter dem kleinen Tisch zwischen den Regalen, an dem Feline Platz genommen hatte, ragten Kulturzeitschriften und Tageszeitungen hervor, darauf lagen ein paar Bücher, Kugelschreiber und ein Notizblock. Der leere Schreibtisch wirkte fremd in diesem sonst recht überladenen Raum. Er schien standhaft seine Ordnung und seine Leere gegen den Rest des Zimmers zu verteidigen.

Martin schenkte Feline Kaffee ein und bemerkte ihren Blick auf seinen Arbeitsplatz.

»Ich brauche zum Arbeiten einen leeren Schreibtisch, damit mich nichts ablenkt.«

Feline nickte. Sie musste an ihre Fruchthöhle denken, die so vollgestellt war, dass ihre Kollegen sie manchmal fragten, wie sie es schaffe, in diesem Chaos auf neue Ideen zu kommen, aber da dieses Chaos größtenteils aus Fruitsun-Produkten bestand, konnte Feline sich in der Fruchthöhle besser in die Fruitsun-Welt hineindenken als anderswo. Überhaupt fand sie, dass das alles eine Sache der Konzentration war.

»Es geht um ein kleines Mädchen«, sagte Martin. »Finja. Sie ist neun und hat eine beste Freundin, die heißt Luisa. Die Freundinnen machen alles zusammen, aber eines Tages geraten sie sehr in Streit, weil sie nicht mehr ehrlich zueinander sind.«

»Und dann?«

»Sie sind eine Zeitlang sehr gemein zueinander, aber am Ende erkennen sie, dass sie die jeweils andere vermissen und vertragen sich wieder.«

Feline lachte. »Also eine typische Zickengeschichte.«

»Aber mit Happy End. Die Zielgruppe sind Mädchen von acht bis zehn Jahren.«

»Klingt interessant.« Feline überlegte kurz. »Allerdings weiß ich über dein Zielpublikum, ehrlich gesagt, nicht viel. Ich kenne niemanden, der schon Kinder in dem Alter hat, ich weiß nicht einmal, wie man für Kinder zeichnen muss. Das ist absolutes Neuland für mich.«

Martin stand auf und stellte sich vor seine Bücherregale. »Ich kann dir ähnliche Bücher aus meinem Verlag zeigen, wenn du willst. Und mit den Illustrationen – für Kinder in dem Alter muss nicht mehr alles im Detail abgebildet sein, da reichen ein paar aussagekräftige Zeichnungen. Allerdings arbeite ich parallel an einem Buch für kleinere Kinder und an einem neuen witzigen Buch für Erwachsene ...«

Feline grinste schief. »Jetzt halt aber mal die Luft an, ich hab schließlich noch nicht zugesagt.«

Zwei Stunden später war Feline mit ersten Grundkenntnissen über den Kinderbuchmarkt ausgestattet, sie hatte Auszüge aus Martins Manuskript gelesen, es gefiel ihr und sie war etwas erschrocken darüber gewesen, wie wenig Kinderbuchillustratoren verdienten. Sie hatte Zweifel, ob sie sich auf dieses neue Terrain wagen sollte, ob sie kindgerecht genug zeichnen konnte, ob das überhaupt etwas war, was ihr Spaß machen würde.

Aber dann dachte sie, dass sie schließlich nichts zu verlieren hatte – sie würde das ja nur einmal ausprobieren, in ihrer Freizeit neben dem Agenturjob und Youtube. Feline sah Simons warnenden Blick, dass sie sich nicht überanstrengen sollte, und erinnerte sich an Hartbrichs Worte, dass man die Agentur zu seinem wichtigsten Lebensinhalt machen müsse, sonst könne man den Beruf vergessen. Voller Trotz dachte sie daran, blickte Martin entschlossen an und sagte zu.

»Einverstanden. Ich kann es versuchen.«

Später im Auto erreichte sie eine Nachricht von Dolly. Sie klickte die Mitteilung an und las: »Finde ich echt mutig von dir, dass du das Foto freigegeben hast. Liebe Grüße!«

Feline war irritiert. Foto, welches Foto? Was meinte Dolly? Das Boutique-Video war nun schon eine Weile her, sie hatten doch noch gar nichts Neues geplant, weil es in Lauras Laden gerade so gut lief.

Sie klickte auf ihren Kanal und schluckte. Dort war tatsächlich ein neues Video. Das hatten sie doch gar nicht besprochen!

Mit Herzklopfen klickte sie es an. Laura saß darin in ihrer Boutique und sprach über die Kommentare zum letzten Video. Viele Leute seien auch zu ihr in die Boutique gekommen und hätten sie auf das Video angesprochen und darauf, dass Line dort immer nur von Weitem zu sehen gewesen sei.

Feline schlug das Herz bis zum Hals.

Und deshalb hätten Line und sie sich entschieden, sagte Laura, endlich mit der Wahrheit rauszurücken. Feline stockte der Atem. Das hatte Laura nicht wirklich gesagt, das durfte nicht sein.

»Line geht es seit einiger Zeit nicht gut. Sie hat eine Gesichtslähmung, ist entstellt und möchte sich deshalb momentan nicht in den Videos zeigen. Das war auch für mich ein Shocking-Moment, als ich davon erfahren habe. Ich blende euch gleich noch ein Foto ein von Line und mir aus dem Krankenhaus ...«

Feline schossen Tränen in die Augen. Das war jetzt nicht Lauras Ernst, sie konnte doch nicht das gemeinsame Selfie ... das durfte sie nicht! Schon wurde das Foto eingeblendet.

Laura, dachte Feline, *das kannst du doch nicht machen! Du bist doch meine Freundin! Verdammt, ich dachte, wir können uns vertrauen!*

Tränen flossen über ihr Gesicht, was Laura im Rest des Videos sagte, hörte sie gar nicht mehr. Sie fühlte sich enttarnt, verraten, ausgeliefert.

Eigentlich wollte sie direkt nach Hause fahren, aber nun nahm sie die andere Richtung. Es war vierzehn Uhr am Samstagnachmittag. Lauras Boutique hatte noch bis sechzehn Uhr geöffnet. Während der Fahrt flossen die Tränen, die Straße nahm sie nur verschwommen wahr, so sehr sie auch versuchte, die Tränen mit ihrem Jackenärmel zu trocknen.

Laura konnte doch nicht einfach ihre Diagnose ausplaudern und ein privates Foto auf Youtube zeigen.

Das war das Allerletzte! So ging man mit Feinden um, aber nicht mit seiner besten Freundin! Feline schluchzte. Der würde sie die Meinung sagen und zwar gewaltig!

Sie parkte im Halteverbot direkt vor der Boutique und sah schon von draußen, dass das Geschäft momentan offensichtlich kundenfrei war. Die Tränen wischte sie sich noch mal mit dem Jackenärmel ab und stürmte in die Boutique. Laura stand hinter dem Kassentisch.

»Du hast sie doch nicht mehr alle!«, schrie Feline. »Wie kannst du meine Krankheit und das Foto öffentlich machen? Ich dachte, ich könnte dir vertrauen! So geht man doch nicht mit seiner besten Freundin um!«

Laura blieb ruhig. »Aber so, wie du mit mir in letzter Zeit umgegangen bist? Hast du meine Sorgen ernst genommen? Hast du dich mal um unseren Kanal gekümmert, die Kommentare gelesen?«

»Ach, jetzt bin ich schuld?« Feline wusste nicht, ob sie lachen oder weinen sollte. »Ich habe wenig für den Kanal in letzter Zeit gemacht, das stimmt, aber du hast verdammt nochmal nicht das Recht, mein Privatleben öffentlich zu machen!«

»Hat man denn als Youtuber einen Anspruch auf sein Privatleben, wenn es solche Auswirkungen auf den Kanal hat? Wir sind öffentliche Personen, die Leute haben ein Recht darauf, das zu erfahren. Hast du meine Sorgen wegen der sinkenden Klickzahlen ernstgenommen? Hast du mal überlegt, woher wir die nächsten Monate Content kriegen sollen? Du hast ja nicht mal mehr die Kommentare unserer Community beantwortet, obwohl du dich dafür nicht hättest zeigen müssen. Ich habe mich von dir total alleingelassen gefühlt.«

»Und das gibt dir das Recht, unser Selfie zu posten? Ganz ehrlich, Laura, du hast sie doch nicht mehr alle!«

Laura verschwamm vor ihren Augen, die Tränen ließen sich nicht mehr zurückhalten, Feline drehte sich um, verließ den Laden und knallte die Tür.

Sie hatte so viel Wut in sich, dass sie auf dem Nachhauseweg noch einen Abstecher in den Grafenberger Wald machte.

Hinauslaufen wollte sie es, dieses Gefühl, von ihrer besten Freundin verraten worden zu sein. Sie lief erst, dann wurde sie schneller, sprintete an der Galopprennbahn und am Wildpark vorbei, bog in die Wolfsschlucht. Schreien wollte sie, alles aus sich hinausschreien, am liebsten oben an der Schönen Aussicht über die Stadt hinweg. Doch so weit kam sie nicht, ihr Atem überschlug sich, sie hatte Seitenstiche und blieb schließlich mitten auf dem schmalen Waldweg stehen.

Dann brach es aus ihr heraus. Tränen strömten ihr die Wangen hinunter, sie hatte sich die Lähmung nicht ausgesucht, verdammt! Und jetzt war ihre hässliche Fratze im Internet zu sehen – für alle Welt sichtbar, bis in die Ewigkeit abrufbar.

Wie hatte Laura ihr das antun können?

Als Feline nach Hause kam, saß ihre Mutter mit Simon im Wohnzimmer und blickte ihre Tochter vorwurfsvoll an.

»Da du dich ja nicht meldest, habe ich mir gedacht, wenn der Prophet nicht zum Berg kommt, muss der Berg eben zum Propheten kommen. Wie siehst du überhaupt aus? Du bist ja ganz rot!«

»Ich war joggen.« Feline seufzte, sie hatte jetzt überhaupt keinen Nerv auf ihre Mutter. Eigentlich wollte sie sich bei Simon wegen Laura ausheulen, aber das würde sie garantiert nicht vor der Mutter machen. »Und sorry, dass ich mich nicht gemeldet habe, ich hatte viel zu tun.« Feline stellte ihre Tasche ab und setzte sich.

»Simon hat mir schon erzählt, dass du Ärger mit deinem Chef hattest. Dass du aber auch sofort wieder arbeiten musstest – kein Wunder, dass das irgendwann eskaliert.«

Feline versuchte sich auf ihren Atem zu konzentrieren, um der Mutter nicht die Schimpfworte an den Kopf zu knallen, die Laura verdient gehabt hätte.

»In meinem Beruf braucht man in erster Linie den Kopf und die Hände, eine funktionierende Mimik ist da zweitrangig. Warum also hätte ich nicht arbeiten sollen?«

Felines Mutter, die ihre Beine übereinandergeschlagen hatte, wechselte Stand- und Spielbein. »Na ja, mag sein. Hauptsache, du strengst dich jetzt an bei der Arbeit, damit dein Chef sieht, was er an dir hat. Nicht, dass wir wieder einen Arbeitslosen in der Familie haben und uns Sorgen machen müssen.« Sie blickte auf Simon.

Feline setzte sich gerade und atmete tief durch. Sie versuchte die Gedanken an Youtube beiseitezuschieben. »Also erstens strenge ich mich immer an, zweitens, wenn Hartbrich bis jetzt nicht gemerkt hat, was er an mir hat, ist er selber schuld, und drittens sag du mir nicht, was ich zu tun habe.«

»Sie meint es doch nur gut«, sagte Simon und erntete damit einen funkelbösen Blick von Feline.

»Am Freitag war ich kurz davor zu kündigen.«

Sie beobachtete ihre Mutter. Eigentlich hatte sie das nur gesagt, um sie in Aufruhr zu bringen, und es gelang ihr. Die Mutter schnappte nach Luft und suchte nach Worten.

»So etwas Unüberlegtes darfst du auf keinen Fall tun. Der Sohn von der Marianne und die Bärbel von nebenan und die beiden Jüngsten von den Meintrups, die sind alle arbeitslos. Und das ist nicht einfach heutzutage. Arbeite von mir aus so viel du willst, aber tu mir nicht diese Sorgen an.«

Feline grinste schief.

»Line, hör auf, das ist nicht witzig.« Simon warf ihr einen strengen Blick zu.

»Natürlich nicht, ich habe nur gerade so verdammte Lust, allen den Rücken zu kehren. Am allermeisten Hartbrich und Justus.« Und Laura fügte sie gedanklich hinzu, aber davon wusste Simon ja noch nichts.

»Was kann Justus denn jetzt dafür?« Simon sah Feline kopfschüttelnd an.

»Du hast doch auch Franziska gesehen. Und du weißt, was Mara Bing mir erzählt hat. Ich werde Montagmorgen zu Justus gehen und alle Behandlungen abbrechen.«

Das war eben im Wald ein flüchtiger Gedanke gewesen, aber jetzt formierte er sich in ihrem Kopf ganz deutlich. »Ich hab die Schnauze voll von dem ganzen Unsinn.«

»Aber Kind, du kannst doch nicht die ärztlichen Behandlungen abbrechen. Nachher bleibst du so schief!«

Feline zog verächtlich ihren gesunden Mundwinkel nach oben. »Wieso? Bin ich doch bis jetzt auch geblieben.«

»Aber Kind ...«

»Das ist mein Gesicht, meine Lähmung und meine Entscheidung.«

Die Mutter bereitete gerade einen Wolkenbruch aus Einwänden vor, als Simon sich einmischte.

»Also, das kommt für mich jetzt zwar auch etwas überraschend, aber da kann ich Line verstehen, bei ihrer Bekannten ist die Lähmung ohne ärztliches Zutun weggegangen und der Arzt, bei dem sie neulich war, hat gesagt, dass nicht bewiesen ist, dass irgendwas überhaupt hilft.«

Ihre Mutter hielt sich nervös an der Sofalehne fest. »Aber es ist doch beruhigender, wenn Feline in ärztlichen Händen ist.«

Feline schüttelte fassungslos den Kopf. »Beruhigender? Für dich vielleicht. Weißt du, wie ätzend das ist, wenn du da Tag für Tag rumliegst mit Strom oder Nadeln im Gesicht und wartest und wartest und nichts passiert?«

Die Mutter wechselte abermals nervös Stand- und Spielbein. »Es ist ja nur, ich mache mir eben Sorgen. Wegen deiner Arbeit und deiner Lähmung.«

»Eben! *Meine* Arbeit und *meine* Lähmung. Im Übrigen auch *mein* Leben, kapier das endlich!«

Sie stand auf, verließ das Wohnzimmer und knallte die Tür.

»Sie meint das nicht so«, hörte sie Simon entschuldigend sagen.

»Ich geh dann wohl besser.« Felines Mutter stand auf. Simon brachte sie zur Tür.

Als er kurze Zeit später in die Küche kam, hatte Feline sich an den Abwasch gemacht. Laut klirrte das Geschirr im Spülbecken und sie beförderte die Teller unsanft in das Abtropfgestell.

»Lass das Geschirr heile, Line.«

»Mach ich ja.«

»Musste das denn eben sein?«

»Ja, musste es.«

»Aber ...«

»Weißt du, wie mich das ankotzt? Ich war grad bei Laura. Sie hat meine Gesichtslähmung auf Youtube ausgeplaudert und ein Foto von uns beiden im Krankenhaus gezeigt. Einfach so, ohne mich zu fragen.«

Simon starrte seine Freundin an. »Sie hat was? Shit, das ist echt übel.«

»Laura ist für mich gestorben, das sage ich dir. So was hätte ich nie von meiner besten Freundin gedacht. Und dann komme ich nach Hause und muss mir auch noch blöde Vorwürfe von meiner Mutter anhören.«

Feline merkte, wie ihre Tränen wieder flossen. Simon nahm sie in den Arm. Feline schmiegte sich an ihn. Wenigstens er hatte die ganze Zeit zu ihr gehalten und sie war unendlich froh darüber.

Am Sonntag fühlte Feline sich, als habe Laura ihr am Tag zuvor einen Dolchstoß versetzt. Dabei hätte ihr die unfreiwillige Beurlaubung während der Präsentation durch Hartbrich für diese Woche absolut gereicht.

Feline brach immer wieder in Tränen aus, auch wenn sie das nicht wollte. Sie hatte sich das Video noch einmal mit Simon angesehen, aber sie konnte es kaum ertragen. Die Kommentare unter dem Video wollte sie gar nicht lesen. So sehr sie sich seit Beginn ihrer Lähmung unsicher gefühlt hatte wegen ihres Aussehens, so sicher war sie sich doch immer gewesen in Bezug auf ihren Beruf als Grafik-Designerin und ihre Freundschaft mit Laura.

Noch nie in ihrem Leben hatte sie sich so erniedrigt gefühlt wie jetzt von Hartbrich und Laura. Dabei hatte sie selbst schon genug damit zu kämpfen, dass sich alle Hoffnungen auf Behandlungserfolge bisher nicht erfüllt hatten.

Sie rief Dolly an und bedankte sich für den Hinweis auf das Video.

»Du hast nicht davon gewusst?«, fragte Dolly entsetzt. »Das ist krass, so etwas Gemeines hätte ich Laura gar nicht zugetraut. Und jetzt?«

»Keine Ahnung«, sagte Feline. »Ich muss erst mal damit klarkommen, dass meine beste Freundin ... Aber erzähl du: Hat das Kleid gewirkt?«

»Ich glaube schon. Inzwischen bin ich mir sicher, dass er auch verliebt ist, doch wir trauen uns nicht, uns das zu sagen. Aber diese Woche will er für mich kochen und ich sterbe vor Aufregung!«

»Genieß dieses Kribbeln – bevor man zusammenkommt, ist das immer am intensivsten.«

»Das macht mich aber verrückt, ich kann an gar nichts anderes mehr denken, nicht mal an die MS.«

»Musst du ja auch nicht, wenn sie dich grad nicht nervt. Ich drücke dir die Daumen, dass das was wird mit euch beiden. Das klingt nämlich richtig schön!«

Dolly seufzte. »Ist es auch.«

Feline musste ihr versprechen, sie bezüglich Laura auf dem Laufenden zu halten. Am liebsten hätte sie niemanden darüber auf dem Laufenden gehalten, sondern die Freundin komplett aus ihren Gedanken verdrängt. Doch das war nicht so einfach.

Am Nachmittag schickte Laura eine Nachricht, die halb entschuldigend klang, aber ihre Aktion letztlich als etwas rechtfertigte, was dem gemeinsamen Youtube-Kanal guttat.

»Wenn ich das schon lese, könnte ich kotzen«, sagte Feline zu Simon. »Die glaubt doch nicht, dass ich noch weiter mit ihr einen Youtube-Kanal führe.«

Simon nahm sie in den Arm. »Lauras Aktion war unter aller Sau, aber vielleicht kannst du mit der Zeit verzeihen.«

»Das verzeihe ich niemals!« Felines Stimme hatte ein Crescendo vollführt.

»Line, ein bisschen Funkstille und Beruhigen ist jetzt sicherlich gut, aber kann diese eine völlig bescheuerte Aktion so viele Jahre Freundschaft kaputtmachen?«

»Antworten werde ich Laura jedenfalls erst mal nicht mehr. Ich brauche mal Ruhe. Und dazu dieser ganze Behandlungsscheiß, der nichts bringt. Ich habe das gestern ernst gemeint, als meine Mutter da war. In den letzten Wochen kam ich mir vor wie jemand, den man ständig zwischen Heilungsideen von Ärzten, Hoffnung und Misserfolgen herumstößt. Ich kann das nicht mehr, ich will wieder ich sein, verstehst du? Ich will wieder meine Entscheidungen treffen und mein Leben führen und nicht auf dem Abstellgleis der Ärzte verharren und auf Heilung warten.«

Simon legte Feline vorsichtig seine Hand auf die Schulter. »Es war für uns alle nicht einfach in letzter Zeit.«

»Und eben deshalb werde ich nicht so weitermachen wie die letzten Wochen. Und ich fange morgen Früh damit an.«

7.
Auszeit

**»Krankheit ist der Ort,
wo man lernt.«**
Blaise Pascal

Abbruch

Der Montagmorgen legte sich grau auf Justus'
Gesicht.

»Du kannst nicht einfach die Behandlungen abbrechen.«

»Wieso nicht?«

»Das geht nicht, denk doch mal an deine Gesundheit!«

»Ach, du meinst die Lähmung, die sich seit acht
Wochen nicht gebessert hat?«

»Das dauert eben seine Zeit.«

»Und genau diese Zeit will ich nicht mehr opfern.
Ich will meine Lähmung beiseitelassen und endlich wieder ein normaler Mensch sein.«

Justus blickte Feline entsetzt durch seine schwarz-
randige Brille an. »Davon halte ich gar nichts. Deine Gesundheit ist wichtiger. Du bist erwachsen,
aber ich kann dir nur davon abraten, die Therapie
abzubrechen. Wenn deine Lähmung hinterher bleibt
oder sich schlechter zurückbildet – dann trägst du
alleine dafür die Verantwortung. Und sag nicht,
ich hätte dich nicht gewarnt.«

Einen kurzen Moment stellte Feline sich vor, wie
es wäre, wenn die Lähmung für immer bliebe, nur
weil sie die Behandlungen abgebrochen hatte.
Aber dann schob sie die Gedanken beiseite.

»Ich breche ab.«

Justus stand von seinem Schreibtischstuhl auf und
lief nervös durch den Raum.

»Ich darf gar nicht daran denken, in was für ein
gesundheitliches Risiko du dich begibst.«

Feline stand ebenfalls auf und ging zur Tür.

»Versuch es nicht. Du kannst mich nicht umstimmen.«

Justus seufzte. »Du handelst verantwortungslos. Aber du bist erwachsen. Du musst es selbst wissen.«

»Eben«, sagte Feline und verließ die Praxis.

Auf dem Weg zur Agentur fühlte Feline sich befreit und sie war sich sicher, das Richtige getan zu haben. Mit laut aufgedrehter Musik kämpfte sie sich durch den Stadtverkehr. Plötzlich meldete sich ein unangenehmes Gefühl in ihrem Magen, das sie an die Auseinandersetzung mit Hartbrich erinnerte. Natürlich würde sie nicht kündigen. Schon gar nicht jetzt, wo ihr zweites Standbein Youtube vielleicht auch für immer wegbrach.

Sie musste an die Unterhaltung mit Mara Bing denken. Was spräche eigentlich dagegen, sich eine Weile Abstand von der Agentur zu gönnen, um anschließend mit neuem Elan an die Arbeit zu gehen? Oder würde sie damit das Feld räumen und für Sonja freigeben? Hartbrich hatte ihr ja nur zu deutlich gezeigt, dass sie ersetzbar war. Aber er würde schon merken, dass er Feline bräuchte, weil Sonja sie vielleicht punktuell, aber nicht in allem vertreten konnte.

Feline spürte das unbändige Verlangen, einfach mal auf niemanden zu hören, auch ihren eigenen Perfektionsanspruch runterzuschrauben und sich endlich nur auf ihr Gefühl zu verlassen. Denn das sagte ihr schon lange, dass sie sich nicht weiter wie eine willenlose Marionette den Ärzten und Hartbrichs dieser Welt fügen wollte. Ihr Entschluss stand fest: Sie würde ihren Resturlaub vom letzten Jahr – immerhin waren das noch drei Wochen – nehmen, am besten so schnell wie möglich.

Als Feline in die kaffeeduftende Fruchthöhle kam, war Sonja noch nicht da. Tamara saß mit einem Becher des schwarzen Werbemenschen-Sucht-Gesöffs an ihrem Tisch. Feline grüßte freundlich und entdeckte, als sie ihren Blick von der kaffeetrinkenden Tamara abwandte, einen großen Blumenstrauß auf ihrem Schreibtisch.

»Was sollen denn die Blumen da?«

Tamara stellte ihre Tasse beiseite. »Ich glaube, die sind von Herrn Hartbrich. Die Präsentation ist sehr gut gelaufen und die Leute von Fruitsun waren begeistert.«

»Da will wohl jemand sein schlechtes Gewissen beruhigen«, murmelte Feline vor sich hin.

Tamara sah sie fragend an.

»Ach, nichts, ich hab mit mir selbst gesprochen.«

Sie betrachtete den üppigen Strauß. Eine bunte, selbstgefällige Zusammenstellung aus Fresien, Anemonen und Rosen, dazwischen protzten drei Anthurien. Wie geschmacklos, dachte Feline und wusste gleichzeitig, dass selbst die schönsten Blumen ihr nicht gefallen würden, solange Hartbrich der Absender wäre.

»Danke für die Blumen.« Feline schenkte Hartbrich das verzerrteste Lächeln, das sie auf Lager hatte.

Hartbrich sah an ihr vorbei. Der Feigling schaffte es nicht mal, ihre Fratze anzusehen, dachte sie.

»Die Präsentation ist gut gelaufen, das haben Sie sicher schon gehört.«

»Freut mich«, sagte Feline. »Weshalb ich aber eigentlich gekommen bin: Ich würde gerne meinen Resturlaub vom letzten Jahr nehmen.«

Hartbrich sah sie kurz an, wich dann aber wieder ihrem Blick aus.

»Wann und wie lange?«

Sie schob ihm den Urlaubsantrag auf seinen Schreibtisch.

»Ich habe noch drei Wochen. Am liebsten wäre mir schon ab nächste Woche, wenn das so kurzfristig möglich ist.«

»Hmmm«, brummte Hartbrich, während er den Zettel nahm und las.

Feline beobachtete gespannt seine Mimik.

»Steht ja nichts Wichtiges an, oder?«, murmelte Hartbrich, dann nahm er seinen Designkugelschreiber und unterschrieb.

Feline war erleichtert, als sie am Abend aus der Agentur kam. Am liebsten hätte sie sofort Urlaub gehabt, aber die vier Tage würde sie auch noch aushalten. Strahlend schief erzählte sie Simon von der Diskussion mit Justus und von Hartbrichs Einwilligung in ihre Urlaubswünsche.

Hätte die Wunde von Lauras Dolchstoß nicht noch geschmerzt, wäre der Abend perfekt gewesen. Feline versuchte die Gedanken an die Freundin beiseitezuschieben.

»Und was willst du mit den drei Wochen machen?«, fragte Simon.

»Am liebsten würde ich wegfahren und mal alles hinter mir lassen.«

»Aber ich bin nun mal noch in der Probezeit und kann keinen Urlaub nehmen.« Simon legte seinen Arm um Feline.

»Wer sagt denn, dass ich mit dir wegfahren will?« Simon zog eine beleidigte Schnute. »Sorry, aber wir sind zufällig zusammen, falls ich dich daran erinnern darf.«

»Deshalb könnte ich doch trotzdem mal alleine wegfahren. Du glaubst gar nicht, wie sehr ich mich danach sehne, mal alleine zu sein und in Ruhe zeichnen und nachdenken zu können.«

»Hast du nur wegen Martins Buch Urlaub genommen?«

»Nein, natürlich nicht. Ach Simon, ich muss einfach mal raus hier. Versuch einfach, das zu verstehen oder wenigstens zu akzeptieren.«

Simon seufzte. »Ich kann es dir ja doch nicht ausreden.«

Gelber Nebel

Am Samstagmorgen stieg Feline in ihren Mini und fuhr los. Die Fratze feierte ihr neunwöchiges Bestehen und ließ sich nicht dazu bewegen, zu Hause zu bleiben. Sie kam also mit in den Urlaub, ebenso wie eine Kiste voll Zeichenutensilien, Bücher und ein Korb Lebensmittel.

Alles war erledigt. Ihrer Mutter hatte sie Anfang der Woche Hartbrichs Blumenstrauß vorbeigebracht, damit sie sich nicht die ganze Zeit während Felines Abwesenheit grämte, die momentane Funkstille mit Laura fühlte sich richtig an, Simon hatte sie das Versprechen abgenommen, sie nicht andauernd anzurufen oder ihr Nachrichten zu schicken, und in der Fruchthöhle durften sich Sonja und Tamara mit den kleineren Kunden, die kein so großes Budget und Ansehen wie Fruitsun besaßen und daher auch nur kleine Aufträge vergaben, herumschlagen.

Und sie, Feline, fuhr gemütlich auf der Autobahn und freute sich wie ein kleines Kind.

Sie fühlte nach dem Schlüssel in ihrer Tasche. Gespannt war sie auf das Haus. Und fand es immer noch unglaublich nett, dass Mara Bing, eine fast fremde Frau, ihr für drei Wochen ihre kleine Hütte im Sauerland überließ. Bezahlen musste sie nur die Nebenkosten und selbst vor ihrem Einzug saubermachen. Mara war nämlich schon länger nicht mehr dort gewesen.

»Macht nichts«, hatte Feline gesagt, »mir ist alles recht, Hauptsache weg.«

Mara Bing hatte wissend gelächelt, als hätte sie schon auf Anjas Party geahnt, dass Feline auf ihr Angebot zurückkommen würde.

Je länger sie die Autobahn Richtung Nordosten fuhr, desto lauter sang sie die Radiolieder mit, und als sie hinter Hagen diesen großen, roten Großstädteklumpen auf der Landkarte hinter sich ließ, fühlte sie sich unendlich erleichtert.

Das Haus lag in einem sauerländischen Dorf zwischen Sundern und Meschede, wobei Feline die Bezeichnung Dorf noch übertrieben fand. Ihr schien die Gegend, die sie vor sich sah, eher wie ein Waldstaat, in den sich ein paar einzelne Häuser verirrt hatten.

Trotz Maras Wegbeschreibung musste Feline erst suchen, bevor sie das Haus entdeckte. Es stand etwas versteckt zwischen Sträuchern und Bäumen auf einer Anhöhe. Feline parkte ihren Mini am Wegrand und ging die schmale Treppe hoch, die sich durch den Felsen zum Haus hinauf schlängelte. In den Fenstern des braunen Holzhauses hingen gescheitelte Gardinen, es sah einladend aus und doch wirkte es verlassen.

Als Feline die letzte Stufe erreicht hatte, drehte sie sich um und blickte auf das Wald-und-Wiesen-Tal, das ihr zu Füßen lag. Endaprilwolken hatten sich trotzig vor die Sonne geschoben. Die Wälder, die größtenteils aus Nadelbäumen bestanden, wirkten dunkel und sie hätten vielleicht sogar bedrohlich ausgesehen, wenn die Wiesen in ihrem saftigen Grün nicht für einen schönen Kontrast gesorgt hätten. Dazwischen zogen sich zwei, drei graue Straßenfäden mit einzelnen Häusern in die Ferne. Hinter einem Hügel ragte ein Kirchturm empor. Feline atmete tief durch.

Es war weit und breit niemand zu sehen. Keine Straßen voll lächelnder Menschen, kein Glotzen, kein Starren, kein peinlich berührtes Weggucken. Es war ruhig, als würde die Welt stillstehen und in sich verharren. Aber es war eine angenehme Stille. Es war nicht die kränkliche Stille der Klinik oder der verzweifelte Stillstand, den Simon vor seinem neuen Job ausgestrahlt hatte. Die Stille ähnelte auch nicht Felines gelähmter Bewegungslosigkeit. Es war eine Stille, die in sich ruhte und doch jederzeit für Menschengeräusche und Bewegungen bereit schien.

Feline wunderte sich, dass ihr die Landschaft gefiel, denn sie war eigentlich kein Freund von Nadelwäldern und beschaulichen Hügeln. Sie rannte im Urlaub normalerweise lieber von Besichtigung zu Besichtigung, nahm grundsätzlich das volle Programm mit, entdeckte am liebsten aufregende europäische Metropolen, sog gemeinsam mit Simon die Kultur, die Architektur und die Kunst in sich, stillte tagelang unentwegt ihren Wissensdurst, um sich anschließend noch ein paar Tage zu entspannen.

Aber diesmal verspürte sie keinen Wissensdurst. Sie hatte das Verlangen, alleine zu sein, Ruhe für sich und ihre Zeichnungen zu haben.

Als Feline die Veranda betrat, knackte das Holz. Die an die Hauswand gelehnten, zusammengeklappten Gartenmöbel wirkten verwittert, aber brauchbar. An der Tür stand ein kleines Holzschild mit Maras Nachnamen. Feline holte den Schlüssel aus der Tasche. Er passte, sie schloss auf und trat in das Haus. Staub und Spinnenweben überzogen sanft die Möbel, die Luft war stickig, aber es war gemütlich. Ein großer Wohn- und Kochraum mit jeder Menge Büchern, zwei Schlafkammern und ein kleines Bad mit Dusche.

Ein bisschen schmutzig war es zwar, wie Mara gesagt hatte, aber bei der Vorstellung, nach dem längst fälligen Frühjahrsputz in diese gemütliche Hütte einziehen zu können, überkam Feline ein wohliges Gefühl. Sie öffnete die Fenster, suchte Lappen, Besen und Wischmopp und machte sich an die Arbeit.

Am Abend hatte sie sich eingerichtet, einen ersten Spaziergang unternommen und saß nun entspannt auf der Veranda. Die Luft war angenehm und kühl, Feline hatte sich eine dicke Strickjacke angezogen, um keinen Zug zu bekommen, und beobachtete, wie sich die Dämmerung langsam über die Hügel legte.

Sie nahm ihr Smartphone und wählte Simons Nummer. Er hatte angeboten, zumindest über das Wochenende mit ihr zu kommen, aber sie hatte abgelehnt. Man begann einen Urlaub nicht zu zweit, wenn man alleine sein wollte, fand sie. Nun würde sie ihm wenigstens noch eine gute Nacht wünschen, wenn er den Samstagabend schon ohne sie verbringen musste. Simon meldete sich und Feline berichtete ihm von dem gemütlichen Haus und ihrer Säuberungsaktion.

»Gut, dass du anrufst, Line. Du hast deine ganzen Medikamente vergessen.«

»Ich weiß«, sagte Feline.

Simon seufzte. »Jetzt sag nicht, dass du die absichtlich vergessen hast.«

»Doch.«

»Du bist echt unverbesserlich.« Simons Stimme klang vorwurfsvoll.

»Du kannst den Schrott wegschmeißen, die Grippe-Nosoden, die Vitaminpräparate und diesen ganzen Unsinn. Bullaugen und Augensalbe habe ich mitgenommen, den Rest brauche ich nicht.«

Simon schwieg eine Weile, dann wurde seine Stimme versöhnlich. »Wenigstens an dein Auge hast du gedacht. Na ja, immerhin.«

Feline grinste in sich hinein. Sie brauchte keine Medikamente, sie brauchte gar nichts mehr, das sie an die Fratze erinnerte. Sie mochte der Fratze keine Aufmerksamkeit mehr schenken.

Abgesehen von den paar Grimassen vor ihrem Handspiegel wollte sie ihre Lähmung ignorieren, so lange, bis der Fratze langweilig würde, ihr Gesicht zu besetzen, und sie in den Wald fliehen würde.

»Und du möchtest mich wirklich nicht sehen?« Simon klang enttäuscht. »Ich könnte morgen vorbeikommen.«

»Nein«, sagte Feline. »Ich will erst mal niemanden sehen.«

Die Tage vergingen. Der Mai begann ungewöhnlich kühl, aber das störte Feline nicht. Nachts regnete es manchmal. Der Regen klopfte auf das Dach und Feline lauschte seinen rhythmischen Trommelklängen.

Morgens legte sich häufig Nebel über die Hügel. Wie ein grauer Vorhang verdeckte er die Wälder und Wiesen, ein dunstiger, zäher Morgenrauchschleier, der die Landschaft in Schweigen zu hüllen schien. Im Laufe des Tages mischte sich dann Gelb in das Grau, Sonnenlicht brach die Nebelwände auf und Nebelfetzen wichen dem Leben, den Waldhügeln, den Straßenschnüren und Häusern. Wärme breitete sich schüchtern aus, trocknete den nassen Asphalt und die Regentränen der Blätter und gab sich alle Mühe, Frühling zu sein.

Wenn Sonne den Nebel beiseite schob, ging Feline spazieren, ansonsten zeichnete sie. Ihre Stifte flogen über das Papier, sie glitten, sie kratzten, sie wischten, sie erweckten Formen und Figuren zum Leben. Martins Manuskript hatte Feline inzwischen mehrmals gelesen und sie hatte das Gefühl, dass ihre Zeichnungen immer kindgerechter wurden, je mehr sie sich in die Geschichte hineindachte.

Eigentlich hätte alles gut sein können, aber zwischendurch merkte Feline, dass ihre Dolchstoßwunde noch nachblutete, dass sie Laura nicht einfach vergessen konnte, dass es sie nicht kalt ließ, als Simon ihr am Telefon erzählte, dass Laura mit einem Blumenstrauß vorbeigekommen und sehr geknickt gewesen sei, als sie von Felines Auszeit erfuhr.

Feline merkte, dass es sich nicht so verdrängen ließ, wie sie es sich gewünscht hätte, deshalb ging sie an einem Abend ins Internet und las sich die Kommentare der Community unter Lauras Enthüllungsvideo durch.

Es waren viele.

So viele Views hatten sie noch bei keinem Video gehabt. Die meisten Kommentare drückten Entsetzen, Mitleid oder Genesungswünsche aus. Viele fanden dafür erstaunlich nette Worte, sodass Feline teilweise sogar gerührt war. Einige fragten kritisch in Lauras Richtung, warum sie dieses Video nicht mit Line zusammen gemacht habe, andere hatten Themenvorschläge für Videos, solange Feline nicht drehen konnte. Ein paar gehässige Kommentare waren auch darunter, aber die freundlichen Kommentare überwogen.

Damit hatte Feline nicht gerechnet. Sie konnte auf Laura sauer sein, aber nicht auf die Community, hinter der so viele einzelne Menschen steckten, die offensichtlich sehr viel Mitgefühl hatten. Und die ja letztendlich »Laura & Line« durch ihre Treue zu dem erfolgreichen Kanal gemacht hatten, der er heute war.

Ausgerechnet an diesem Abend schickte Dolly ihr eine Nachricht. »Willst du reden?«, fragte sie darin, als wüsste sie genau, dass zwischen Feline und Laura Funkstille war. Ihre siebzehnjährige ehemalige Mitpatientin machte ihr ein Redeangebot. Dabei war doch eigentlich sie die Erwachsene, auch wenn sie sich manchmal gar nicht so fühlte.

Sie markierte Dollys Nachricht mit einem Herz-Smiley, aber an diesem Abend konnte sie ihr nicht antworten, das verschob sie auf morgen. Seltsam berührt ging sie ins Bett und dachte noch lange nach.

Am nächsten Morgen setzte Feline sich auf die Veranda, richtete die Kamera ihres Smartphones auf sich und die Landschaft im Hintergrund und begann zu reden.

»Hallo, hier ist Line von ›Laura & Line‹. Ich habe euch lange warten lassen und jetzt zeige ich mich euch tatsächlich mit meinem ungeschminkten schiefen Gesicht, das ich am liebsten vor der ganzen Welt verbergen würde. Eure Kommentare haben mich teilweise sehr berührt – danke für alle guten Worte und Wünsche.

Zusammen mit Laura habe ich in den letzten zwei Jahren viele lustige Videos gedreht. Ihr habt uns bei Challenges, Shoppingtouren und Morgenroutinen begleitet. Wir haben euch Styling-, Schmink- und Freizeittipps gegeben. Mir hat das immer Spaß gemacht, aber seit neun Wochen ist mir das alles plötzlich ziemlich unwichtig.

Mein Gesicht ist schief, ich konnte nicht richtig essen, manche Laute nicht richtig sprechen, ich durfte mich nicht schminken und mein Auge muss ich noch immer vor dem Austrocknen schützen, weil es sich nicht mehr schließt. Es gab Menschen in meinem Umfeld, die meinen Anblick nicht ertragen haben. Und es gab Menschen im Krankenhaus, die noch viel schlimmer dran waren als ich. Eine junge Mutter, die im Rollstuhl sitzt, oder eine Siebzehnjährige, die die Diagnose MS bekam. Menschen, die echt zu kämpfen haben und trotzdem so viel Stärke zeigen. Das alles hat mich verändert. Mir sind Dinge unwichtig geworden, die ich früher für essenziell hielt. Und ich habe erkannt, dass eines in solchen Zeiten wichtig ist: Freundschaft. In meinem Fall die beste Freundin. Auch Laura hatte mit meiner Diagnose zu kämpfen und damit, den Kanal eine Zeitlang alleine führen zu müssen. Als sie meine Gesichtslähmung öffentlich gemacht hat, hat mich das sehr verletzt.

Laura kam damals in der elften Klasse von der Realschule zu mir aufs Gymnasium und wir verstanden uns sofort. Das ist jetzt zehn Jahre her. Seitdem sind wir als Freundinnen und als Youtuberinnen durch dick und dünn gegangen. Und eigentlich wünsche ich mir, dass wir das auch weiter tun.

Und noch etwas: Wenn ich wieder darf, werde ich mich wie früher schminken und stylen, darauf freue ich mich auch. Aber ich frage mich, ob das das Wichtigste ist, was wir euch zu erzählen haben. Mir kommt das aus jetziger Sicht ziemlich oberflächlich vor. Und vielleicht habt ihr ja nichts dagegen, wenn wir zwischendurch mal ein Video machen über Menschen mit MS oder im Rollstuhl oder ein anderes Thema – irgendwas darüber, was Menschen außerhalb von äußerer Perfektion bewegt. Ich zumindest bin gerade äußerlich ziemlich unperfekt und mich bewegt ziemlich viel.

Schreibt mir dazu gerne mal in die Kommentare, ob ihr euch eine etwas andere thematische Ausrichtung vorstellen könnt. Ich werde euch die nächsten Tage allerdings nicht antworten können, denn ich nehme mir gerade eine kleine Auszeit, die dringend nötig ist. Ich hoffe, ihr seht mir das nach. Bis bald! Eure Line.«

Feline stellte die Kamera aus, bearbeitete Anfang und Ende des Videos und stellte es dann, ohne es sich nochmal vorher anzusehen, online.

Anschließend schrieb sie kurz an Dolly, schaltete ihr Smartphone aus und ging spazieren.

Am Mittag atmete sie tief durch, bevor sie ihr Handy wieder einschaltete. Laura hatte ihr eine Nachricht geschrieben. Ihr Herz klopfte, als sie las: »Liebe Line, ich sitze hier gerade und heule. Danke für dein Video! Alles wird gut werden. Wir sehen uns, wenn du zurück bist. Deine Laura.«

Feline lächelte schief und als sie etwas später von Martin eine lobende Nachricht zu ihren Illustrationsentwürfen erhalten hatte, ging sie motiviert an die weiteren Zeichnungen heran.

In den nächsten Tagen zeichnete sie aber nicht nur für Martins Buch. Es entstanden kleine Comics, Karikaturen, Skizzen – Feline brachte alles aufs Papier, was ihr gerade in den Sinn kam. Sie zeichnete die Hütte und den Ausblick und schickte die Zeichnungen als kleines Dankeschön an Mara Bing.

Feline genoss die Ruhe, das eigenverantwortliche Arbeiten und vermisste die Großstadt nicht und Simon kaum. Viel zu sehr war sie mit ihren Ideen und Gedanken beschäftigt. Sie dachte viel nach, besonders darüber, ob sie ihr Leben lang in der Werbung und in einer großen Agentur arbeiten wollte. Oder ob es vielleicht für Grafik-Designer noch andere Dinge gab, die sie ebenso erfüllen würden.

Worüber Feline nicht nachdachte, war die Fratze. Ein paar Grimassen am Tag, manchmal auch das nicht, das war alles. Die Fratze interessierte sie nicht. Natürlich hoffte sie weiterhin auf Rückkehr ihrer alten Mimik, aber sie strafte die Fratze mit Missachtung.

Nach eineinhalb Wochen in Maras Häuschen – zehneinhalb Wochen nach Beginn der Lähmung – begann ihr rechter Mundwinkel zu zucken und sie konnte ihn zu einem winzigen Ansatz von Lächeln verziehen. Als Feline diese erste kleine Bewegung morgens im Bad feststellte, war sie erstaunt. Sie hatte ihrem Gesicht jegliche Beachtung verwehrt und nun kam das Zucken so plötzlich. Vielleicht hatte es sich auch langsam herangeschlichen und sie hatte es nur nicht bemerkt.

Feline wollte sich nichts vormachen. Es war nur eine minimale Bewegung, ihr Gesicht war nach wie vor schief und um ihre Augenpartie herum bewegte sich gar nichts. Aber immerhin war es überhaupt eine kleine, sichtbare Bewegung in der ansonsten steifen Fratze. Feline freute sich, aber als sie abends Simon anrief, behielt sie ihre Freude für sich. Sie wusste nicht genau, warum sie ihm nichts sagte. Vielleicht hatte sie Angst, sich wieder einer Illusion hinzugeben, sich wieder nur etwas einzubilden und anschließend von der Realität eingeholt und enttäuscht zu werden.

Sie wollte Simon und sich falsche Hoffnungen ersparen. Aber der winzige Ansatz von Lächeln blieb und mit ihm die Zuversicht.

»Deine Zeichnungen sind super«, teilte Martin Feline per Sprachnachricht mit. Inzwischen hatte Martin ihr auch sein Konzept für ein Buch für jüngere Kinder geschickt. Es erforderte mehr Zeichnungen, Feline hatte es mit Interesse gelesen und gleich ein paar Skizzen gemacht.

Je mehr Kontakt sie mit Martin hatte, desto unsicherer wurde Feline, ob sie wirklich die nächsten Jahre damit verbringen wollte, Fitness-Riegel und exotische Fruchtsäfte zu bewerben. Natürlich war sie stolz auf die Marke Fruitsun, die sie mit aufgebaut und die sich prächtig entwickelt hatte. Jede einzelne Frucht, die sie gezeichnet hatte, und die produktbegeistert im Fernseher herumsprang, erfüllte sie mit Genugtuung. Aber konnte man das noch steigern? Klar, sie konnte noch bessere Früchte entwerfen, noch größere Fruitsun-Kampagnen konzipieren, aber war es das, was sie wollte? Was sie wirklich wollte? Die Kinderbuchzeichnungen erfüllten sie auch, zumal sie ein Buch schmückten und Bücher haltbarer und beständiger waren als Reklame, die flüchtig über den Bildschirm lief oder mit den Zeitschriften ins Altpapier wanderte.

Doch würde sie mit Zeichnungen ausreichend Geld verdienen? Ihr kamen viele Ideen. Illustrationen und Karikaturen für Zeitschriften oder Zeitungen, Zeichnungen für Sach- und Kinderbücher, sie könnte Buchcover gestalten – eigentlich brauchte man überall Bilder und Feline überlegte ernsthaft, sich selbstständig zu machen und einen Kundenstamm aufzubauen, der ihre Zeichnungen regelmäßig abnahm.

Einfach würde das nicht. Aber was war schon einfach?

Es war auch nicht einfach, unter dem ständigen Druck von Hartbrich und den Fruitsun-Leuten zu arbeiten, selbst wenn man sich die Fruchthöhle noch so schönredete. Und ihre Werbekenntnisse müsste sie ja nicht ganz abschreiben. Wenn es mit den Illustrationen nicht gut liefe, würde sie sicherlich ein paar kleinere Auftraggeber finden, deren Corporate Design sie entwerfen könnte. Schließlich hatte sie die besten Referenzen.

Dazu würde sie mit Laura den Youtube-Kanal weiterführen, eventuell mit völlig neuen Videoformaten. Vielleicht könnten sie ein paar mehr Produkte platzieren, aber die würde Feline sich, wie bisher auch, sehr genau ansehen und auf Kompatibilität mit ihrem Gewissen prüfen. Auf die kreative Planung und den Filmschnitt freute sie sich schon jetzt.

Sie hätte dann keinen sicheren Job mehr, der den Erziehungszielen und Ansprüchen ihrer Mutter gerecht werden würde, aber hey, sie war jung, sie hatte sich ein finanzielles Polster erarbeitet, was sollte ihr passieren?

Ihre Ideen flogen, sie strömten, Feline erdachte sich ihre berufliche Zukunft, überlegte, plante, zweifelte, verwarf wieder und kam doch immer wieder zu dem einen Gedanken zurück: die vertraute Fruchthöhle zu verlassen und etwas Neues zu wagen.

8.
Mienenspiel

**»Du lächelst –
und die Welt verändert sich.«**
Buddha

Farben und Pläne

Die Tage verflogen. Regen und Nebel verschwanden hinter den Hügeln, wurden durch einen blauen Himmel abgelöst, der sich mit ein paar Wattewolken und warmem Maiwetter schmückte. Das letzte Wochenende in Maras Hütte und die Rückkehr in die Großstadt standen bevor.

Feline vermisste Simon. Sie war hart geblieben die ganzen drei Wochen, hatte Simon an keinem Wochenende erlaubt, sie zu besuchen. Warum sie so abweisend zu ihm gewesen war, konnte sie nicht genau erklären, sie war einfach ihrem inneren Bedürfnis nach Alleinsein gefolgt und hatte sowohl Simon als auch ihre Mutter, die sie besuchen wollten, vor den Kopf gestoßen.

Aber nun sehnte sie sich nach Simon. Sie vermisste ihn fürchterlich und wünschte sich nichts mehr, als das letzte Wochenende mit ihm in dem Häuschen gemeinsam zu verbringen. Sie rief ihn an und Simon schien nur darauf gewartet zu haben, endlich von ihr abberufen zu werden.

»Ich werde gucken, ob ich Freitag etwas früher gehen darf«, sagte er und dann fügte er hinzu: »Endlich kommst du wieder zur Vernunft!«

Feline blickte in den Spiegel. Sie lächelte.
Ihr rechter Mundwinkel schaffte es fast so hoch wie der linke. Die Oberlippe zog sich auf der gesunden Seite etwas höher als auf der rechten, aber sie lächelte. Sie versuchte es mit geschlossenem Mund und mit Zähnen, sie betrachtete ihr Spiegel-

bild und war glücklich. Es hatte sich langsam eingeschlichen.

Jeden Tag war das Lächeln ein Stückchen mehr zurückgekommen und hatte der Fratze den Boden unter den Füßen weggezogen.

Es war ein langsamer Kampf gegen die Fratze, still ausgefochten in dieser einsamen Hütte und noch nicht ganz gewonnen. Die Augenbraue ließ sich noch nicht hochziehen, das Auge nicht schließen und auch auf der Nase fehlten noch Falten. Aber Feline lächelte wieder und der Rest würde auch noch kommen.

Knapp drei Monate lang hatte die Fratze ihr das Lächeln gestohlen, aber jetzt, wo sie es fast wiederhatte, würde sie es sich nicht mehr nehmen lassen. Von niemandem.

»Line, du kannst ja wieder lächeln!«, rief Simon und schloss Feline in die Arme.

Dann betrachtete er lange ihr Gesicht. »Ich hatte beinahe vergessen, wie schön du bist.«

Feline hasste normalerweise Komplimente, die ihr Aussehen betrafen, weil sie sie meistens als scheinheilig und schleimig empfand. Aber dieses Mal hätte Simon die kitschigsten Dinge sagen können, sie hätte es ihm nicht übelgenommen. Denn sie hatte selber fast vergessen, dass sie eigentlich gut aussah.

Feline hatte gekocht, sie aßen und anschließend betrachtete Simon ihre Mal- und Zeichenutensilien und ein paar Skizzen, die sie ausgebreitet hatte. Auf dem Wohnzimmertisch waren Zeitungen ausgelegt, auf denen ein begonnenes Bild und kleine, geöffnete Gläser mit Acrylfarbe standen. Simon tunkte seinen Finger in das Rot, schlich sich von hinten an Feline, die den Tisch abräumte, heran und malte ihr einen roten Punkt auf die Nase.

»Ey!«, rief Feline. »Na, warte!«

Sie tauchte ihren Finger in das Blau und bemalte Simons Wange.

»Pass auf, dass keine Farbe auf deine Kleidung kommt«, sagte Simon und öffnete ihre Bluse.

Sie entkleideten den jeweils anderen, dann liefen sie nackt durch die Hütte, beschmierten sich mit Farbe und lachten sich gegenseitig aus. Feline konnte sich nicht erinnern, wann sie das letzte Mal so albern gewesen war. Sie küsste Simon, bemalte ihn blau und gelb, vermischte beides zu einem Grün und lachte. Simon breitete ein paar Zeitungen auf dem Boden aus, legte sich darauf und zog Feline auf sich.

»Ich hoffe, deine Mara Bing mag bunte Böden!«

»Erstens hast du ja Zeitungen druntergelegt und zweitens kriegen wir das mit Alkohol oder Nagellackentferner wieder weg.«

Simon grinste. »Mit Alkohol, soso.« Er küsste sie, Feline strich über sein Haar, in dem sich gelbe Farbe verfangen hatte. Plötzlich löste sie sich aus seiner Umarmung, setzte sich neben ihn und sah ihn mit funkelnden Augen an.

»Übrigens mache ich mich selbstständig.«

»Line ...«

»Und ich dulde keinen Widerspruch.« Feline blickte Simon streng an, ihre rechte Augenbraue weigerte sich noch, aber sie bemerkte es nicht, sondern brach in ein herzliches Lachen aus.

»Du bist einfach unverbesserlich«, sagte Simon.

Auf dem Weg

Am Montag starrte Justus auf Felines Gesicht.
Sie zog ihre Mundwinkel, so hoch sie konnte.
»Keine Ahnung, wie du das gemacht hast, aber das sieht richtig gut aus. Ich hätte nicht gedacht, dass sich der Nerv jetzt doch so schnell erholt. Und am Auge wird sich das auch noch bessern.«
Später lief sie durch die Stadt und lächelte. Auf dem breiten Bürgersteig kamen ihr viele Menschen entgegen. Feline strahlte sie alle an. Sie grinste wie ein Honigkuchenpferd.
Schicke Damen mit perfektem Make-up stöckelten ihr entgegen. Das Lächeln schien sie zu irritieren. Wahrscheinlich glaubten sie, Feline sei bescheuert, denn wer lief schon mit einem Dauergrinsen durch die Stadt?
Ihr war das egal. Sie konnte nicht anders, als zu lächeln. Zu schön war dieses unbeschreibliche Glücksgefühl, das sie erfüllte, wenn sie spürte, wie sich ihr rechter Mundwinkel nach oben zog.
Endlich, endlich hatte sie ihr Lächeln wieder!
Sie war dankbar, sie wusste zwar nicht wem, aber sie war einfach nur dankerfüllt und glücklich. Das aufgesetzte Lächeln der entgegenkommenden Damen war vielleicht perfekter als ihres, das noch eine leichte Asymmetrie aufwies, aber Feline war sich

sicher, dass diesen Frauen gar nicht bewusst war, was es bedeutete, lächeln zu können.

So, wie es ihr selbst früher auch nicht bewusst gewesen war.

Dienstagmorgen war ihr erster Arbeitstag. Sie stand früh auf, so konnte sie vor der Arbeit noch an der Rheinpromenade laufen und etwas frische Luft schnappen, bevor sie in die Agentur fuhr.

Dort wollte sie Hartbrich die Kündigung überreichen und ihm dabei ihr schönstes Lächeln schenken.

Aber zuerst hatte sie noch etwas anderes vor.

Sie dachte an das Youtube-Video, das sie drei Monate zuvor hier mit Laura beim Inlineskaten und Rollschuhfahren gedreht und in dem sie auf ihr Fitness-Make-up-Video verwiesen hatte.

Nach drei Monaten fast ohne Schminke erschien ihr das wie aus einem anderen Leben.

Nun sollte die Community erfahren, dass sie wieder lächeln konnte und was für ein schönes Gefühl es war, sich wieder mit einer Mimik, die niemanden abschreckte, unter Menschen zu bewegen, auch wenn davon hier am frühen Morgen noch nicht viele unterwegs waren.

Sie holte den Selfie-Stick aus ihrer Tasche und befestigte ihr Smartphone daran. Dann kontrollierte sie ihre Frisur und wie die Oberkasseler Rheinwiesen im Hintergrund wirkten oder ob sie sich doch besser Richtung Fernsehturm drehen sollte. Sie checkte die Einstellungen und steckte sich das kleine Funkmikro an ihr Shirt. Im Kopf ging sie ihren vorher überlegten Text noch einmal durch und wollte dann den Aufnahmeknopf drücken.

Plötzlich hielt sie inne.

Es fühlte sich nicht richtig an. Nein, dieser Moment gehörte nicht der Welt, gehörte nicht Youtube, gehörte nicht den Followern – dieser Moment gehörte ihr ganz allein.

Alles andere hatte Zeit.

Sie stellte ihr Smartphone aus und packte es in die Tasche.

Der Morgen lag über dem Rhein, ein leichter Wind ging durch die Platanen, die die Promenade säumten. Feline lief über die wellenförmigen Betonsteine und blickte aufs Wasser. Ein langes Frachtschiff steuerte auf die Rheinkniebrücke zu, hinter der sich der Fernsehturm vor einem zögerlichen Wolkenhimmel erhob. Stille lag über den Oberkasseler Rheinwiesen auf der anderen Flussseite und Stille lag auch hier über der noch fast menschenleeren Promenade. Es war eine Stille, die sie mochte.

Feline lächelte.

Foto: Christoph Müller

Über die Autorin

Marina Jenkner (geb. 1980 in Detmold) studierte Germanistik, Kunst- und Designwissenschaften und Architektur und arbeitet seit 2006 als freiberufliche Schriftstellerin, Filmemacherin und Werbetexterin in Wuppertal.

Zuletzt erschienen ihr Flüchtlingsroman »Die Un-Willkommenen« (2019) im Größenwahn Verlag Frankfurt, ihr Undine-Roman »Blaue Ufer« (2022) und »Die Geschichtenlauscherin« (2023).

Neben diversen Lesungsprogrammen, Kurzfilmen und Kurzgeschichten veröffentlichte sie 2003 den Langspielfilm »Blaue Ufer«, 2006 den Lyrikband »WUPPERlyrik« (Labonde Verlag Grevenbroich), 2007 das Kurzgeschichtenbuch »Nimmersatt und Hungermatt« (Verlag Frauenoffensive München) und 2009 den Dokumentarfilm »Und tschüss, Hormone!«

Marina Jenkner ist Mitglied im Verband deutscher Schriftsteller (VS) und Mitglied der GEDOK Wuppertal. Sie war Dozentin für Kreatives Schreiben an der Junior-Uni Wuppertal und führt Lesungen und Schreibworkshops in Schulen durch. Seit 2015 betreibt sie den Kulturort »Die arme Poetin« in der Wuppertaler Spitzwegstraße.

2024 erhält sie den GEDOK-Literaturförderpreis für ihre Erzählung »Nachthimmelweit«.

www.marina-jenkner.de
Instagram: marinas.buch.geschichten
Facebook: https://www.facebook.com/
autorin.marina.jenkner

Dank an ...

... Lucien Deprijck für das mehrfache Lektorat 2014, 2019 und 2024, den immer wieder umfassenden literarischen Austausch und dafür, dass er sich so für Dolly eingesetzt hat.

... meine Testleser Simone Raillon, Arne Ulbricht, Stephan Tengler (@zehguevara_reading) und Johann Jenkner für ihre hilfreichen Anmerkungen.

... Barbara Ming für das inspirierende Gespräch vor sehr vielen Jahren.

... die Frau, die in der Wuppertaler Oper in der Zeit der Überarbeitung des Romans plötzlich neben mir saß und mir mit schiefem Mund von ihrer Zangengeburt berichtete.

... Dr. Jutta Höfel für ihre Einschätzungen zu Titel und Cover und den literarischen Austausch.

... Anna-Margarete Jenkner für das Satzlektorat.

... Angelique Kuhne für die Coverbildbearbeitung.

... Camilla Jacob für den Austausch über Optimierungswahn und Schönheitsideale.

... allen, die mir kleine Recherche-/Einschätzungsfragen beantworten haben, darunter Anke Breuer, Erika Felder, Rebecca Felder, Claudia Dembeck-Jäger, Carolin Jenkner-Kruel, Michael Kotthaus, Jenny Schönnenberg, Ines Stubenrauch sowie Andrea Müller und Christa Teufel von der Buchhandlung Jürgensen.

Bildnachweise

Außerdem bei ML Books erschienen

**Ein
modernes Märchen
über eine
ungewöhnliche Liebe.**

Marina Jenkner
Blaue Ufer
196 Seiten
Paperback
ML Books
ISBN Taschenbuch
978-3-7562-0624-7
ISBN Hardcover
78-3-7562-0923-1

Undine arbeitet im Aquarium eines Zoos und umgibt sich auch sonst mit allem, was Wasser und blau ist, so als könne sie diese Traumwelt dauerhaft vor der Auseinandersetzung mit ihrer Vergangenheit bewahren.
Eines Tages platzt der Student Adrian in ihr Leben und droht ihre schützende Unnahbarkeit zu durchbrechen. Undine hat Angst vor der Liebe, vor der Wirklichkeit, aber dann merkt sie, dass auch »Meerjungfrauen« Gefühle entwickeln können.

»Blaue Ufer (...) liest sich, trotz des eigentlich hochkomplexen Psychologie-Themas, ganz leicht und voller Zärtlichkeit.«
(Stefan Seitz, Wuppertaler Rundschau)
»Ich habe gelacht, ich habe mitgelitten und war sogar auch zu Tränen gerührt.« (das_frollein_meier / Instagram)

»Die Autorin schafft einen tollen Mix aus Humor und tiefgründigen Gedanken. Manchmal auch in direkter Folge und das ist perfekt gelungen.«
(Stephan Tengler, Bookstagrammer)

**Ein Buch
über Lebensgeschichten,
die gehört werden
wollen.**

Marina Jenkner
**Die
Geschichtenlauscherin**
234 Seiten
Paperback
ML Books
ISBN Taschenbuch
978-3-7578-7901-3
EAN E-Book
978-3-7568-7358-6

Von klein auf lauscht Agnes den Gesprächen anderer Menschen, hinter denen sich ganze Geschichten auftun. So liebt sie es auch, in einer Hochhaussiedlung zu wohnen und zwischen Flurgeräuschen und Straßen-Smalltalk mehr über ihre Nachbarn zu erfahren.

Glücklich nimmt sie den Job als Bürokraft in einer Psychologischen Praxis an und taucht in die Patientenschicksale ein. Doch während sie tagsüber die Lebensgeschichten der Klienten in den Computer tippen muss, sieht sie abends hilflos zu, wie ihr alter ostpreußischer Nachbar Theophil mit zunehmender Demenz seine Geschichte immer mehr verliert.

Agnes selbst hält sich für langweilig und geschichtenlos. Doch ist sie das wirklich?

»Bemerkenswert an diesem Buch ist für mich der einfache fast kindlich verspielte Schreibstil, der im krassen Gegensatz zu den schweren Themen (Mobbing, Demenz, psychische Erkrankungen) steht. Dadurch entsteht eine Leichtigkeit, die allerdings die Themen nicht relativiert.« M. Weiss, Lesejury.de

Marina Jenkner

Die UnWillkommenen

ISBN: 978-3-7578-8941-8 · Preis: 13,90 € (ML Books 2023)
eISBN: 978-395771-241-7 · Preis: 17,99 € (Größenwahn Verlag 2019)

»Ein Buch, das sich klar gegen Fremdenhass positioniert.«

Sandra Thoms, Buchhandlung Bakerstreet

»Eine mutige Auseinandersetzung mit dem Thema Heimat.«

Sewastos Sampsounis, Verleger

»Schon jetzt eine Art Chronik der Gefühlslage Deutschlands auf dem Höhepunkt der Flüchtlingskrise 2015/16 ...«

Peter Joerdell, Amazon-Rezensent

Die UnWillkommenen

Der Flüchtlingsroman von Marina Jenkner

Dass sie selbst Flüchtlingsenkelin ist und ihre Großeltern aus Ostpreußen und Oberschlesien flohen, spielt in Bettys heilem Familienleben keine Rolle. Bis im Sommer 2015 plötzlich der Vater einer syrischen Flüchtlingsfamilie vor ihr steht. Auf einmal ist alles ganz nah: der Krieg, der Islam, die Politik, Termine beim Jobcenter. Betty und ihr Mann helfen, eine Freundschaft entsteht. Doch nicht überall ist die Familie Ibrahim so willkommen wie in Bettys Familie. Und die eigene Familiengeschichte lässt sie plötzlich auch nicht mehr los ...

Da sind die Geschichtenoma vom Bauernhof in Westdeutschland, die Flüchtlinge aufnehmen mussten, und ihr Mann, der bis an sein Lebensende jede Nacht vom Krieg träumte. Da ist die verschlossene Großmutter, die mit dem Pferdewagen über das Eis des Frischen Haffs aus Ostpreußen floh, und der Großvater, dem die Rückkehr in seine oberschlesische Heimat nach dem Krieg versperrt blieb – die beiden lernten sich in einem schleswig-holsteinischen Flüchtlingslager kennen und hier verbrachte Bettys Vater seine ersten Lebensjahre. Da sind die anderen Verwandten, die der Krieg nach Ostdeutschland, nach Oberösterreich und nach Schweden verschlagen hat, und das Wolfskind in Litauen.
Je mehr Betty sich mit den Ibrahims beschäftigt, desto mehr berühren die Geschichten aus der Vergangenheit die aktuellen Geschichten.

In einem umfassenden Flucht-Mosaik erzählt Marina Jenkner von den Flüchtlingen damals und heute und von denen, die sie willkommen heißen.

Ein hautnah spürbarer Kampf ums Überleben auf einer paradiesischen Südseeinsel von dem Autor von »Die Inseln, auf denen ich strande«!

Lucien Deprijck
**Gefährtin
des Mondes**
320 Seiten
Paperback
ML Books
ISBN
978-3-7543-2772-2

Acht Menschen, einander völlig fremd, stranden auf einer abgelegenen Südseeinsel, vermeintlich nur für Tage. Doch aus den Tagen werden Wochen und Monate, aus dem Abenteuer wird ein Kampf ums Überleben.

Für den jungen Leon wird es auch ein Kampf um Anerkennung, gegen die Schatten der Vergangenheit – und um eine große Liebe. Im Zuge der Ereignisse geht für ihn letztlich ein großer Traum in Erfüllung – doch um welchen Preis!

»Gefährtin des Mondes« von Lucien Deprijck ist moderner Abenteuerroman, aber auch Sozialstudie, Love-Story und filmisch erzähltes Drama.

Zwischen den Zeilen behandelt das Buch die entscheidenden Fragen um Glück, Liebe und den Sinn des Lebens – den jeder für sich selbst bestimmen kann.

*»Das kommende Leben«
beleuchtet viele Facetten
des Neubeginns und der
Migration – auch einer in-
nerlichen, seelischen.*

Lucien Deprijck
Das kommende Leben
416 Seiten
Paperback
ML Books
ISBN
978-3-7568-0260-9
Auch als E-Book erhältlich!

Als Sascha Marlon ganz von vorn beginnt, in einer fremden Stadt, wird das auch beruflich zum Wendepunkt: Er hat es plötzlich mit Menschen zu tun, die aus aller Welt nach Europa kommen, auf der Suche nach einem besseren Leben.

Schon bald ist sein Interesse geweckt. Denn hinter Befragungen tun sich Schicksale auf. Die berührend sind – und sein eigenes Leben für immer verändern. Spätestens als er Sarah kennenlernt, die ihm von ihrer Flucht aus Nordkorea erzählt.

In der neu bezogenen Wohnung beschleicht ihn dabei ein bedrückendes Gefühl: dass er dort nicht allein ist, dass sich irgendjemand immer wieder Zugang verschafft. Und ihn heimlich beobachtet.

Der erste Teil von Lenas Geschichte:

Marina Mare
Giertochter, Gespensterkind
304 Seiten
Paperback
ML Books
ISBN
978-3-7543-1519-4
eISBN
978-3-7543-8215-8

Ein Coming-of-Age-Roman über eine ungewöhnliche Sucht.

»Kein Weg war zu weit, um diesen quälenden Heißhunger zu befriedigen, denn erst, wenn sie seinen bohrenden Befehlen das Maul gestopft hatte, gab er Ruhe.«

Eigentlich ist Lena glückliche Architekturstudentin in einer festen Beziehung. Doch dann macht ihr Freund Schluss und Lena versucht die plötzliche Leere mit Essen zu füllen. Die Fressanfälle verselbständigen sich, Essen wird ihre Droge und ihr dicker Körper zum Anstoß der Familie. Denn die hat mehr zu verbergen als ein paar Kilo zu viel. Lena findet heraus, dass es für ihr Verhalten einen Namen gibt: Binge Eating.

Trotz der Essstörung schafft sie es, sich selbst und andere mit einer perfekten Fassade zu belügen. Doch wie lange kann man all seine Gefühle hinunterschlucken?

Lenas Geschichte geht weiter!

Marina Mare
Hungertochter, Himmelskind
312 Seiten
Paperback
ML Books
ISBN
978-3-7557-3950-0
eISBN
978-3-7557-2074-4

Ein Roman über Hunger, Tod und den Weg aus der Abwärtsspirale.

»Lena genoss den leeren Magen, dieses Loch in ihrem Bauch. Alles war besser als das Fressen und die anschließende Scham. Das Hungern fühlte sich heilig an. Sie war eine Heilige, die schwerelos durch die Straßen lief.«

Seit Lena eine ambulante Therapie macht, hat sie ihre Essanfälle einigermaßen im Griff. Alles scheint auf einem guten Weg, doch dann beginnt sie, über ihre Schwester zu sprechen. Plötzlich dreht sich ihre Essstörung um 180 Grad: Lena hungert. Schnell entwickeln sich magersüchtige Verhaltensweisen, doch ihr leichtes Übergewicht scheint die Lizenz zum Hungern zu sein. Als sie schließlich in einer Klinik für Essstörungen landet, ist es an der Zeit: Sie muss sich mit dem Trauma ihrer Familie auseinandersetzen.